週末飲茶

DO

Weekend
Dim Sum

02

第二冊

Weekend
Dim Sum

《週末飲茶》第二期卷首語

　　《週末飲茶》行到第二期，如嬰兒蹣跚學步，步步不易。文藝出版從來艱難，自資文學雜誌恐怕更甚。《飲茶》編委會僅六人，每人均有正職，工餘時間義務處理。我負責部份整理校核，另有幾位編輯分工校對，剩下工作以及費用全由主編黎漢傑包底。由籌備至今，時約一年，我總諸多不安，一時擔慮存貨壓倉，一時憂心稿件不足，一時又覺內外工作困身，甚沒意思。

　　幸蒙各方文友憐惜，不吝賜稿，願意跟我們幾位每半年飲茶一次。今期除原有專欄「茶聚大家談」、「紙式小情書」、「從歷史看香港文學」、「吳尋張跡」外，新設蕭欣浩博士的「寫得有滋味」。以字談食，筆杆能作筷子，雙目可當味蕾，讓《飲茶》的餐桌更添一道名菜。

　　接洽文稿時，喜見新知舊雨。遇有不少鼓勵支持之語，網絡匆匆，未能一一細談道謝，在此衷心謝過。散文部份，香港兒童文學家何紫先生的女兒何紫薇女士年前意外發現父親未曾結集成書的作品，慷慨投予《飲茶》，萬分感激。這八篇作品均關於昔日灣仔，或抒情或記事，對香港文學或地方歷史的研究者而言尤其珍貴。

　　我與黎漢傑認識已有八年。這些年來不止一兩次跟他動真氣，心裡暗擱狠話，忖度從此生死不相往來。我們的友誼小船總是說翻便翻。現在還沒有翻成，便借這個地方、佔他的地盤說他幾句。

　　自他成立初文出版社起，便時時自稱「生意佬」。我總笑罵這是騙子說話。成書於漢代的《大戴禮記》引時人諺語：「聽言之道，必以其事觀之」。初文屢屢復刻經典，如六十年代慕容羽軍的《海濱姑娘》、龍人等

十人合集的《戮象》、七十年代沈西城的《梅櫻集》、羈魂的《藍色獸》等；亦有廣查舊報紙雜誌，為前輩搜集整理四散作品，有些文章因時代久遠，作者早已忘記，再見時是何等驚喜，這類出版書籍如馬覺《昨夜風未冷》的「補遺」、梓人《長廊的短調》、施友朋《野村雜話》等。這些於研究傳世自然有益，但於生意似乎就不能說是吃香。

又如本年初出版的《香港文學書目續編 1996-2016》，上承一九九六年青文書屋的《香港文學書目》，往下羅列二十年間香港文壇各種文類的代表作品，並附簡介封面。這類文獻目錄學的整理工作，極有意義，但過程必然繁瑣單調，兼易對外有所得失。尋常文學愛好者，未必有興趣；研究香港文學者，便是每人手持一本，又能是多少？

他曾提到香港商務印書館的十二卷鉅作《香港文學大系 1919-1949》，說唯有大型出版社才能動用如此財力人力，承擔龐大風險，為早期的香港文學理一條脈絡。如今初文出版文學書目續編，規模雖小得多，時代也有異，但本心卻是無二。

文學是以血為燈油、以肉為燭台的路。創作者活生生掏心挖肺。作編輯的、作出版的，珍而重之雙手捧接，一邊細心輕拭包裹，一邊掃除路上塵埃。只願這些心血能多幾人見到、能在路上走長一點。

行筆至此，格子終於爬夠。下期有緣再見。

梁穎琳
二〇二二年六月

週末飲茶

主編：黎漢傑
編輯：林可淇 徐詠欣 梁穎琳 盧嘉傑 羅學芝
製作：初文出版社有限公司

（除特稿、專欄外，各文類篇章均按姓氏筆畫序）

本期贊助
1 無名氏，港幣四千元
2 無名氏，港幣一千元

稿約：

　　本刊物不設特定主題，內容不限，舉凡新詩、小說、散文、藝術評論等，均在徵稿之列，惟篇幅所限，一般以 5000 字為限。如字數超出者，則作個別安排。本刊因屬私人自費出版，未有任何資助，遺憾不能提供稿費，僅能在刊出後寄贈刊物一冊，以致酬謝。

　　刊物預計出版日期：逢 1 月，7 月出刊。

　　投稿電郵：weekendtea2021@gmail.com

《週末飲茶》第二期目錄

卷首語 2

茶聚大家談

訪問、整理：沈舒
奧·亨利《最後的藤葉》的改編——三訪原甸先生 8
訪問、整理：蘇曼靈
少即是多——徐振邦專訪 17

紙式小情書 30

小　書　一場以欺瞞作為手段的臨終照顧，
　　　　一場極為安詳的死亡

從歷史看香港文學 35

蔡思行　疫下讀香江舊詩詞

吳尋張跡 48

吳邦謀　張愛玲的《傾城之戀》

寫得有滋味 65

蕭欣浩　三聖的海與鮮

新詩

王芷茵　死亡日記　68

岑文勁　豉椒蒸鯇魚飯　70

律　銘　幸福的婚姻　72

陳立諾　訪一戰紀念碑　73

區肇龍　童真　74

張　楨　詩三首　76

愁　月　溫暖的早餐　84

黎漢傑　活著　86

嚴瀚欽　鐵路博物館　88

散文

王晉恒　綠幕夕陽　90

何　紫　舊灣仔抒情　95

吳見英　封箱的記憶　104

吳燕青　我的女朋友們　112

李浩榮　洛爾迦‧策蘭‧東歐　118

岳　清　古書淘寶記　124

唐希文　這些年，我們一起喝過的珍奶　132

荷　悅　隱蔽式求生　134

郭長耀　「空堂坐相憶，酌茗聊代醉」——清明父憶　144

陳　丙　撞鬼　148

陳德錦　拉封丹寓言的藝術　157

張　彧　流落民間的金庸雙簽藏書
　　　　《契訶夫的戲劇藝術》　161

張海澎 寧可信其無，不可信其有 166

游欣妮 梳妝鏡 173

梁穎琳 從南宋食譜《山家清供》睇古人食啲乜 175

黃冠麟 食事絮思 179

葉曉文 禁區中飲茶 185

蔡玄暉 憶外公 188

小說

木 其 茫茫 191

文 津 覆水難收 196

江思岸 丹青引 198

周淑屏 閘 203

陳曉芳 小說兩則 209

陳志堅 長浪風 219

勞國安 壞果子 229

曾憲冠 自白 240

愁月 @ 陰翳茶室 Air Drop 250

劉樹華 疑惑 261

評論

何 故 即使夢想有限期，努力創作有轉機！
——評 Netflix 音樂傳記電影《夢想限期》 268

陳煒舜 無心弦管向人幽——格律詩創作芻說 271

張桂瓊 淺談四近樓的曹雪芹生年研究 297

葉嘉詠 香港文人筆下的「香港仔」 306

奧・亨利《最後的藤葉》的改編
——三訪原甸先生

訪問、整理：沈舒

　　沈舒按：原甸先生，本名林佑璋，一九四〇年出生，新加坡著名作家。一九六五年至一九八四年居港，前後接近二十年。一九六七年，原甸先生改編奧・亨利的小說《最後的藤葉》為劇本，由他成立的「地帶出版社」[1]出版，並先後由香港青雲話劇團（一九八一年八月七日）、新加坡實踐藝術學院（一九八三年七月五日至七日）及義安工藝學院文藝社工團舞台組（一九九一年六月二十一日至二十二日）演出。本訪問稿經原甸先生審閱定稿。

日期：二〇一九年九月二十日（星期五）
時間：下午二時三十分至四時
地點：新加坡國家圖書館地下 Hanis Cafe & Bakery

原：原甸先生
沈：沈舒

1　奧・亨利原著、司馬心（原甸）編劇：《最後的藤葉》。香港：地帶出版社，一九六八年。

沈：好高興原甸先生再次接受訪問，[2] 細談改編奧‧亨利的小說《最後的藤葉》的往事。我們在上回的訪問中也略為談及此事，今回則希望集中討論改編此劇的緣起和經過。

原：我收到訪問大綱之後，看了一遍。我不一定能夠詳細解答每一條問題，但嘗試從記憶中尋找答案。其實，我接觸的劇本不多，跟劇團也沒有甚麼關係，所以過去也不太注意我的劇作，覺得這只是我的副產品而已。

回想過去，我總共寫了三部劇本。一九六四、六五年，我在中國大陸生活，被安排到北京歸國華僑學生補習學校，但遭遇不太如意，期間我搞了兩部劇本。第一部劇本的名字已經忘掉了，但記得在某次為慶祝一個節慶的活動，有個活動的負責人提議我創作一部劇本，於是我編了一部劇本出來，反映居住在中國的歸僑實況，內容涉及回歸祖國的興奮、現實生活與思想的鬥爭、海外生活的懷念等。這次演出後，有人寫大字報批判我，說我的劇本是毒草，宣揚資產階級腐朽思想云云，受到他們排斥。

第二部劇本是《掙扎》（一九六五年），大概寫了五萬字，改編自新加坡資深編輯黛丁同名的長篇小說。我為甚麼要改編這部劇本呢？那個年代，新馬作家很注意作品中的本土性，我亦深受影響，認為自己既然是馬

2　第一次訪問的內容見沈舒：〈生活與創作——訪問原甸〉，《文學評論》第五十七期（二〇一八年十二月），頁八〇至八五；第二次訪問見沈舒〈回望香港歲月——再訪原甸先生〉，《聲韻詩刊》第五十一期（二〇二〇年三月），頁四一至四五。

來亞的作家，應該要多寫一些馬來亞的生活，否則創作也失去了意義。不過，我已經離開了新加坡，還可以寫甚麼題材呢？據我了解，黛丁是新加坡左翼作家，小說《掙扎》裡有關於當時工潮、罷工等情節，我讀後深受感動，決定改編這部小說。這部劇本始終沒有出版，手稿則保留至今。

第三部劇本是《最後的藤葉》，雖然這只是一個短短的獨幕劇，但我寫的時候深有共鳴。我當時的生活很不穩定，過的是貧窮、潦倒、不如意的日子，這些遭遇使我自然而然地想起了奧‧亨利的作品。

沈：甚麼時候接觸奧‧亨利的小說？

原：我唸中學的時候已經看奧‧亨利的小說，當時讀的是翻譯本，至於譯者是誰就不清楚了，反正這些都是課外讀物而已，抓到手就看，沒有甚麼研究。後來，大約是一九六〇年，我在新加坡書報印刷業工會的文化課講課，就為那班的工人講過奧‧亨利的作品。朋友們或許很奇怪，工友們會喜歡文藝嗎？是的，在那個時代的新加坡，年輕人有一個好現象，工人階級對文化是有追求的。但必須指出，這個工會在當時是被視為左翼工團的。

沈：為甚麼會有改編奧‧亨利小說為劇本的想法？

原：當年，我們這些年青人或多或少都有「仇富」的思想，特別同情窮人，而奧‧亨利的作品大多關注社會基層的小人物，容易引起我們的認同。我在香港改編《最後的藤葉》的時候，更加同情小說裡面的人物，因

為我親身感受到基層生活的艱苦。雖然我的劇本是改編自翻譯小說，但保留了外國作品的韻味，尤其在語言方面，我覺得這一點很重要。

沈：最初為甚麼選定奧·亨利三個短篇〈麥琪的禮物〉、〈警察和讚美詩〉和〈最後的藤葉〉來改編？

原：奧·亨利的小說很多，但在翻譯本中，我對這三篇的印象和感受最深。

沈：在《最後的藤葉》〈後記〉中，原甸先生表示：「我本想把上述三個短篇的人物和情節糅合在一起，但為免於獨幕劇的『臃腫』和拖沓，卒改變原來之計劃。」3 請問「原來之計劃」是怎樣的？

原：我本來的構思比較龐大，希望把這三篇小說綜合在一起，成為一個劇本。結果，我發現這樣做是不可能的，因為這三個短篇有各自的故事，主人公的遭遇亦各有不同，除非繼續發展原來的故事，否則要把這些人物放在同一個舞台上演出是很困難的，因此只好放棄原來的想法。最後，我只是改編了〈最後的藤葉〉為獨幕劇。

沈：為甚麼在劇本中加入了傑姆夫婦和流浪漢梳波三個人物？

原：〈麥琪的禮物〉和〈警察和讚美詩〉的小人物引起了我對他們的同情，尤其是前者的傑姆夫婦和後者的梳波，於是我把他們的影子放在《最後的藤葉》的劇

3　見司馬心（原甸）〈後記〉，收入奧·亨利原著、司馬心編劇：《最後的藤葉》。

本裡，藉此來推動劇情。劇本人物多一些，舞台調度和人物對話就可以豐富起來。譬如我把傑姆夫婦安排在樓上居住就是一個例子。

沈：為甚麼貝爾門與瓊珊談那不勒斯的山色時，以「中國的寶玉」來比喻山巒的青翠？

原：我寫這情節的時候，用上「中國的寶玉」這個比喻，大概是隨來之筆。其實，奧‧亨利在二十世紀初創作這篇小說，貝爾門作為藝術家，也應該懂得中國這些珍貴的東西。

沈：蘇艾口中的「海倫」是誰？[4]

原：我幾乎忘掉了這個細節，想了一想，終於記起「海倫」大概是希臘神話中的女神。我改編的時候，筆下自然而然地用上這位女神的名字。

沈：蘇艾說：「我們的才能有了發展，我們的生活好些，我們就可以更集中精神獻身於藝術，不必整天受生活的欺侮……」（頁十六）和梳波說：「冬天快來啦，我要找個監牢過冬去！」（頁十九），有甚麼用意嗎？

原：我為了表現蘇艾、梳波這些人物的貧窮，加插了這些對話，讓讀者也感受到他們艱苦的生活。

沈：在《最後的藤葉》「後記」中，原甸先生寫道：「奧‧亨利的作品是屬批判現實主義的範疇，我們今天站在現實主義的高級階段來閱讀它，似是感覺有所不夠，有所不足。」請問「現實主義的高級階段」所指的是甚麼？

4　見奧‧亨利原著、司馬心（原甸）編劇：《最後的藤葉》，頁十六。

奧・亨利的作品有哪些「不夠」和「不足」之處？

原：在當時來說，「現實主義」是左翼文學思潮中一個流行的觀念，但部分左翼作家對所謂「舊」的「現實主義」有所不滿，所以提出「批判現實主義」，其實就是指中國內地的「社會主義現實主義」。不過，當時新馬受制於政治形勢，不能夠跟隨內地用「社會主義現實主義」，所以文學評論界有時候用「批判現實主義」或者「新現實主義」來表達「社會主義現實主義」的意思。我用「現實主義的高級階段」其實也暗示了「現實主義」有高級階段與低級階段之分，而高級階段的「現實主義」無非就是指「社會主義現實主義」。所以，我說奧・亨利的作品「有所不夠，有所不足」，就是因為他在作品中只反映了美國低下階層的生活多麼的貧窮和困難，但沒有提出任何革命思想，所以是「不夠」和「不足」。老實說，這些政治性話語現在已經過時了，逐漸為人淡忘。以今天的眼光來看，這些近乎口號式的概念不無疑問，還是少用為妙。

沈：今天回顧這個劇本，原甸先生認為哪些是最滿意之處？

原：整體來說，我最滿意劇本的語言，因為有外國文學作品的原汁原味，有一些比喻也蠻生動。此外，我不僅翻譯原著，也有我創作的部分，這主要表現在文學用語上。

沈：哪些地方最想修改？

原：老實說，我現在已經無能力去修改了。

沈：為甚麼成立「地帶出版社」？

原：我為了出版《最後的藤葉》，成立了「地帶出版社」，但問題是：錢從哪裡來？我初到香港時很貧窮，生活很艱苦，但從來沒有向遠在新加坡的家人訴苦，每次寫信給他們時都囑他們放心，不用擔心我。我當時的條件這麼差，出版《最後的藤葉》的費用要港幣三百元，這是一筆很大的數目，我怎麼可能拿得出來呢？這時候，我有一位朋友吳瑞卿從新加坡移民到美國，途經香港時找我敘舊，見面時我向他提及這個計劃，並表示缺乏出版費，他很支持我的想法，二話不說就借了三百元給我。後來，我環境改善了，再跟這位朋友見面時，悉數把這筆錢還給他。

我成立「地帶出版社」的目的，主要希望介紹新馬文學作品給大家認識。當時，大家對新馬文學仍然比較陌生，更不要說了解，所以透過成立出版社為新馬文學打開一個局面。我為這間出版社改名為「地帶出版社」，因為這個名字包含了赤道的意思，專門出版新馬本土文學。馬華文壇元老方修先生知道我創辦「地帶出版社」後，曾經在他的文章中說馬華文學的出版將會轉移到香港去。方先生當年每年元旦都會在《星洲日報》上發表洋洋灑灑的長文，總結一整年的文藝動態，很受文藝界的重視。他這篇題為〈1968 年的馬華文藝界〉的文章發表在一九六九年的元旦刊上。此外，我希望為居港的新加坡文化人出版他們的作品，介紹新加坡文化給香港的朋友，促進兩地文化的交流。

沈：這個劇本署名「司馬心」而非原甸，「司馬心」有甚麼含意嗎？

原：我用「司馬心」這個筆名，取其「司」與「思」同音，所以「司馬心」就是「思念馬來亞的心」。

沈：為甚麼沒有把《最後的藤葉》列為「馬來亞（華族）新文學叢書」其中一種？

原：這樣做是因為《最後的藤葉》這個劇本與「馬來亞（華族）新文學叢書」的任務不同，而且《最後的藤葉》比較單薄，不宜列為叢書之一。

沈：可否談談一九八三年七月觀看實踐藝術學院「十駒試蹄」演出《最後的藤葉》的感想？

原：時間太久了，我對這次演出的印象已經很模糊，沒有甚麼可以補充。

沈：一九八一年八月七日香港青雲話劇團演出《最後一片藤葉》，原甸先生在《我的文學不歸路》一書內有頗為詳細的記錄，[5] 有甚麼需要補充嗎？

原：我當晚遲到，抵大會堂劇院時站在觀眾席後面，發覺觀眾也相當多。

沈：還有其他團體搬演過原甸先生改編的《最後的藤葉》嗎？

原：除了香港青雲話劇團和實踐藝術學院以外，新加坡南方藝術研究會於一九九一年六月二十一日及二十二日主辦「藤葉·臉皮·魚」的戲劇活動，其中義

---

5 見原甸《我的文學不歸路》（馬來西亞：陶德書香樓，二〇〇三年），頁一六至一七。

安工藝學院文藝社工團舞台組也演出過這個劇本，但我對這次演出的記憶很模糊了，實在不敢談甚麼感想之類的話。若與香港的演出比較，感覺上在舞台條件方面是較遜色些的。另外，我聽說電台好像播出過此劇，詳細情況我不太清楚。

　　沈：十分感謝原甸先生與我們憶述了改編奧‧亨利的小說《最後的藤葉》為劇本及成立「地帶出版社」的往事。謝謝！

原甸先生受訪時攝

少即是多——徐振邦專訪

訪問、整理：蘇曼靈

徐振邦，人稱徐 Sir，中學教師，微型小說作家，香港歷史文化研究者。著有多本小說集及香港歷史文化專著。

時間：二〇二一年三月
（書信形式）

寫作與工作均從心而發

蘇曼靈：您從甚麼時候開始寫作？為甚麼偏愛短篇，甚至微型小說？

徐 Sir：我真正開始與寫作扯上關係，應該是一九九六年。那年，我在香港中文大學研究院讀哲學碩士課程，同時，兼在《星島日報》寫一個介紹香港書店的專欄。這個專欄前後有三個人負責，包括介紹我寫專欄的方禮年先生，以及在《星島日報》文化版做記者的翁文英小姐，當中，我負責的篇數最多，算是專欄的主要作者。於是，我集結了三人的專欄內容向香港藝術發展局申請出版資助，出版了《香港書店巡禮》一書。

那時候，我沒有甚麼寫作方向，訪問、小說、散文、歷史文化、評論、書介、教科書等，甚麼文體也寫。這

個階段，寫得很雜，大概維持了五、六年，算是我的學習階段。

在二〇〇〇年，我自資出版了四期閱讀雜誌，叫《執書》。其後，以《執書》名義，向香港藝術發展局申請資助，出版了一年十二期雜誌。為了方便雜誌的編務安排，我在《執書》上劃了幾頁小欄目，是寫短篇小說，要求投稿者寫小說的字數限制在一千字內。其實，那時候，我還不知道甚麼是微型小說，只是方便我編輯雜誌，所以規範了創作字數。因此，早於二〇〇〇年，我已開始寫作和編務微型小說的工作了。

蘇曼靈：您在學界推行微型小說多久？為何推動？推行過程遇到甚麼困難？

徐 Sir：二〇〇一年，我正式參與了在香港學界推行微型小說的活動。這是一個有趣的緣分。

那年，由華文微型小說學會發起的全港中小學微型小說大賽已在籌劃中，我有幸能參與其中。最初，我只是一個小小的參與者，在眾多籌劃人中，以我最年輕、經驗最少，能夠參與其中，實在感到榮幸。

同年九月，我由編輯轉職為教師，恰巧任教的學校，就是全港中小學微型小說大賽的主辦機構，於是，我順理成章，參與了更多的比賽籌劃工作。至今剛好二十年。

無可否認，籌辦比賽遇到不少困難。當中，我覺得最難預計的，莫過於不知道活動能否達到如期的成效。究竟一個創作比賽會有多少教師和學生願意參加？我只是以摸著石頭過河的心態，不斷嘗試。畢竟，許多教師

和學生對微型小說都感到陌生，要在學界推動微型小說活動，的確要花不少時間與心力。

除了比賽，我還負責不少微型小說講座和工作坊。我會到中、小學或其他公開場合擔任微型小說的講座嘉賓，又會在公共圖書館的青年創作坊主講微型小說。近年，我向香港語文常務委員會申請資助，向學界舉辦講座和工作坊，希望有更多教師和學生認識到微型小說。

我希望學界能夠重視閱讀與寫作微型小說。我明白，要達成兩個目標是很難的，不過，就算學生不喜歡創作微型小說，也希望他們愛上閱讀微型小說。

蘇曼靈：推動微型小說長達二十年，您認為本港學子在寫作技巧與能力方面有何優勢和尚需磨練之處？

徐 Sir：本來，微型小說的字數少，是很適合在中小學推行廣泛閱讀和寫作學習的。不過，在考試導向的學習模式影響下，要印證微型小說對學業成績有幫助，是不容易的事，於是，微型小說就被忽視了。

去年，在文學科的公開考試中，出現了與微型小說相關的題目，算是引起了文學科教師和修讀文學科的學生，對微型小說的關注。不過，似乎大部分教師和學生，對微型小說還是感到陌生。

由於對微型小說的閱讀量不多，加上鮮有進行創作的機會，普遍學生都沒有掌握到微型小說的寫作技巧。我在中小學推廣微型小說，就是想有更多學生認識到甚麼是微型小說，希望增加他們對微型小說的興趣。

以小見大真功夫

蘇曼靈：在香港寫短篇小說字數上限有沒有嚴格規定？

徐 Sir：關於小說的字數，在我來說，其實沒必要過於計較。寫文章，一氣呵成，不應被字數所限，否則，小說字數限制過嚴，可能影響到小說的內容、結構、文氣等，這樣就不太好了。而且，亦很難有一個劃一的字數區分標準。當然，創作小說是要投稿或參加比賽等，就可能要符合所公布的字數限制了。

如果創作小說是沒有特定要求或目的的話，我認為：二、三萬字的小說，也可稱得上是短篇小說。

至於在短篇小說之中，還可以劃分為微型小說和閃小說。由於三者都是短篇小說類，所以在字數限制上，則有明顯的規定：一般來說，微型小說是一千五百字內；而閃小說是在六百字內。

蘇曼靈：您常要求學生寫微型小說控制在六百字內，篇幅這麼小，如何以小見大？

徐 Sir：其實，以小見大並不是甚麼高深的寫作技巧，也不是微型小說獨有的特色。不過，由於微型小說篇幅短小，能做到以小見大的話，效果會更理想，更容易讓人留下深刻的印象。

所謂以小見大，就是透過對事物的細微描寫，而表現出小細節後的深層意義。最常用的手法，就是從日常生活中選擇一個具有典型意義的小事物，從而揭示深層的意義。

如果我們平日多觀察，多留意身邊的事物，再加以發揮，從一件大家耳熟能詳的事入手，再由一件小事帶出大道理，就能做到以小見大的效果。不過，由於微型小說有字數限制，要做到以小見大，就是要花點心思，還要有一定的文字功力。

好玉需雕琢

蘇曼靈：除了字數上限，微型小說在書寫形式上，對其語言、內容、形式，是否有特別要求？是否也該具備小說的基本要素？

徐 Sir：微型小說是小說家族中的一員，自然要具備小說的基本要素，對其語言、內容、形式的要求，應該跟小說是一樣的。微型小說只有一千五百字，但同樣要講究結構完整，藝術的美感。因此，一篇好的微型小說，應該要符合每項條件，達到小說的基本要求。不過，由於微型小說的字數限制較嚴格，不可以超過一千五百字，不可能每篇微型小說在各方面都可以處理得好，有時，只能作出取捨，著力於某一項或兩項要素。另外，在遣詞用字上要精煉，人物出場不要太多，場景和佈局要簡單，所帶出的思想也不能太複雜等。簡單來說，微型小說在書寫形式上，內容要清楚簡潔，不能累贅。這樣，微型小說才可以達到簡而清的效果。

蘇曼靈：在諸多書寫要素和技巧中，寫作微型小說體，有甚麼關鍵詞？

徐 Sir：如果要選一項用於微型小說體的關鍵詞，

我認為是「歐・亨利式結局」。

歐・亨利是十九世紀的美國作家，留下了三百多篇作品。在他的作品中，其中有一項個人風格，就是有一個出人意表的結局。由於這個出人意表的結局令讀者留下了深刻的印象，因此，凡是有出人意表結局的作品，都冠了「歐・亨利式結局」一名。換言之，「歐・亨利式結局」，是泛指所有文學作品的結局方式。

要在篇幅短小的微型小說中，做到情節曲折緊湊，有高潮變化，最常見的寫法，就是在結局下功夫。

一般來說，微型小說的作者帶著讀者朝著小說情節推進，但在小說結局時，往往沒有按小說的預期情節發展，而是在結尾出現大逆轉或變化，成為了一個令人感到意外，而又合乎情理的結尾。由於歐・亨利式結局是在合情合理的情節下發生的，所以沒有讓讀者感到錯愕，反而有一種意想不到的感覺。因此，經常有人說，微型小說就是：「情理之中，意料之外」。

雖然不是每篇微型小說都會用「歐・亨利式結局」，但「歐・亨利式結局」在微型小說中，是較常見的寫作手法。

蘇曼靈：在有限的篇幅裡，該抓住甚麼重點去書寫，才能使一篇幾百字的微型小說在精短中不失其故事意涵。

徐 Sir：微型小說的字數有限，不能容納太多內容，否則內容會變得不清晰。

要寫好一篇微型小說，首先要為微型小說定下一個主題（或一個方向），然後朝著這個主題（方向）繼續

發展。為了不要被內容的枝節所影響，必須做好剪裁功夫。篩選必須使用的寫作材料，才能抓住重心，否則，枝節太多，令小說焦點變得模糊，影響了小說的意涵。

有時候，構思一篇微型小說要兩三天時間，但初稿完成後，要做文字修飾，以及對所選用的材料加以篩選，往往要花上好幾天時間。要善用有限的文字篇幅，道出微型小說想表達的重點，就要對內容做篩選和取捨。

城市發展與文化保育

蘇曼靈：香港主要有哪些地方特色？

徐 Sir：香港是個彈丸之地，但有不少歷史文化特色。

香港的歷史文化內容很豐富，包含了中國傳統文化，有西方的特色，又有本土文化的味道。三者是互相影響，形成獨一無二的香港文化。

以吃舉例，可以看出香港的特色文化。香港有不少美食，糅合了中西文化的特色，再創造出本土的味道。近年，我有研究香港的下午茶文化，這是香港獨有的文化特色，例如：絲襪奶茶。

絲襪奶茶被列為香港的非物質文化遺產清單名錄，是香港有名的傳統美食。要知道，絲襪奶茶是來自英式的奶茶，但絲襪奶茶跟英式的奶茶有很大的分別，主要是英式奶茶從英國傳到中國後，再在香港創作出不同的炮製方法，成為了香港的特色美食。

蘇曼靈：您認為香港有哪些地方特色最值得和應該

保留和傳承？被人為破壞的和流失的是甚麼？您個人最珍視的本土傳統文化有哪些？

　　徐 Sir：每個地方都有很多值得保留和傳承的東西，香港也不例外。隨著社會、歷史和文化的發展，有不少傳統文化有一定程度的變化，在所難免。要保留和傳承，均不容易。

　　本土傳統文化技藝眾多，難以一一評論。就以我較為熟悉的文化來說明。

　　這幾年，我有留意香港的玉石和象牙雕刻藝術。早於抗戰年間，不少玉石和象牙雕刻工匠從內地來到香港，開拓了香港的玉石、象牙出入口和雕刻貿易，並為香港創下了輝煌的成績，不少外國人專程來到香港，選購玉石和象牙雕刻的工藝品。然而，隨著玉石的產量愈來愈少，而象牙亦遭到禁運，加上年輕人已不願意入行，令玉石和象牙雕刻出現了青黃不接的現象。

　　我認為，這種雕刻文化藝術值得加以保留和傳承，但這種雕刻文化藝術的失傳有著不少原因，箇中的困難不是輕易解決的事。所以，要保留和傳承傳統文化，是很難的事。

　　蘇曼靈：一個城市的傳統文化與其城市建設相生相剋，若想保育則妨礙舊城改造，依您對歷史文化與城市風貌的了解，城市建設過程，地標文化是去或留，該如何拿捏，才能使得城市建設與人文良性發展？

　　徐 Sir：要在發展和保育之間取得平衡，是很難的事。要保留所有舊建築，是不可能，也是不切實際的。

要知道：保留舊建築不難，但要把舊建築活化成功，則不容易做到。如果只是保留舊建築而不進行活化，這個根本不是有效的保育方法。

香港有不少舊建築進行了活化工作，但能夠好好發展的並不多。有一些活化建築，沒有得到龐大財力資源的支持，結果以結業告終，再一次淪為空置建築物。這樣，就是沒有效能的保育。

許多人都想保留舊香港的面貌，希望做到新舊並存。這是很好的，但亦是很理想化的做法。現在，我們爭取保留舊建築，但對保育和發展舊建築則沒有成熟的構想。因此，保留了的舊建築應何去何從？似乎在保育的路上，還要有一段很長的路要走。

當然，我是傾向支持盡量保留原有建築物的，畢竟，香港現存的有價值的建築物已不多，可謂「拆多留少」。長此下去，要給下一代欣賞香港的百年古蹟，可能只能靠照片說明，連一個真實的建築物也保留不了。

無根之城

蘇曼靈：一個城市的氣質離不開她的「根源」，在您看來，香港「根源」何在？鏡頭下的香港，今天與昨天相比，「根源」是否完好？甚麼變了？缺了甚麼？您個人喜歡舊貌還是新貌？

徐 Sir：我覺得，香港是無根的城市，因此，早年的香港人還喜歡講尋根。

香港沒有根，也變成了香港的特色。由於香港長時

間在中西文化匯聚之中，中西兼容成為了香港的特色。例如，在一座中式的古老大宅中，糅合了西方的建築風格。這種中西兼容的建築風格，是香港的獨有文化。又例如，西方的美食要配合中國人的口味，創作出香港獨有的飲食味道，使香港有美食之都的美譽。

這種中西兼容的特色，至今仍存在著，體現了香港獨有的中西文化兼容特性。

香港的舊貌和新貌各有特色，很難作比較。當然，能保留舊貌是好事，但在保留舊貌的同時，還要留意舊貌與新貌是否配合，能否構成一幅新舊兼容的畫面。如果兩者是格格不入，反而會破壞眼前的美景，所以，要做到新舊兼容，才是最理想的做法。

以文字和鏡頭留下香港舊貌

蘇曼靈：您個人著述多研究香港歷史文化，城市變遷如此快速，是否增加了探尋的難度？過程是否唏噓？

徐 Sir：的而且確，香港城市變遷急促，要推動香港歷史文化的工作，是遇到不少困難，尤其是有些景色、建築物、有地標性的景點，甚至是傳統手工藝，在不知不覺間消失了。

其實，就是這個原因，我喜歡記下香港歷史文化的點點滴滴。這是保存香港的歷史文化記錄的其中一個方法，好讓我們的下一代，可以看到香港昔日的舊面貌。

要保留歷史文化，不可能靠我一個人的力量。對於這種香港的集體回憶，我只是略盡綿力，保留我所見到

的歷史文化風景而已。過程是難的，感受也是唏噓的，但我同時亦感到開心，因為我有份參與其中。

蘇曼靈：城市變遷如此快速，在「新」與「舊」的交替間，作為一名寫作者，該如何避免記憶不被洗刷，如何守住文字的溫度？文字聲援對地方傳統文化的流失是否有效？

徐 Sir：要保留舊香港，避免記憶不被洗刷，應該是不可能的。

試想想：我們現在讀到關於香港上世紀六七十年的作品時，可能已找不到，甚至是聯想不到昔日香港的景物了。

前輩的作品，為香港留下不少文字記錄，但在城市的不斷發展下，文字所留下的畫面已變得面目全非。雖然如此，我們仍感到慶幸，可能知道昔日香港的片段。要是連丁點的文字記錄也沒有保留下來，我們對舊香港，真的是一無所知了。

今天，我能夠做到的，是很有限的，而文字的溫度，亦會隨著歲月而日漸降溫。儘管如此，從保留香港歷史文化的角度來說，我仍是要做，還要不斷做。畢竟，傳統文化還是會流失或有所變化，我要在傳統文化消失或變化之前，用文字或照相的方法，把歷史的面貌做了記錄。

我希望能夠為保留二十世紀末到二十一世紀初的香港真實面貌，盡一分力。

結束語

　　蘇曼靈：見面不多，我印象最深刻的，是徐 Sir 親切真摯的笑容；為保留香港特色文化，徐 Sir 默默地明察暗訪，數年來，足跡遍布大街小巷；徐 Sir 積極在學界推廣閱讀和寫作，舉辦微型小說徵文比賽，並面向全港舉辦各類創意寫作班。托爾斯泰曾說過：小小說是訓練作家最好的學校。香港地小人多，生活與工作壓力大，在快速移動的城市裡頭，短篇小說和微型小說成為比較適合熱愛小說體裁的讀者和作者的體裁之一，其實，小小說並非容易書寫的體裁。

　　祝願徐 Sir 的熱忱在香港耕犁出充滿養分的文學及文化聖土。

　　這篇專訪，我引用了李婉薇著書《少即是多》為題，以表示對為香港文學提煉甘露、推動和培養閱讀與寫作的一眾研究者、學者、作者們的敬意。

徐振邦先生受訪時攝

徐振邦先生受訪時攝

紙式小情書

一場以欺瞞作為手段的臨終照顧，一場極為安詳的死亡

小書

事先預料，並不等於知曉。有說人一出生便是向死而生，那麼被騙瞞的、被強行延緩的死亡、那些缺乏知情權的臨終日子又可算是？

我記得婆婆是在自己家中的洗手間內中風，當時舅父見婆婆在洗手間裡久久沒有動靜，破門把暈倒的她拯救出來，急急送醫院。跌倒對於一般人來說算不上是甚麼，擦傷撞瘀，塗一抹膏藥幾天便好；但對於老人來說，跌一跤可能是嚴重病患的誘發點，更嚴重的可能是隨時賠上性命。

她對妹妹說過一個經常夢見我夢魘：「有人在我身後追趕，我拼命跑，碰上一堵牆，我非得跳過這堵牆不可，但我不知道牆後有甚麼，我好怕，」她還對她說：「死亡本身並不可怕，可怕的是要跳過去。」獨居的媽媽佛蘭索瓦在浴室摔倒，可幸她仍然清醒，爬了兩個小時終於抓住那求生的話筒，這一下也把西蒙・波娃[1]從

---

1 一九〇八年，西蒙・波娃（Simone de Beauvoir）出生於法國一個中產家庭，父親是律師，母親是銀行家的女兒，波娃有一個比她小兩歲的妹妹海倫・波娃。第一次世界大戰後，外祖父的銀行破產，母親家道中落、名譽掃地，波娃舉家由大宅搬到連電梯都沒有的公寓。儘管波娃父母的關係日漸惡化，他們都認為只有學習才能讓女兒擺脫生活的窘境。波娃的父親喜好文藝，一直夢想自己可以有一個兒子，因此他經常對波娃說：「你有一個男人的腦子。」也會說「西蒙像男人一樣思考」的話；這反過來讓西蒙・波娃對自己作為女性的身份更為注視。

羅馬召回了巴黎，走上一趟她從沒有預期的旅程，那是一九六三年十月。

由被診斷為普通骨折到驗出罹患末期腸癌，波娃兩姊妹徘徊在無盡的情感和道德掙扎之中，最後西蒙‧波娃把這短短六個星期的經歷寫成回憶錄——《一場極為安詳的死亡》。作為二十世紀著名的法國作家、最著名的女性知識分子之一，西蒙‧波娃畢生致力鼓勵每個人擺脫社會成見的枷鎖，例如宗教、家庭、婚姻的束縛，成為自己想成為的自己，其中她最著名作品《第二性》（*Le Deuxieme Sexe*）更被譽為「女性主義的聖經」。

在那個社會極度傾向男性主導的年代，波娃的主張為她引來極大的批評，但意志堅定的她從沒半點退縮，**反倒是母親這場倉猝的死亡悲劇，讓波娃陷入隱瞞與欺騙的內疚與傷害中，難以悉懷。**

當死亡臨到波娃七十八歲的母親時，她本以為自己可以平靜理性地面對。「**媽媽臥病在床這段期間，我們不曾離開過他的身邊，但她以為這段臨終歲月是她的康復期，於是她和我們徹徹底底分離了。**」與母親的糾結複雜的情感牽絆使得她與妹妹在為母親做每一個治療決定時舉步維艱 [2]：二人不斷撫心自問，既然是末期，為何仍要讓她受盡折磨？但另一方面，至親得到搶救醫治而多活幾天，又似乎把她們從對母親的愧疚中拯救出來。

2　西蒙‧波娃與母親的關係疏遠，這源於母親婚姻不如意，轉而在波娃姊妹倆小時候，透過嚴格控制她們的生活、甚至離間姊妹的感情，從而彰顯自己的權力，卻漸漸激起了波娃與母親的衝突。

　　沙特[3]曾對波娃說：「你是敗給了專業技術——而這是不可避免的。」的確，就在醫生霸道的專業和權威的脅迫下，波娃姊妹一次又一次的低頭妥協，「你別擔心，我們會找到說法的。我們一向能找到說法，病人永遠相信你。」醫生胸有成竹，令波娃相信向母親隱瞞患癌真相利多於弊，於是她們把一場治癌的開刀手術說成是 X 光檢查後治療腹膜炎的緊急手術。儘管姊妹倆反覆追悔搶救母親的決定，「我們把她搶救得太成功了！」、「我沒有折磨她，我只是做我該做的事。」醫生這些鏗鏘有力的辯駁總能令她們退回家屬在醫學領域中是無知的假定。

　　在現今社會，向病者隱瞞病情當然是難以想像的事情，但在波娃身處的年代，醫生是掌控生死的絕對權威，死亡是他們最終的敵人，他們唯一的責任是不顧一切阻止死亡的發生，在這個神聖的前設下，一切情感和道德的考慮都得讓步。

　　「是的，我現在知道我有腹膜炎了。」病榻中，母親以為自己正在逐漸康復，儘管經歷多次身體上恢復與衰弱的交替輪迴，母親總是展現出近乎反常的積極：她大口嚥下白色的液體，因為那是可以幫助她消化的藥；她逼迫自己好好進食，吃完盤中的食物，在非正餐的時間，她更會要求喝新鮮的果汁，補充營養。然而強烈求生意志沒有像奇蹟般把母親從末期癌症中搶救回來，「她

3　沙特是法國哲學家、小說家，他是存在主義和現象學哲學的關鍵人物之一；沙特與西蒙‧波娃是非傳統的伴侶，終身維持開放式的情侶關係。

還活著就腐爛了。」她的身體長滿褥瘡，關節的舊患使她動彈不得，右邊手臂處於半殘狀態，連波娃也坦言此時母親只是一具**活著的屍體**。

無論是家屬或是垂死的病者，總不免會迷失在傾盡所能延續生命或早點完結痛苦而徒勞的治療。臨終病者是真的不想死還是為了生者而苟延殘喘？家屬的堅持是希望、是不捨還是為了免卻因病者失救而來的自責？這種說不清的情感瓜葛和糾纏是否可以避免？

我又想起中風後失智的婆婆，勉強被救活的她，神智早因腦部缺氧而迷糊不清，從媽媽的複述得知，婆婆只對「牛奶仔」三個字有輕微的眼神反應，那是小舅父的乳名，她最寵愛卻又最讓她憂心的小兒子。因臥床太久，婆婆身體不只長出褥瘡，其中一條腿更因血液不流通的問題要截肢。縱然是這樣，媽媽幾兄弟姊妹還是為了給婆婆最好的照顧，轉換了好幾家護養院，四年多之後撒手塵寰。陷於迷霧中的婆婆知道自己是自己嗎？她想活下去嗎？她有話要說？

縱使醫生、家屬及病人都付出了最大的努力，波娃的母親終在手術後三十天後離世。關於葬禮如同當初決定要向母親隱瞞病情一樣，姊妹倆都認為自己很清楚媽媽的意願，能作出對母親最妥當的選擇：不要十字架、不要花圈、但要一大束花。就在葬禮完結，波娃檢視母親的遺物時，她發現一張母親留下的字條、一張給予波娃似有還無的安慰的字條。

就如波娃所言：「**所有人都終將死去，但對每個人**

而言，他的死亡皆是一場意外，即使他明瞭並同意死亡將至，死亡仍然是一種不合理的暴力。」縱使死亡是我們終將面對的結局，但如果當天沒有聽從醫生的指示、姊妹倆向母親坦誠病情，母親臨終前的日子會更快樂嗎？肉體上的折騰會更少嗎？

其實逝者離我們而去、在遺憾變成永恆之前，我們大概已經知道自己該做些甚麼。

《一場極為安詳的死亡》

作者：西蒙‧德‧波娃
譯者：周桂音
出版社：商周出版

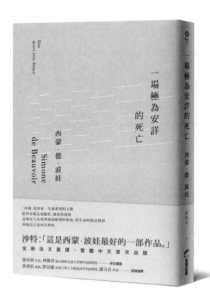

從歷史看香港文學

疫下讀香江舊詩詞

蔡思行

曾任國民政府立法院秘書長（一九三一年至一九四一年）、後曾於香港培正中學和新亞書院任教的三水梁寒操，在南海黎晉偉《嘉柏樓詩詞》的序言中，便以「縱有萬千從政者，化民豈若一詩人，國魂待起詩壇寂，可有賢豪矢獻身。」來讚譽黎氏。

黎晉偉是何人？對於香港歷史研究者，黎氏更出名的應是其主編的《香港百年史》，涵蓋歷史、政治、地理、社會、經濟、交通、文化和教育八個範疇。

在教化萬民方面，為何詩人較從政者更重要呢？如果詩人心中只有自己，並且僅勇於「文人相輕」，當然只是酸溜溜的文人而已，無足稱道。《詩經》能夠成為五經之一，在於如孔子所言：「其為人也溫柔敦厚，《詩》教也。」古代中國讀書人，達則為政兼善天下，窮則獨善其身，閉門讀書作詩。寫作此文之際，正值疫情高峰。吾才不濟，不通平仄，唯有疫下讀一些前人自刊的舊詩詞文集，並作一回文抄公。

《李鳳坡先生詩文集》和《嘉柏樓詩詞》封面，均以線裝方式訂製

　　二〇二二年世界頭等大事，應是俄烏戰爭。設立於一九四七年的「末日之鐘」（Doomsday Clock），警示世人核戰造成世界末日的危險。它顯示今年離世界末日，只差一百秒；一九六二年古巴導彈危機，當時末日鐘離末日還有十二分鐘之多。這不禁令我們思考：西方霸權主導下的國際格局，究竟出了甚麼事？

　　一九六三年五月，黎晉偉寫有〈西方何其有（六十韻有引）〉一詩，不但對當時中國知識分子的「全盤西化論」，以及詆譭中國文化思想不遺餘力的行為，不以

為然，亦對應了西方文化著重物質、威嚇對方的禍害所在。現謹引全詩如下，並以粗體標示能夠對應二〇二二年時局道理的詩句：

西方何所有？眾道科學「行」，或言核子艇，或推「北極星」，或說太空船，遨遊乎蒼冥，或云電視妙，彩色能紛呈。亦有超音速，航機莫與京，亦有調節氣，炎夏吐清泠，亦有無綫電，能通萬里聲，亦有傳真照，傾刻顯其形，食進「維他命」，衣穿「特麗綾」，代步有摩托，水陸任馳征，**物固機械化，人亦機械型，享受唯所欲，是謂高水平**。以此稱強國，尤欲逞雄英，競為科學戰，武器求其精，皆欲爭先著，恥居第二名，不辭全力赴，尚武競觀兵，炫耀雜恫嚇，爭誇「按鈕」靈，**物理有其本，研之即能明，爾我亦若是，何分弟與兄**，相持兩不下，僵局於以成，牴觸緣爭霸，深懼力難勝，戒備無時己，寢饋不安寧，國富亦有限，羅掘費經營，牛油換大砲，魚尾皆為禎，若哉科學士，獨力難為擎，勞瘁頭且白，旦暮心怦怦，唯虞大毀滅，造物不留情，生民無噍類，雞犬盡飛昇，所憂天地窄，一廢不能興，末日云在邇，何處求金城？吁嗟長繞室，搔首無時停，仰天祈上帝，上帝如不聽，幾度開談判，談判等於零。**渠魁既桀傲，意態尤驕矜**，侈言「埋

葬汝」，吮喝如雷霆，脫靴狂擊卓，氣燄何猙
獰，巍峨聯合國，一座皆煩驚，可憐眾紳士，
相顧目為瞪，難堪諸政客，瘖啞不成鳴，聞者
氣為奪，聽者心如冰，於焉生畏念，咸慮火終
拼，核既難言禁，戰則同焚蒸，皇皇不終日，
進退失規繩，地下開樞府，秘室嚴其扃，人中
有羅素，呼籲主投誠，苟全為上策，寧辱不求
榮，智者心先弱，何人請長纓，三島皆憔悴，
誰復見崢嶸。古巴亦跋扈，其勢無敢攖，憐彼
美「後院」，門空不設檻，狐鼠自成穴，何來
犬與鷹，制裁亦云爾，空論徒盈庭。**是唯昧於
道，立國喪其經，根基不自固，有力難為凝，
吾道苟不廢，濁世終能澄，強必立其信，弱者
扶其傾，一本天人理，何用物之鎮，寄語諸君
子，迷途應返程**，懷彼醉鄉客，沈湎何時醒？

「爾我亦若是，何分弟與兄」，俄羅斯和烏克蘭同
屬斯拉夫民族，為何同室操戈？「侈言『埋葬汝』」是
時任蘇聯領導人赫魯曉夫在一九五六年對西方外交官的
說話。雖然原意是歷史上共產主義會戰勝資本主義，但
這亦切合後來以核武器威脅敵國的語境。黎氏認為，世
界各國能夠一本天理良心，強國重信用，並且扶助弱國
的發展，世界共榮，又何須用核武器來威迫對方呢？

戰前和戰後初期，從內地南下香港的華人，不論是
普通的百姓還是文人，如果問他們是哪裡人？一者，中

國人;二者,南海人、三水人、順德人等籍貫的人!在香港境內離開祖國距離最近的地方,當數勒馬洲(今落馬洲)。勒馬洲觀景台,成為南下文人喜歡流連、遠眺祖國的熱門地方。黎氏便有題為〈遊新界勒馬洲〉的詩云:「勒馬洲前一倚欄,望中但見破河山,那堪俯瞰梧桐水,曾有哀鴻帶淚還。」

想不到自二○二○年起內地與香港封關兩年多,不少家庭分隔深港兩地,只能到深圳羅湖延芳路隔著鐵絲網與香港打鼓嶺對望,在這裡打電話以緩解分隔之苦。

南海潘新安《小山草堂詩稿・行健集》亦有題為〈勒馬洲〉的詩,寫於一九六九年:「慘淡郊原晚望開,洲前真有李陵台,此身已似長江水,到海悠悠不復回。」李陵是漢武帝北伐匈奴的大將,最後因寡不敵眾投降,漢武帝下令處死李陵全家,李陵有國歸不得,終埋骨異域。香港對於南來文人來說,是英國殖民統治下的異域。家國之思,只能藉詩詞加以抒發。

李景康遺像

一九六〇年，官立漢文中學（今金文泰中學）首任校長（1926-1941）李景康（字鳳坡）逝世，金文泰中學校友會及香港漢文師範同學會，歷時三年籌募經費及進行編輯工作，完成《李鳳坡先生詩文集》的編印工作。《詩文集》收有〈百壺山館文存〉、〈百壺山館詩存〉、〈披雲樓筆記〉、〈國文研究法〉、〈儒家學說提要〉。李校長的學生馮秉華在《詩文集》所寫的〈跋〉便明言，李校長教人「作詩宜取唐人。」守平仄格律的舊體詩，始終是舊一代文人所堅持的文體。

〈百壺山館詩存〉開首便以「臨桂遊草」、「蒼梧遊草」、「柳江遊草」、「曲江遊草」、「樂昌遊草」、「仁化遊草」、「龍南遊草」、「尋鄔遊草」和「重抵曲江」為主題，收有詩作三十九首。雖然大多是描寫景色和古跡為題，但從主題名稱，已側面反映主人翁在一九四一年日寇侵港後，至廣東和廣西兩省逃亡的路線。

緊接其後是「香江吟草」，當中第一首是〈香港亂後弔宋皇台遺址〉。日佔香港時期，日軍炸毀宋皇台基石作啟德機場擴建工程。此詩描繪李氏返回香港，目睹宋皇台的遺址，覺悟佛教成、住、壞、空的無常道理：「壞空已證牟尼論，成住徒思輦路塵，遺迹幾經滄海變，荒台重歷刼灰新。蘼蕪尚厄鰕夷禍，片石難留帝子魂，一度登臨一回首，翠華進問水之濱。」詩中以「鰕夷禍」指稱日寇侵港。國家積弱，能夠見證歷史的遺址，亦片瓦不存。沒有歷史的民族，沒有未來。

一九八二年，日本篡改教科書，將「侵略中國」改為「進出中國」。因此，南海潘新安作〈聞日改侵華史書憤〉一詩，收於《小山草堂詩稿・知味集續》內。詩云：「蘆溝寇境年非遠，白下屠城跡尚新，敗績詎逃天譴責，釋俘真悔我寬仁。忘恩醜類偏多詭，文過胡言定有因，借問巍巍持政者，豈無善策制強鄰。」當年蔣介石對日本侵華的罪責，以「既往不咎」和「以德報怨」處理，放任大部分日本軍隊返回故里，只對少部分犯下戰爭罪行的侵華軍官處以極刑。一九八〇年代，國家正值改革開放之初，尚需穩定的國際局勢配合經濟發展，但民間愛國的中國人，都對日本篡改教科書憤憤不平。

以水墨畫描繪潘新安形象的〈小山草堂主人讀書圖〉

　　潘新安《小山草堂詩稿》收有〈游情集〉、〈念定集〉、〈車塵集〉、〈車塵集續〉、〈知味集〉及〈知味集續〉，包括了潘氏一九四〇年至二〇〇二年的詩作。潘氏在〈知味集續〉中以〈偶感〉為題，表達自己超過一甲子的詩作，只需抒發己懷便可的心聲：「鉤玄提要百千編，心力拋殘到白顛。六十年成詩一卷，自家陶醉自家憐。」

　　南來文人的詩作中，不全是家國之思，亦有詠香江景緻的優良作品。潘新安創作於一九六〇年代中的〈念定集〉，便收有〈香港八詠〉，包括「鯉門潮夕」、「石澳濤聲」、「石排酒舫」、「龍翔晚眺」、「青山禪磬」、「林村飛瀑」、「鳳凰旭日」、「塔門釣石」。潘小磐《餘菴詩草·知非集》中有〈香港新八景〉，寫於一九六六年，與潘新安《小山草堂詩稿·念定集》的〈香港八詠〉題目相同，只是排列次序不同。

　　潘新安《小山草堂詩稿·行健集》中有〈香港續八景〉，寫於一九七〇年，包括「旗山夕照」、「獅峰磴道」、「望夫山石」、「瀝源紅雨」、「船灣煙渚」、「屏山塔影」、「吉慶古圍」、「分流漁浦」。陳伯祺這《穎廬詩草初集》的〈香港八詠〉（一九七〇年）與潘新安《小山草堂詩稿·車塵集續》的〈續香江八景〉（一九七六年）題目基本相同，只是八景排列的次序有別。

　　上述詩作的香江八景，與現時網絡上流傳、源於一九三〇年代考古學家陳公哲挑選的「香江八景」多有不同，可以作為大家在疫後重新發現美麗香港的指南詩。

　　疫下石排灣，無聊宅在家。封關蕭百業，豈可覓來人。經歷過一九五〇年代與海角的瑜亮之爭、一九七一年火災、一九九八年亞洲金融風暴，但越不過二〇一九年至今的旅遊業退潮，珍寶海鮮舫和太白海鮮舫停業至今。香港八景，各有所好。不如就近取材，以上述兩首〈石排酒舫〉同名詩作，以作懷緬：

網得時鮮又幾條，憑君意選付烹調，樓船向晚
張鐙綵，几席留春沸鼓簫。知己襟懷無量酒，
美人藤澤可憐宵，層台累榭登臨慣，何似波心
月色曉。（潘新安）

分明畫裡小瀛洲，翠繞珠圍水上樓，港口帆隨
山遠近，欄邊燈與月沈浮。石排邨改尋難著，
番舶人來醉始休，炮鱉灼蝦風味別，千金一席
傲王候。（潘小磬）

不意宅於家，冬天轉入春。雷聲蘇萬物，蚊子益煩
人。讀到潘新安〈念定集〉中〈蚊陣〉一詩，醒悟潘氏
時於瀝源春雨間，亦目睹積水滋生蚊子的盛況，行人經
過被蚊子追逐，狼狽非常：「交揮雙手驅不散，人行蚊
行足駭汗，解衣蒙首復狂奔，狼狽歸來如脫難。」潘氏
筆法一轉，蚊追難避，亦比不上饒舌造謠生事的小人：
「蚊蚋利喙猶可防，小人饒舌更難當，何如閉戶耽詩酒，
自在身心樂且康。」世間名利，皆是鴻福。能夠閉門讀書、
吟詩、唸經，才是清福。昔釋迦在菩提樹下睹星悟道，
今愚人在蚊子巢下聞聲解理，雖比不上本師，也當釋懷
了。

蚊子惹人嫌，不如說人見歡喜的「喵星人」！潘小
磬《餘菴詩草‧指掌集》中的〈貓〉：「鈴鐸頻頻響，
棋枰局局新，微張午時眼，冷看世間人。踴躍身偏矯，
覘窺性最靈，不應饞有口，一味愛魚腥。」人事紛紜，

我們應該學貓的冷眼旁觀，事不關己；面對困局，我們
應該學貓的身段靈活，自解困厄；眼前現利，我們不應
如貓般饞口，否則一口魚腥，未來便會狼狽不堪。

七十六歲的陳伯祺

　　南海陳伯祺《潁廬詩草初續集》，收入陳氏於
一九六六年至一九八一年間超過四百首詩作。曾任教於
香港中文大學、珠海文史研究所、香港浸會大學的何敬
群，便在是著的賜序中，簡述戰後香港作為中國舊詩詞
創作中心的重要地位：「自世變之後，中國詩事，橫被

摧殘，日以銷聲。獨海外猶存黃鐘大呂之正聲，而香港
實為之中心。三十年以來，鼓吹詩事，鼓舞後進之詩社
詩壇，先後興起。其著者如碩果社、堅社、健社、風社、
香港詩壇、亞洲詩壇、芳洲社、春秋社、披荊社、南薰
社、國風、太平、鴻社、愉社等，皆極一時之盛。然其
號召所及，至多不過數十百人。至近十年，乃有錦山文
社及詩畫琴棋雅集之會，與會者嘗數百人，吟事之盛，
風動社會，而君【筆者按：陳伯祺】實為錦山文社之首
倡者。」

一九七九年，陳氏作有〈香港工業進程歌〉的歌謠，
合共四個部分，收於《穎廬詩草續集》，勾劃出百多年
來香港歷史和工商業發展進程，謹錄全文如下：

（壹）緒論
香港位在珠江東，水深能泊巨艨艟，
南京條約始割讓，於今商務世稱雄。
地小人擠居不易，民食尚賴鄰地充，
原料物資從外入，舟車輻輳何興隆。
商品製成復輸出，潛能端在擅加工，
東方之珠鳴國際，自由免稅實居功。

（式）往事回顧
半世紀時勞動力，工資低廉非各嗇，
每天一角五分錢，包括住行與衣食。
白米每元三十斤，黃金每兩半百值，

產品遙銷落後區，生活雖低亦安適。
奈何倭佔起風雲，餓莩縱橫人菜色，
烽火摧殘歷四年，工休業廢民生蝕。

（叁）戰後工業蓬勃
戰後民生喜復蘇，香江百業展宏圖，
銷場遠拓通寰宇，紡織鐘表別幼鱺。
用具塑膠金屬品，嶄新欵樣具規模，
工資待遇隨風起，木屋喬遷徒置區。
效率提高人淬礪，勞資調協少牽拘，
操作每週休一日，皇皇法例眾歡愉。

（肆）向新品種開發
近年科技進軍好，電子電容兼電腦，
不隨鄰壑鬥雞蟲，改向名城輸至寶。
貿易發展有中心，工業人材宜改造，
講壇益智先後開，借鏡他山尋坦道。
立人受聘為宣揚，學理無分年幼老，
同為工業貢赤誠，萬眾一心謀進度。

「戰後民生喜復蘇，香江百業展宏圖」，這裡祝願香江疫後民生復蘇，民生百業再創高峰！同為香江貢赤誠，萬眾一心謀發展！

吳尋張跡

張愛玲的〈傾城之戀〉

吳邦謀

一九三九年，張愛玲在港大攻讀文學士學位，期間她成績優異，獲取了兩份獎學金，卻因一九四一年日本侵戰爆發，香港淪陷，她被逼停學於一九四二年返回上海。張愛玲在殘酷及無情的戰火下，在漫天火光及炮聲隆隆中渡過，看到炮火圍城下的生與死，離和別，仍能保持堅毅不屈的學習精神，締結了張愛玲和香港的半生緣。張愛玲將香港這陷落城市裡所見所聞，寫成經典小說〈傾城之戀〉，一經出版便震撼文壇！〈傾城之戀〉首次發表於一九四三年九月號及十月號的上海《雜誌》月刊上，及後收錄於一九四四年張愛玲首本小說集《傳奇》。張愛玲承著這股讀者熱愛〈傾城之戀〉之風氣，首次將這小說編成戲劇，由上海著名導演朱端鈞執導，於一九四四年十二月十六日在上海新光大戲院隆重獻演。結果《傾城之戀》舞台劇大受歡迎，由四幕八場話劇加演至八十多場，場場座無虛席，轟動一時！

張愛玲的〈傾城之戀〉描述婚姻失敗的上海女子白流蘇，她回到娘家後被家人冷嘲熱諷，生活處境日漸困苦。她在一個偶然的機會下，認識了一個浪漫不羈的南洋華僑范柳原。白流蘇為了生存和活得有尊嚴，便孤注一擲離開上海白家，遠赴香港，以搏取范柳原的愛情及爭取一個合法的婚姻地位。白流蘇、范柳原兩人在香港

淺水灣酒店展開戀情，可是二人在戀愛與婚姻的議題上未能達到共識，白流蘇只好返回上海。及後范柳原著白流蘇再次來港繼續戀人關係，二人共賦同居。一九四一年他們經歷日軍侵略香港，在戰爭的兵荒馬亂中，二人被命運緊繫在一起，成就了這段愛情，正如張愛玲在她創作〈傾城之戀〉小說中寫下：

　　香港的陷落成全了她。但是在這不可理喻的世界裡，誰知道甚麼是因，甚麼是果？誰知道呢？也許就因為要成全她，一個大都市傾覆了。傳奇裡的傾城傾國的人大抵如此。處處都是傳奇，可不見得有這麼圓滿的收場。

　　張愛玲的小說在文學界一直備受推崇，但其作品因跌宕起伏的故事情節，細緻入微的男女心理描寫，若要從文字轉換成影視效果，其實確不容易，結果令到眾多導演和編劇欲碰又不敢碰的題材，但卻挑起部分電影人向難度挑戰。因此，張愛玲其作品每一次被改編，都受到文學及影視界的密切關注。在小說或電影故事裡，作者或導演在不同的人物塑造手法會帶來不同的形象效果，而在推動小說或電影故事的情節及發展方面，人物塑造擔當著很重要的角色，因此很多作者或導演會在肖像、語言、性格、行動和心理方面等等用心及著力地描寫。
　　小說主要以文字配以插圖來形容及描寫人物，作者必有他心中人物的模樣及性格，「死生契闊、與子相悅，執子之手、與子偕老。」張愛玲之〈傾城之戀〉引用《詩

經》，為小說添上神祕及神采，白流蘇更形容是一個永不過時的中國女人。但每位讀者卻有無限的想像空間，猶如一千人看《紅樓夢》，腦海中便有一千個不同樣子及性格的林黛玉與賈寶玉。在電影作品中，導演根據小說中人物的肖像、種族、身分、年齡、性格、職業等特點來選定角色，並通過化妝、服裝、髮型、飾物等等來塑造形象，使人物更具體和更逼真，讓觀眾易於投入小說中所發生的故事及人物認識。

明報特輯

由許鞍華執導和蓬草改編的《傾城之戀》電影，於一九八四年八月二日在香港首映。翌日，明報特別出版《傾城之戀特輯》，刊有張愛玲於公映前夕從美國寄給宋淇的一篇短文〈回顧〈傾城之戀〉〉，以及導演許鞍華的〈談《傾城之戀》〉文章。張愛玲提及當時港大正放暑假，她常到淺水灣酒店去看她的母親黃逸梵，原來黃在上海跟幾個牌友結伴同來香港小住，此後分頭去了新加坡及越南的首都河內，但卻有一男一女留在香港，以後更同居起來了。香港淪陷後，張愛玲每隔十天半月遠道步行去看他們，打聽有沒有船到上海。張愛玲稱寫〈傾城之戀〉的動機，大致是他們的故事，因為他們是熟人之間受到日本侵略香港影響最大的，小說中的范柳原和白流蘇，便有著他們的影子。

至於許鞍華的〈談《傾城之戀》〉，寫有她為甚麼要拍張愛玲及其對戲中選角的感想：「張愛玲的《傾城

之戀》之所以對我有莫大的吸引力，原因之一，是因為它的背景是四十年代的香港。拍一部以過去的時代做背景的電影，對任何一個導演來說，都是一種很「過癮」的事情，也可說是一項挑戰。其次的，〈傾城之戀〉的主題很好：它說的是在一個動亂的時代裡人受到種種的影響，甚麼也傾覆了，唯一剩下來的，可以依靠的，便只有兩個人之間的感情與關係，也就是人與人間並不強調故事的情節，而是以最純粹的東西。」

很多人問我為甚麼會用繆騫人和周潤發來飾演白流蘇和范柳原，那其實是一個很個人的原因。我認識他們的日子不算短，也談的很投契，但我卻一直覺得他們深不可測，有很多地方難以令人瞭解。對我來說，白流蘇和范柳原也有這種神秘的魔力。張愛玲把他們寫得很抽象，甚至連外型樣貌也不很清楚。我想把繆騫人和周潤發放在一起，希望在拍片的過程中加深對他們的認識與瞭解，結果是我覺得發仔更神秘、更難以揣測，就像范柳原一樣；歌娜（繆騫人英文名字）反而認識深了一點：她是一個很有決心的人，做事認定了目標，便不顧一切往前去──就像白流蘇一樣。

導演許鞍華提到張愛玲寫得很抽象，甚至連外型樣貌也不很清楚，最後選了周潤發和繆騫人作男女主角，是否吻合小說中的范柳原及白流蘇？

白流蘇

根據原來文本〈傾城之戀〉，作者張愛玲以精簡的文字，具體地描寫白流蘇的身軀、腰肢、臉型、皮膚、上頜、眉心及眼睛等部位的特徵如下：

她還不怎麼老。她那一類的嬌小的身軀是最不顯老的一種，永遠是纖瘦的腰，孩子似的萌芽的乳。她的臉，從前是白得像瓷，現在由瓷變為玉──半透明的輕青的玉。上頜起初是圓的，近年來漸漸的尖了，愈顯得那小小的臉，小得可愛。臉龐原是相當的窄，可是眉心很寬。一雙嬌滴滴，滴滴嬌的清水眼。

再者，張愛玲更在〈傾城之戀〉小說中畫下她心目中的白流蘇，明艷照人！戲中由出生自上海的繆騫人飾演白流蘇，留著一頭短髮、身型瘦削，臉型尖尖的，妝容淡掃蛾眉，清清淡淡。若以小說中的白流蘇作比較，她除沒有那份離婚婦人渴求再婚的神態外，還缺少了一雙嬌滴滴的清水眼，但總體扮演白流蘇也中規中距。

范柳原

張愛玲創作的短篇小說〈傾城之戀〉，內容至今仍受到不少男女讀者喜歡，特別是故事中風流瀟灑的范柳原，深受女士愛戴。由小說中的白公館跳出至現代女性，大都夢想將來的如意郎君若是范柳原那就心滿意足，若曾與他相遇、相識、相知，甚至相愛或是最後相分，也

不枉此生。

　　導演許鞍華曾提到張愛玲筆下的范柳原寫得很抽象，甚至連外型樣貌也不很清楚，最後角色選了周潤發。究竟張愛玲在〈傾城之戀〉怎樣形容范柳原？筆者從收藏的一九四三年九月號及十月號的兩期上海《雜誌》月刊上，以收錄最原始、最初版的〈傾城之戀〉小說上，尋覓范柳原的真面目。原來張愛玲在〈傾城之戀〉文本上沒有著墨來形容及描寫范柳原的面容及外貌，只通過第三者徐太太的角度道出他的年紀、身分及家底等等如下：

　　范柳原今年三十三歲，父母雙亡。白家眾人質問徐太太，何以這樣的一個標準夫婿到現在還是獨身的，徐太太告訴他們，范柳原從英國回來的時候，無數的太太們急扯白臉的把女兒送上門來，硬要挪給他，勾心鬥角，各顯神通，大大熱鬧過一番。這一捧卻把他捧壞了。從此他把女人看成他腳底下的泥。由於幼年時代的特殊環境，他脾氣本來就有點怪僻。

　　范柳原就是在英國長大的。他父親故世以後，雖然大太太只有兩個女兒，范柳原要在法律上確定他的身份，卻有種種棘手之處。他孤身流落在英倫，很吃過一些苦，然後方才獲到了繼承權。至今范家的族人還對他抱著仇視的態度，因此他總是住在上海的時候多，輕易不回廣州老宅裡去。他年紀青的時候受了些刺激，漸漸的就往放浪的一條路上走，嫖賭吃著，樣樣都來，獨獨無意於家庭幸福。

《傾城之戀》電影中的周潤發飾演范柳原，中等身材，常穿西裝，頭髮以髮蠟梳起，洋派的打扮，其外貌及造型直接呈現在觀眾眼前，恍如小說中的男主角。他扮演的范柳原，風流瀟灑但又看透世態炎涼，看似玩世不恭的花花公子，但在戰火中從身上及從心內對繆騫人飾的白流蘇所發出的真情及真義，卻讓人感動及感悟！

許鞍華

獲得第七十七屆威尼斯電影節授予「終身成就金獅獎」的許鞍華，成為全球首位獲得該獎項的華人女導演，對張愛玲的小說非常著迷，並以改編她的作品為目標，三度挑戰自己，先後將張愛玲的三部經典小說在〈傾城之戀〉、〈半生緣〉和〈第一爐香〉拍成電影。許鞍華在一九八四年一月始決定開拍《傾城之戀》，二月八日便能開鏡，籌備速度驚人，整部電影只拍了三十多個工作天便順利完成。同年七月二十七日晚上九時三十分在香港作慈善首映，舉行地點位於當時全港擁有最舒適和最寬敞座位的銅鑼灣碧麗宮戲院。該戲院由碧麗宮夜總會改建而成，於一九七九年十一月開業，共設有千多個豪華座位，主要放映大卡士的中西電影，首部放映的電影是《異形》。一九八一年九月，由基斯杜化李夫和珍茜摩爾演出的電影《時光倒流七十年》（*Somewhere in Time*），在碧麗宮戲院上映長達二百二十多天，創下當時香港電影院放映期最長的記錄，令入場的觀眾對戲中男女主角的愛情故事深深打動，愛戴非常！接近三年後，

另一華語鉅片改編自張愛玲名著的《傾城之戀》同樣在碧麗宮戲院首次上映，是香港慈善機構公益金的重點籌款活動。

《傾城之戀》放映前舉行了一場雞尾酒會及剪綵儀式。出席嘉賓計有公益金籌募主席雷興悟、副主席陳有慶及首映籌委會委員包括何鴻燊、馬清偉、李國寶夫人、邱德根夫人、查懋聲夫人、董建華夫人、孫秉樞博士、陳麗玲女士、朱祖涵等等。到了萬眾期待的首映籌款剪綵儀式終於來臨，每人都欲想知道誰是剪綵嘉賓，有人猜估此人定是邵氏兄弟（香港）有限公司創辦人邵逸夫爵士，亦有人認為是周潤發及繆騫人，甚至是《傾城之戀》的原著作者張愛玲。

嘉道理

相信大部分在碧麗宮戲院的嘉賓也估計不到，即將舉行盛大的〈傾城之戀〉剪綵儀式，是由一名個子不高的猶太人作主禮嘉賓。這位受到中外嘉賓所注視的是香港被稱為「電王」，除是中華電力集團最大股東外，亦經營地產、船務、工程、建築、酒店等等。他的家族早期入股香港上海大酒店有限公司，並在上海經營酒店業務及持有香港半島酒店、淺水灣酒店等等。這人便是羅蘭士‧嘉道理勳爵（Sir Lawrence Kadoorie）（1899-1993），曾是香港首富，熱心公益，樂善好施，擁有物業無數，單是位於九龍心臟的加多利山的樓房其總價值更是天文數字。

　　有部分嘉賓猜估為何大會邀請嘉道理勳爵作剪綵嘉賓，莫非他成為邵氏公司大股東，有興趣來投資影視事業像這部《傾城之戀》大片？原來，嘉道理爵士既不是入股邵氏，亦不是投資電影，原來在《傾城之戀》開拍前，邵氏公司透過這部片子的製片人樂易玲女士接觸嘉道理集團，要求他們家族擁有的香港上海大酒店公司，能借出已拆卸的淺水灣酒店圖則，讓邵氏在清水灣片場搭建這幢酒店及露台餐廳，以忠實於原著張愛玲筆下的〈傾城之戀〉小說故事。

　　據二〇二〇年皇冠出版的《書不盡言——張愛玲往來書信集2》，張愛玲於一九八三年十二月十日致宋淇信中，提及《傾城之戀》電影版權一事，表示：

　　　如果有優秀的導演，態度認真的公司，才可考慮出讓版權。……我好久沒到香港來，但是也從各方面知道香港現在面目全非，連淺水灣酒店都拆掉了。如果不多搭實景，則根本無從拍。如果要忠實於原著，那成本一定很可觀，否則就根本不必談。

　　最後，嘉道理家族答應邵氏公司的要求，借出淺水灣酒店一九二〇年代的興建圖則及有關名字的使用權。

　　復刻版的淺水灣酒店搭建在西貢的清水灣邵氏片場，曾經是全球最大私營影城，被譽為東方荷李活。佈置一如昔日該酒店在淺水灣般，屋頂上豎立一英國旗，使人有置身於真實情景中，淺水灣酒店像又復活過來了。

邵逸夫爵士曾透露，搭建這幢淺水灣酒店佈景，動用木料是邵氏兩年來拍武俠片廠所用的總數，費用超逾三百萬港元，影片製作費接近一千萬港元。待影片拍竣之後不會拆卸，開放招待遊客之用。

首映禮

據皇冠出版社行的《書不盡言——張愛玲往來書信集 2》，在其第二二六頁上印有張愛玲的閨密鄺文美於一九八四年七月二十六日回信給張愛玲，內容提及鄺文美於七月十七日收妥了她的掛號信及附有的支票以及〈回顧傾城之戀〉一文，並說出該文章來得正合時，剛來得及放在慈善首映禮紀念特刊中以壯聲勢，邵氏還送來「名譽金座券」兩張，專誠邀請他們來觀賞。

翻查當年報章報導，香港公益金於一九八四年七月二十七日晚上九時三十分在香港銅鑼灣碧麗宮戲院，舉行了一場特別慈善首映電影，優先獻映 由邵氏發行許鞍華執導及由周潤發及繆騫人主演的《傾城之戀》。《傾城之戀》慈善首映票價共分三種，分別為普通座券港幣二百五十元、高級座券港幣五百元以及名譽金座券一千元。其中邵氏送出兩張名譽金座券給張愛玲及鄺文美，以邀他們觀賞。但當時張愛玲身在美國，相信趕不切翌日來港觀看，信中鄺文美提到她和宋淇看後會把觀感告訴她。慈善首映戲券一經推出所有座券很快便銷售一空。當晚全院滿座，《傾城之戀》共為公益金帶來超過六十萬港元的善款。其中以下的一段男女主角的精境對白，

觸動了不少現場嘉賓及觀眾的心窩，盡顯張愛玲寫作的
非凡功力，令人讚嘆！

　　流蘇正在跳著舞，范柳原忽然出現了，把她從另一
個男子手裡接了過來。在那荔枝紅的燈光裡，她看不清
他的黝暗的臉，只覺得他畢常的沉默。流蘇笑道：「怎麼
不說話呀？」柳原笑道：「可以當著人說的話，我全說完
了。」流蘇撲嗤一笑道：「鬼鬼祟祟的，有背人的話？」
柳原道：「有些傻話，不但是要背著人說，還得背著自己。
讓自己聽見了也怪難為情的。譬如說，我愛你，我一輩
子都愛你。」

　　張愛玲的著作除包含了生動的人物、精彩的對白、
傳奇的故事外，還有其獨特的表現方式，猶如電影裡的
情節一樣。大部分張愛玲的小說都不是為了拍電影而撰
寫的，卻有多部被後來的導演及編劇家改編在大銀幕上
映的電影，包括〈傾城之戀〉、《半生緣》、〈紅玫瑰
與白玫瑰〉、〈色，戒〉、〈第一爐香〉等等。期待日後
我們再能透過電影、戲劇、電視或電台欣賞張愛玲的其
他非凡作品，拭目以待。

張愛玲的〈傾城之戀〉首次發表於一九四三年九月號的
上海《雜誌》月刊上，左圖為該刊物的封面，右下方印
有粉紅底白字「傾城之戀」，圖右為該小說內頁，可見
張愛玲繪畫的白流蘇。（筆者藏品）

香港映會主辦的電影《傾城之戀》早場堂座二十元戲票，
票上印有上映日期為一九八七年九月十三日上年十時
三十分，播映戲院為尖沙咀海運。（筆者藏品）

一九八四年，許鞍華導演在清水灣邵氏片場搭建的淺水
灣酒店內拍攝電影《傾城之戀》，舊照中前景可見周潤
發飾演戲中風流瀟灑范柳原。（筆者藏品）

許鞍華執導的電影《傾城之戀》共拍了三十多天便煞科，並於一九八四年七月二十七日假銅鑼灣碧麗宮戲院作慈善首映，主禮嘉賓為嘉道理勳爵，為公益金籌得超過六十萬港元的善款，該片於八月二日正式上映。圖為《傾城之戀》之宣傳廣告。（筆者藏品）

一九八四年八月出版的《傾城之戀》特刊，全以彩色印刷，
以飾演白流蘇的繆騫人作封面人物。（筆者藏品）

《傾城之戀》日文特刊，於一九九二年七月發行。
（筆者藏品）

寫得有滋味

三聖的海與鮮

蕭欣浩

　　家住屯門，三聖邨一帶很早就認識，屯門人都稱作「三聖」。三聖一地得名，源於該處有座「三聖廟」，供奉儒釋道三教的孔子、釋迦牟尼、老子，後續就有了「三聖墟」、「三聖邨」等名稱的延伸。最早期到三聖，是跟家母遊海灘，在黃金海岸下車，跑到海灘，堆沙戲水一番，再慢慢沿海岸，上坡下斜，走到三聖旁邊的青山灣，稍作休息、梳洗。家母與我坐在沙灘旁邊的石壆上，喝預先冰好的茶，吃點水果和麵包，看著海岸線就過上整個下午。走到三聖邨，舊時還會看到賣海鮮的地攤，長者三三兩兩，面前零星放些碟碟盤盤，賣些小魚小蝦小蟹，是漁民交貨賣剩的海鮮。有時候會看到包好一袋袋的蝦米蝦乾，是漁民自家曬製的，反正吃不完就賣，賣不去就吃，總不會浪費。家母與我邊逛邊看，講解一下常見的海鮮、乾貨的來歷，還有漁民捕魚、上岸的歷史。

　　三聖位處海邊，歷史上早有漁船靠岸停泊，避風避浪，出售漁獲，海產鮮活上岸，吸引不少買家、饕客，海鮮附著的美名一直延續至今。三聖仍有幾家海產檔天天運作，誰好誰差說不準，識人也不見得便宜，不過至少會給你鮮活的好貨，或者你不惜腰間錢，會推薦你一些罕見食材。當然，大家熟識的程度未必一樣，待遇還是會有差別。至於「呃秤」、「調包」會不會找上你，

也只能看運數，懂挑懂點懂物種的朋友，受騙程度自然較少，但如果你花蟹、肉蟹不分，老虎斑、老鼠斑混為一談，就要多加注意被騙的風險了。如果買的量不太少，加上是在附近的食肆堂食的話，在檔口當面點算結帳後，海鮮檔員工會將海鮮放入塑膠手提籃，提著跟客人一同到食肆，在枱邊換上食肆的膠籃，然後才離開。一方面避免海水魚腥弄髒客人衣衫，也讓客人一路看清海鮮沒有被「調包」（要調的話，海產檔內已經調了），也算是少見「買料吃飯」的過程。

可以處理自帶海鮮的食肆，三聖就有好幾家，一來要看烹調方法，是粵式還是泰式。二來挑烹調手法，是餐廳的擺盤，還是大牌檔的鑊氣。三來就是裝潢與服務，大牌檔較地道、豪邁，餐廳會寬敞一點，服務或許不差太多，如果餐廳有熟悉的經理，當然就是上賓級的待遇。我較常去的是「海天」，大多都是跟著長輩前去的。大學時期，學系辦完講座、研討會，不時都會到海天宴客，挑挑海鮮，吃吃粵菜，環境好，招呼足，確實不失禮。跟也斯去吃飲茶點心，席上談課程和活動的安排，交流一下飲食典故趣事，現在回想起來，就是文化薰陶和知識學習。訪問作家蘇童也是在海天，吃叉燒喝紅酒，談文學說食事，蘇童自稱「吃貨」，真的十分懂吃，在創作和生活上都表露無遺。

後來到海天，更多時候是開校董會，校監訂房開會，會後吃午飯小休，心想這種會議確實多開無妨。校監從商，想必時常到海天宴客，食肆員工都認識他，招呼似

乎已經無法再好，食物質素也達到很高水平，小至蝦餃、燒賣，大至焗蟹蒸魚，都是近年甚少吃到的高質素。簡單說，就是食肆一進一出之間，都有最高級別的待遇。蝦餃味鮮，燒賣肉爽，鹽焗重皮蟹，油鹽焦香，脂膏豐腴，蒸魚肉嫩，過猶不及。好料好菜好招呼，全因校監的面子，當然也是他懂吃、不吝錢所置換得來的。

三聖依舊是三聖，改換的地方不太多，添了一條長堤步道，沿路感受灣景，算是融入環境、具意義的建設。食客到三聖用餐吃海鮮的習慣不變，只是海鮮未必是漁民撈捕的，更多是各地飼養，店家入貨得來，蓁養海邊檔口。當然店家經營的設備和經驗不減，食客買到的海鮮一樣「生猛」，嚐過好酒好菜，出門海風飄來，海與天就這樣，一直駐紮於三聖的內涵當中。

死亡日記　　王芷茵

二月二十六日　萬里無風　大雲
天色昏暗

是誰在哭泣？
噓
聽——
從泥土裡傳來
吱吱，吱，吱吱
蟲兒咀嚼腐肉
是古老的野草的味道，在他身上風乾了七十七年
還有那年初夏偷來的水鴨
他笑說：用這裡的泥土
砌竈，焚燒，埋葬

真香
聽說他的骨頭很硬
咔，咔
柴一般的脊骨
撐起了天。是凋落的大樹
枯柴一般的脊骨，腐爛的肉，暗紅的
血，滴……
滴……是誰在哭泣？她恨恨地想著
沒有人憐惜

整整的一生長長久久地死去吧
咔，咔咔
天在崩塌

豉椒蒸鯇魚飯　　岑文勁

麵豉醬塗勻一截魚身
散發著黃豆醞釀後的霉香
麵豉去除魚的腥味
鍋氣出籠
嫩滑入味的鯇魚
帶出黃豆的鮮甜
紅辣椒鋪面
一小片的辣
刺激一點，只是
調劑一下午餐的味道
一截鯇魚肉剛熟
淋熟豉油灑碎蔥花
蔥香帶出鯇魚的鮮香
一小塊魚頭，有骨
可以咬碎的骨
慢慢咀嚼魚頭骨髓的鮮滑
一碟扣底白飯
飯氣攻心
一餐飯要飯量足
大口大口吞入肚
才可填補工作付出的氣力
免費一碗涼瓜黃豆豬骨湯
無味精，一口氣喝下

一杯免費熱咖啡
一口氣喝下

午餐後三十分鐘小休
喝了免費熱咖啡
怎麼睡睡不著

幸福的婚姻　　　律銘

一對夫妻
一同愛上對方

一同發出鼻鼾聲
一同起床
食早餐，食完，一同洗碗

一同變老
一同健康
傷心時，一同流淚

一同埋葬
見到伴侶死去，一同沉默
一同復活

世界上幾十億人
多少能做到其中之一？
今年第一場雪在伴侶心中蘊釀
能及早察覺，已經，非常幸運

訪一戰紀念碑 陳立諾

那一天，他們接到命令。
命令一級一級向下傳達，彷彿
可以追溯到上帝那裡。於是

凌晨時分，十萬人爬出壕溝衝鋒，
敵人在山坡上設置了機槍陣地，
綿延數公里，敵人的敵人也知道。

紀念碑就座落在山坡上。
碑身用鋼鐵澆鑄，厚重樸實
無疑可以抵擋槍林彈雨。向後退

退到很遠的距離，直至滿腳泥濘
才能把整座紀念碑收入鏡頭；金屬物伸展延長，形
成拱門般的牆身。

士兵的名字被鑄在牆上，
一個接著一個，排成整齊的隊列
正在準備趕赴下一場戰爭。

遊客遠道而來，盯著碑上的字母
想像不出亡者的面孔；只驚訝於：無論生前或死後，
他們一樣服從。

童真　　區肇龍

你有你的一貫童真
擁抱著你的藍太陽　與　洋娃娃
在露台的一角　沉著
是你令太陽變了樣

你說
藍色的太陽造就了藍色的天空

天空不會說話　你卻說天上傳來鼓聲
天空不會微笑　你卻為她添上笑聲
天空不會恍動　你卻為那善變的雲　繪成許許多多
的動物符號
天空下著雨　你說是因為它擔心不見了太陽

藍太陽原是跟月亮星星一夥
在構建出她們許多許多的幻想
織滿了天空的角落
交匯了日和夜

月亮沒有因人們的嘆息
勉強穿上哀愁的黃裳
卻堅持用上沒有世俗憂鬱的紫藍

你又彷彿在對紙說
為甚麼你在模仿碟子
盛載著許許多多的生日願望

花海美麗
但
不及一枝獨秀的高貴
是你
用那堅挺筆直的莖
支撐起那動人的花傘

草是凌亂的一種想像
埋伏了蛇的歹毒
只見美的一片疏落

沙是變幻的
七彩是一種永恆　可以
包裹著一片陽光與沙土

識於二〇二〇年五月二十一日

詩三首　　張楨

白色戀人

天空湛藍若水
遠山黛色霜青
冬日的陽光刺眼熱烈
我，卻感受不到絲毫溫暖
白色的戀人從空中飄落
絲絲縷縷的纏綿
溫柔地撫摸我已經凍得緋紅的臉頰
落滿衣衫凋零了我的髮梢
走在函館雪地聽一曲思歸
突然想起了你
你的名字不曾出現已有多年
琴聲瑟瑟，孤影和鳴
我若此刻回頭，你還會不會驀然出現在身後
微微一笑將冰雪融化
雙眸裡的情意可將歲月倒流
此去經年，此生難尋
我在函館山眺望你的蹤影……

天空湛藍若水
遠山黛色霜青

冰封的河面中間是潺潺的流水清澈

鴛鴦依然游弋水中自由自在

白色的戀人從空中飄落

絲絲縷縷的纏綿

落在廢棄的石造倉庫，倒映在古老深邃的運河，

無聲地流淌訴說著百年的繁華與落寞。

走在小樽的運河邊，聽一曲思歸

突然想起了很久很久以前的盛夏，

你說過

如果有一天走散在人群中

你會為我點一盞燈

無論我走的得有多遠有多久

總能在這裡找到

一束風吹不散的目光，

是你月光下的凝眸

鄉音戚戚，入我夢兮

透明純潔，和淡化在空氣裡的哀傷

是恬淡的初戀，青澀的時光，

歸途渺渺，亂我魂兮

站在小樽橋上風中傳來你呼喚我的聲音…

天空湛藍若水

遠山黛色霜青

淺草寺的煙火撫慰我們萬水千山走遍卻南轅北轍的

惆悵

白色的戀人從空中飄落
絲絲縷縷的纏綿
落在繁華的東京街頭，
明治宮前的銀杏無語低頭，
它們回答不了你我的音信
迪斯尼的旋轉木馬啊轉也轉不回年少癡狂
一曲思歸已經聽了無數次
我轉身離去
你在何處守望
離去的帶不走一世愛戀
留下的等不回隔世相思
只有愛與哀愁在風中隱隱搖曳
斷燭弋弋，白露未晞
為愛所傷的人啊
鏡中細數被流年的風吹白了歲月的髮
讓萬縷髮絲逆風飛揚訴說千般思念
炊煙裊裊，田寂園嬉
意亂情迷中愛戀的目光穿越銀座的燈火璀璨彼此追
隨……

布拉格之戀

走進布拉格老城廣場的夜幕，
走過通向神秘城堡的查理大橋，
我聽見　少男少女天籟般　唱詩的歌聲清朗，
我聽見　街頭樂師婉轉的琴聲如訴，
我聽見　天文鐘按時響起清越，
驅散眾人的迷茫。
我看見　古老的教堂炭燒般的顏色，
是繁華沉浮後的莊重。
我看見　高大的神像越過五彩的屋頂
俯視眾生芸芸，
是暗夜無法遮擋的悲憫眼光
我看見　街頭畫者三三兩兩繪畫剪影，
想定格在這美秒的瞬間，
我看見　神話般的塑像一座座栩栩如生　於橋頭佇
立，
頭上的光環發出引人祈禱的金色光芒，
我看見　華燈初上後城堡與彎月
倒映在湖面波光粼粼，彷彿童話世界
我看見　一對對情人細語情愫，忘情地擁吻纏綿
才知道這裡是適合情侶相攜的地方。
我看見　自己潔白的衣衫沾滿歲月輪迴的塵土，
季節橙黃柳綠的更迭，滋長了眼梢的細紋
錦瑟與華年都在青石板路上

刻下印記。

我看見　自己嫣紅的繡衣，獨立古橋憑欄遠眺，徬徨西樓譜寫離歌；

依著　風中搖曳的爐火，我看著別人的故事，做著自己的夢，

我看見

誰　終將與我同行

故地重遊，

共一世　安暖月光。

此岸就是彼岸

當我愛你的時候

當我愛你的時候，
醒著，依然夢到你。
疏林夕陽的山丘，
揮手後，
變回塵土飛揚的街頭。
你現在還好嗎？
是否過著你想要的生活？
我不能給你的快樂，
但願你已經擁有。

當我愛你的時候，
我把郵票貼在心上，
想像著你收信的樣子，
拆信的小手，
讀信如讀我的眼神。
從此就有了等候，
等到你的回信，
一個月就過了大半，
人也痴了一半，
等待與回味就是最幸福的感覺。

當我愛你的時候，
那些年我的腿比手還勤快

常常在路口，
盼著奇遇等著邂逅。
任憑雨雪霏霏，
我只有一輛單車，
只能在一個城市的流連。
真希望路永遠都沒有盡頭、
因為目的地就在身邊，
那是後座上的你，
還有你迎風起舞的長髮。

當我愛你的時候，
那些年誰知道機場有多遠？
只看見綠色的火車，黑色的鐵軌，
劃過想睡的黑夜，想你的白天。
要見到你才能平息，
只要你在那裡，
海不大，天不遠。
見到你，
才是渡過了思念的海
每一滴雨都敲進心裡，
每一個夜晚都是日記，
所有的病都叫做相思。

曾以為思念是快的，
能一剎之間繞過地球；

當我愛你的時候，
才發現思念是最慢的，
才發現時光悠悠。
一段青春剛剛夠給你，
不知道世上有沒有人像我一樣
遠遠地安靜地想念從前
一直不願回神
滿頭華髮依然興沖沖
趕早班飛機漂洋過海
只為見你一面！

躺在最後的床頭，
房間已空，
只有一件回憶未丟：
那些年當我愛你的時候。

溫暖的早餐　　　愁月 @ 陰翳茶

左腳尖踮在水上
像馬躍長空的雕像曲弓起左腿
震動始從覆滿白霜的心傳導
漣漪，發散，陣陣
魚兒電震得邊抽搐邊游動
未成體的直接消失蒸化
遠飄的波紋成了帶毒的浮冰
列成一圈圈城牆將我圍堵

大腿的青筋迸發龜裂的紋路
和血細石墜碎冰牆
腳踝流滯血絲踏著第 160102 個荷花
托著的漣漪裂捲成佈滿白沫的旋渦
把我扯入她的懷抱
周遭由灰藍色的沉默
變成迷紅光藍電黃螢綠混融的激盪
刺痛的雙眼看到一株海帶越發平面方角
最終在眼前爆破
碎粉裂變出千個太陽
流光從中央融化，滴到煎鍋
瞬即響起美味的滾燙聲
她把充滿柿霜的果實摘下

不喜歡尖的於是捏成扁圓
連同完美的煎蛋遞給我

活著　黎漢傑

我怎知道
原來活著
可以是一個人上班
自己信息自己
吃飯的時間
吃西餐還是日本餐
然後來一客甜點
忘記腳痛忘記胃痛忘記
從今以後揮之不去的頭痛
腫塊或者隨年月增長
又或者不
誰知道呢？
可以說的
醫生都說了
沒有說的
讓我們談論可以買的禮物好了
走進剛裝修好的中環街市
馬卡龍太甜
曲奇太貴
你指著已不流行的圓筒袋
告訴我曾經也送過一個給初戀
十五歲，看日劇追美男的年紀
那時候我又送了甚麼給哪個誰呢？

你說梯間還保留著那寬大的扶手
剛好可以讓你喘一口氣
才選擇向上走還是
向下走，站在門口
兩三隻鴿子在對面街繞著垃圾桶
都不敢走過來了
「街市外牆加了針刺
說有礙市容呢──」
一陣風吹來
你用力抓緊帽子
又有幾條脫落的髮
我看到卻沒有說
只是輕輕的用指尖碰著你
看，對面有一隻鴿子
拍翼準備飛翔

二〇二二年一月二十七日

鐵路博物館　　嚴瀚欽

已是古蹟了。
人在變老，遺忘陽光的棧道
窗外不會永遠都不變黑
那些曾經誤闖的、淡化了人群的小世界
安靜如語言失落的荒蕪地
悄悄地，陳設一段緩慢的發展史
遙遠的笛鳴遂溫柔了起來

只要願意閉眼，下一站
還是可以攜帶一整個背囊的星和月
在無光的日子裡繼續馳行
不去劃傷彼此的黯淡
而時間的粉末早已飄散
而你執意，轉搭另一截旅程

訊號室、綠車廂，一隻鴿子靜靜地站在
暗黃色的邊緣，所有不再啟動的
都可以歸咎於歲月
我們終要學會坦然地
指點一幀史前的路線圖
重新走上站台，看彼此變成陌生的臉色
把身後的風景，稱作遺址

同樣的黃昏，當月台被日照敲響
我便把自己歸還給人群
長軌靜默，躁亂的小碎石不可以再跳動
那些突然抖落的陽光如何嵌入漆黑的隧道口

發著暗光的月台，笛鳴漸遠未遠
時間的粉末已經飄散
背書包的乘客還在遙望

二〇二〇年四月十九日凌晨

綠幕夕陽

王晉恆

　　不是特別喜歡走進影院看電影。尤其長大後偶爾放假歸鄉，更覺好光陰易逝，置身漆黑影院如同登上一艘時光梭，時間在星球大混戰、諜海陰謀和一對怨侶的愛恨糾葛中悄然調快。幾十元換來一場精心拍攝的大夢，步出影院，往往天色已晚，雖能短暫抽離，卻又更加趨近無從逃避的生活現實。

　　本身的意興闌珊碰上防疫政策，讓我未曾踏足影院至少已有兩年之久，但始終未曾想念。近日碰上傳記電影《梅艷芳》的檔期，心中卻翻湧一股非去不可的衝動。這趟時光梭，起點是遙遠得只見一團迷霧的一九六三，終於我剛剛懂事的二〇〇三。兩年前因為電影《波西米亞狂想曲》愛上皇后樂隊，愛上搖滾樂，所以至今仍為當時只在盜版網站暴殄天物而深感遺憾。於是發願，下次再有音樂傳記電影，必得親臨影院，借 Dolby 環繞聲技術聽出每條音軌鋪就的內容和細節。

　　《梅艷芳》上映前一週，我正好投入另一個科室實習，每天工作十六小時。週休日正好碰上電影上映，於是我不顧母親以防疫為由的反對，悄悄訂了一張單人座戲票。彷彿是我和梅姐跨時代的約定——當年她為了鼓舞 SARS 疫情中的香港民眾以及醫護人員，力排眾議堅持開 1：99 演唱會；十八年後，我也應該以相同的熱情，重歸梅姐為了音樂藝術而燃燒生命的演唱現場。訂票那

日，上下班途中，電台正好播放《歌之女》，似乎在為我的電影之行進行鋪墊。我把這個巧合誇大，以為我的衝動背書。

當天，我收斂平日的宅男裝束，換上較為得體的長褲和有領 T 恤。如果可以，我還想梳一頭父親年代的油頭，把 Polo T 塞進牛仔褲，綁腰帶，搭配一雙白色 FILA 球鞋，奔赴那些虛擬演唱會和歌廳。推開二號影院的門，一道橙色的光緩緩調亮，影院裡的人霎時停棲在那一個他們未曾經歷的輝煌港城。鏡頭從紅磡體育館的忘情吶喊聲中拉遠，回到曩昔的荔園後台，前台正好演唱披頭四的 'Please Mister Postman'。大字招牌、大燈泡、跑馬燈在梅氏姐妹的跨步沖前時一一滑出銀幕。往日驚鴻一瞥，歷史和記憶的卷宗乍啟乍收。

喧鬧的後台，魚龍混雜的歌廳，有粗言穢語破壞梅姐的演唱，讓我差點回頭罵人，卻發現自己此際已經沉溺在新舊時代的交界，虛實相間的電影特效中。突然想起母親對舊時影院所作的種種形容——那種局促狹窄，電風扇在壁上嗡嗡作響的沉悶，豈是如今安坐影院沙發上的我所能想像？那時電影院不禁煙，吸煙有害健康只是醫生之間的學術話題，而普羅大眾只知道一根煙在手，一座人間天堂就由得自己任意吞吐，兩根手指間閃爍著生活希冀、不羈風範、還有一點點對偶像的模仿。目下的影院不再沾染尼古丁殘餘的異味，超大馬力的冷氣機讓我蜷縮成一粒球，陌生觀眾彼此保持安全間距。三排不滿的座位，盡是音樂知音，其中仍有不少和我年齡相

若的年輕人。無需感嘆「但傷知音稀」或「古調雖自愛，今人多不彈」，梅姐的音樂終將永續流傳。忽明忽暗的影院中，亦見幾對情侶相依相偎，便能明白梅姐目送家姐出嫁時不知是羨是妒的矛盾心情。

來到科技年代，我反而對時光多了一份安全感。那些抓不住的，是否就能完全依靠科學技術去留存？觀影前從 YouTube 看到美術特效組的製作特輯，方知他們如何以舊相片為參考，依據每個港人心中依稀模糊的記憶去揣測那年代建築的原色和觸感，再用電腦技術生成加工，最後還原舊時港城最真實的風貌。道具組找來真實的古董奔馳和紅色的士，重組那些小食檔口，務求新生代觀眾也能重臨那段光輝歲月。張國榮和梅艷芳搭肩同望的那座海港，卻只是綠幕合成的幻象。海馬迴和科技都有同樣的局限，只能調度有限的記憶，讓其盡量貼近那些年月的真實。而舊夢因為曾經燃燒留痕，所以要仿擬得逼真，難度又比虛構未來更高一級。

但我願意相信電影中的影像都是真實的。

有人用綠幕技術創造未來盛景，我卻樂見綠幕重新搭建曩昔的繁華。他日技術從 3D 跳躍式進步成 5D、6D，我們的感官愈來愈容易受騙後，我們就能全面沉醉在虛擬空間。到時導演就成了港版《西遊記》裡的夢魘，或是上帝，而我們這些受眾甘願長醉不復醒。

有時會以為自己是上個世紀冤死的魂，因為未及投入輝煌的香港娛樂歲月，所以一直想要回到過去，參與那場酣然的舊夢。那場夢的結局如何？大概就是

二〇〇三年，我們送走了一個大哥哥，一個大姐姐。電影中張國榮出殯的真實影像縮結電影場景，當下把我推回那年愚人節——我的小腳丫正要塞進白鞋，準備上課時，身後的大人們突然激動議論張國榮跳樓的噩耗。那年我才上小學，身體落地後屍骨飛散的驚悚畫面縈繞腦海。那種痛，應該強烈得無以復加。不解，為何會有人即使怕痛也要選擇一躍而下。父親作為曾經的樂迷卻無動於衷，說他早就不崇拜風格巨變之後的張國榮。現在回想，二〇〇三年四月一日，會否也是父親的另一個人生分界？那些年瘋狂追星，跳 Disco，和譚詠麟粉絲作對的日子終成無知歲月的一段佳話，而往後面對的就是現實生活的苦苦相逼。點滴在心頭，父親應該不會忘記張國榮和那句名言，並在夜深人靜時幽幽背誦：沒有鳥的腳，唯一的落地，即是死亡。不禁懷想，影院裡流的淚，究竟是為國榮而流，還是為深知凡人都回不到過去，不能重涉同一條河而流。

　　無非天才命短，紅顏薄命，發現《梅艷芳》和《波西米亞狂想曲》的敘事線相似，可被概述為發跡，巔峰，自我懷疑，跌落低谷，最後復出舞台。那些天賦異稟的演員輕松涵攝故人靈魂，配以綠幕合成技術，竟也成全觀眾陪伴那些傳奇巨星於側。我們回到梅姐出道時的錄音室。她問了問《香城浪子》的背景故事，一番揣摩，便進入歌曲情緒，揚聲器幽幽傳來永恆不朽的歌聲。我們虔誠地膜拜一代傳奇誕生的那一刻，也為世上曾有如此深情且柔慈的靈魂而動容。鏡頭探入偌大卻空虛的獨

身空間時，觀眾終於窺見光環底下的凡人情欲和孤獨。誰能看透夢想是平淡，世事終難兩全，不妨在最璀璨的時候，把自己交付給音樂和舞台。所以當虛擬演唱會的幻燈亮起如夕陽西下，眼前畫面漫漶模糊，但見風中搖曳的花放肆燃燒，然後揮手道別，別了一個時代卻不讓人目擊其凋零敗落，一如那隻無腳之鳥的宿命。他們還給世人以第一印象——陰鬱中永遠帶著耽美，唏噓悲哀卻不失得體。

時光穿越四十載，影院外的時態也未見緩衝，正好又是黃昏時刻。未及抹乾淚痕，走出影院與人打個照面時極力遮掩臉上淚水漣漣的尷尬。回家路上經過那片兒時的海，夕陽正在揮霍熱度和光亮，眼前孩子手扯風箏奔跑，情侶牽手漫步，船舶劃開白浪的景象終會經歷面目全非的變化。也許不必為了填海工程破壞風景而懊惱，畢竟有天綠幕普及化後，凡人如我都能撿拾並拼組記憶的碎骸，焊接虛擬與幻真，重構這裡的昔日光景。天空落下專屬於我的夕陽，千千萬萬個過去和當下，在虛擬世界裡切換交錯，我們相信張國榮和梅艷芳從未離開，還在彼岸搭肩，對一片海港圖像，豪邁地鞠了個躬，道出完美的一句：多謝！

舊灣仔抒情

何紫

女兒何紫薇按：幾年前，我幫母親收拾舊物，發現一本先父遺留下來的學生手冊，一九四九年父親就讀小三，手冊上寫有他當年居住灣仔的地址：洛克道三一二號四樓。後來，我根據這地址，好奇地走去看看現在變成甚麼模樣，原址已重建為一幢參天高樓，大門口面向杜老誌道，附近遍佈售賣裝修材料的店舖。我佇立觀看四周，腦海想像父親童年時的野孩子歲月……

爸爸在香港長大，對灣仔情有獨鍾，作品除《童年的我‧少年的我》記述了舊灣仔外，一九九一年三至四月期間，他在《文匯報》隔天刊登的專欄上，以「舊灣仔抒情」為主題寫了總共十八篇，下面八篇是未曾結集成書的滄海遺珠，我四年前在圖書館的舊報中發現，驚喜萬分。值得一提的是，這些文章乃爸爸身患末期肝癌時寫的，懷舊書寫帶給他精神上自我療癒的力量，雖然他不敵惡疾在同年十一月逝世，但作品留下了清晰可見的生命力。

鵝頸橋

灣仔是我從出生起到二十二歲居所奔跑往還的地方，每次過灣仔，見她滄海桑田的變化，就愈看愈看出韻味。

　　老舍曾寫北方《龍鬚溝》，香港的鵝頸橋有似龍鬚溝的變化吧？當鵝頸橋還是一條從黃泥涌伸延到灣仔海旁的臭水明溝年代，我常在這裡來來往往，童年時母親在鵝頸街市擺賣小攤檔，這裡有我曾幫助叫賣的聲音迴響：「大姑小姐，幫襯吓啦，好靚嘅糯米呀！」母親讚我童聲清脆，因而我喊得愈發起勁，當年街市一片市聲，大抵我的最清脆。而鵝頸橋明溝，匯集附近屋宇群的坑渠水，在身旁滾著黑流，散發臭味，我們都不聞其臭了。我倒喜歡攀著石圍欄，看渠下的老鼠群蠢動，那是我童年時唯一接觸到的「動物園」了。

　　明溝早填為暗溝了，鵝頸橋亦空有橋名，暗溝上現在還有窄長的公眾休憩用地，我那天在這裡徜徉一個上午，見流浪漢群集，在石櫈、石枱上睡覺，只有一隅有幾枱象棋迷。我細細地四周看看，懷想當年鵝頸橋的模樣……

灣仔警署

　　灣仔警署位於高士打道，是那一帶老掉大牙的建築物了。我對她印象深刻，是因為戰爭年代，屋頂有一巨大擴音器，凡空襲警報一響，「嗚嗚嗚──」的聲音搖撼灣仔每一座樓房，震盪每一個人的心。那時候家在杜老誌道與駱克道交界一間平房內，離廣播器不遠，因此每次警報響，我都掩耳，直跑到樓下車房躲避。因為離防空洞遠，母親說過，躲到車房即刻鑽進汽車底下亦安全。

我後來常跑到海旁看人釣泥鯭魚，灣仔警署即在背後，每次轉身抬頭看見樓頂的擴音器，每有餘悸泛於心際。記得大約和平後五、六年，這擴音器方拆掉，我亦如釋重負。從灣仔警署過一道馬路，就是海旁，夏日涼風習習，釣魚的人不少，用多鉤的泥鯭鉤，往往一上釣就有三、四尾魚在鉤下彈跳，但母親常說泥鯭嗜食人糞，我始終只有「臨淵羨魚」，並無加入釣魚人行列。但有一次發覺有吊梯下垂，竟脫剩底褲，沿梯而下去玩水。後來有人告知母親，經「藤條炆豬肉」（鞭打也），從此裹足海旁。

童子雞

沿國泰戲院向天樂里前行，這條灣仔道有兩間店子，從童年到今天我仍印象深刻。一間是今天仍在的老牌京菜館「美利堅」，一間早就遷了的香港殯儀館。

京菜──美利堅──童子雞，這三位一體的印象我一直稀奇，招牌字是斗大的，但踏足社會前我無緣進入，先是納罕何以美利堅不是做西餐的，而雞分有「成人雞」與「童子雞」，到了領得第一份薪金，才大著膽子勇闖「美利堅」，當年是五元一隻，原來是燒香的雛雞哩。最近與友人去吃，已價值不菲。灣仔道這間老店、名店，我步過其間，見招牌斗大的字依然故我，總不免引起會心微笑。

另一家香港殯儀館，卻是我常去看熱鬧的地方。孩子不會分哀樂與喜樂，見穿制服的「嗱打佬」吹打起哀

樂，我就好奇地去看熱鬧。到年事漸長，才知道那地方是人生的盡頭，這些音樂要把逝世的人送走，但我並不害怕。後來這店子搬走了，記得附近的花舖有一段時間還沒有搬，只是供應花圈的改為供應花籃與葉花。到今天，人事已非，已變成熱鬧的食肆了。

「灣仔骨」

《七十二家房客》這曾屢演不絕的話劇，有一句「廣州骨」對白：「拍拖嗱，你估拉人牙……」即時把當年的舊廣州氣氛畫龍點睛了。我常覺得以舊灣仔為背景，一定可以寫出反映戰後香港低層人物有血有淚的故事。當年亦有一些「灣仔骨」的對白，例如對那些「姿姿整整」的女人說：「你咁姣，想去波地企街牙？」（粵韻「呀」大都讀「牙」音。）

「波地」就是今天的修頓球場，曾經一段很長的時間，這是低下階層市民飯後遣興的地方。入夜，即一檔檔亮了大光燈的攤子，情形絕不似現在上環的「平民夜總會」，因為主要不是賣物，而是聚了各式走江湖的過客，娛樂性豐富，如魔術表演、耍猴戲、木偶戲、穿上戲服的粵曲對唱，甚至來一場折子戲，更有雜耍表演，軟骨功表演，賣跌打藥的打起鑼來，表演如何刀劍不侵。在這些攤檔的外圍，幽暗的樹下，就有企街女郎，蒼白臉上施了脂粉，有男人走近，就輕輕說：「開房牙？」後來我知道賣色之外，還有男人賣血。白天，就做出賣勞力的挑工。

水泥斜坡

童年時若遠征灣仔「邊區」，最愛跑到大道東的「香港大戲院」，這裡是一個站，然後就到二馬路去捉「金絲貓」（一種矮腳蜘蛛，好鬥。），先穿過春園街，這是一條美食雲集的「為食街」呀！即使吃不起，也可以聞個夠。到了大道東，香港大戲院自然是聚看熱鬧人群的好地方。記得我看過幾次「霸王戲」，擠上入場觀眾的夾縫，就鑽進去了。

但我最喜歡的還是戲院一側的水泥斜坡，原來這裡沿石階可望堅尼地道，我們都叫大道東為「大馬路」，半山的路就叫「二馬路」。在陡斜的石階兩邊，都有寬如兩呎餘的水泥斜坡，哈哈，這斜坡竟是小孩子的樂園！

第一，這些水泥斜坡是夠長、夠刺激的滑梯，也許孩子滑著玩多了，日子有功，斜坡都亮亮的很平滑。

第二，孩子拿來荷蘭水蓋（汽水蓋）利用斜坡玩各種滑行比賽。在缺乏遊樂場的當年香港，孩子們都會「物盡其用」。最難忘的，是我因不停玩那「滑梯」，有一天把褲後磨穿兩個大洞，母親發現了，飽以藤條。

血肉「海皮」

我說：「灣仔海皮呀，你有海肉，你有海血，你有海汗，我曾一一感覺。」

粵語將「海旁」說成「海皮」，亦一趣也，卻使我還聯想到皮裡的血與肉和皮孔揮發的汗。灣仔海旁的變遷，和著血、淚與汗，是我四十多年來目睹。香港陷日

當年「灣仔大轟炸」，我是倖存者，海旁一帶，曾橫豎著瓦礫與血屍。和平後，搬運工人以及開山運石的勞苦者穿梭，可有過多少工傷事故？

我亦曾在六國飯店對開的海旁，見一瘦女人良久呆立，後來驚見她突然投海，幸而有人跳下去救她，救上來時，她已面色死灰，有人壓她的肚讓她吐出肚裡的水，我呆若木雞廁身人群中。童年一幕一直未能忘懷……

話得說回來，這長長的「海皮」直路，給我更多的是慰撫、甜蜜，當夕陽西墜，海風隨來，一天給老師責罰過，給母親呵斥過體罰過，都彷彿得到慰撫。我在灣仔海皮還有過游狗仔式的練習，用藤書包捉魚的童趣呢，這些往事都收在我著的《兒童小說》中，與小讀者分享。

灣仔「海皮」

「海皮」是粵語，意即海旁，但我偏愛「海皮」，泛一水波，當年「波」倘註浪，不無是平了「三點水」的「皮」麼？這似是文字遊戲，我當年家在「海皮」十碼之遙，夏日晚飯後，幾乎都在「海皮」倘徉，野孩子放盪自如。當年灣仔海旁東從波斯富街口起，至海軍船塢即今日金鐘站止，長不算長，短不算短，一條高士打道概括了，卻是筆直的。當年建有灣仔渡輪，但在杜老誌道有一碼頭，小艇彎泊其間，香港人仍未有大嚼海鮮的豪氣，小艇叫賣：「艇仔粥，好靚招牌艇仔粥。」內容是些墨魚絲、菜絲、炒花生，由五分錢賣至一角，似乎就開始轉賣蜆螺魚蝦了。不久，又出現第二個碼頭，

卻每使我掩鼻而過，原來是起落垃圾的碼頭，位於菲林明道口的海旁吧？

灣仔海旁一條直路的日子，今天只能長在記憶中了。現在海旁可風光啦，填海的區域使灣仔一洗過去貧民區的辛酸，當站到會議中心大廈群的海旁，就感到世界大都會的美麗海港由灣仔伸延。過去那百年滄桑，我倒看到其中三分一啊。

註：報紙刊印為「徜」，整理者疑為「倘」。待考。

灣仔名校

戰後灣仔區有好幾間學校，一條駱克道就有私立學校三所，母校敦梅小學是其一，隔一道馬路，有梅芳中學，過了菲林明道，有端正小學。高士打道那邊有華僑中學，五〇年因校內教師政治立場分歧，華僑中學分離，新的一家在堅尼地道辦新僑中學，附近又有同濟中學，在萬茂徑有中國兒童書院。這些學校都是從廣州遷港，富辦校經驗。戰後香港於是學校蓬勃，撐起作育英才責任的大半邊天下，與現在私校式微，不可同日而語。灣仔當年有沒有官立學校呢？記憶中只有一間，是在灣仔道的灣仔書院。教會辦的也有一間，是救世軍學校。

近半個世紀過去，除了同濟中學和救世軍學校，其他各校都一家一家消散了。當年每日放學時間，一條駱克道佈滿白衫藍褲的可愛學童，我亦廁於其中，這情景仍歷歷在目。戰後一段時間，學校均各家各法。從廣州

遷來的，都照國內模式，印象深刻是上學第一堂要肅立背誦孫中山的「總理遺囑」，我曾背了四年，現在仍可從「余致力國民革命」背到尾「是所至囑」。

後註：何紫的「舊灣仔抒情」系列篇章，原刊於《文匯報》副刊專欄。

	原刊日期	篇名	備註
1	**1991.03.10**	**鵝頸橋**	**未結集單行本**
2	**1991.03.12**	**灣仔警署**	**未結集單行本**
3	1991.03.14	舊書舖	後收錄於《我這樣面對癌病》
4	**1991.03.16**	**童子雞**	**未結集單行本**
5	**1991.03.18**	**「灣仔骨」**	**未結集單行本**
6	**1991.03.20**	**水泥斜坡**	**未結集單行本**
7	**1991.03.22**	**血肉「海皮」**	**未結集單行本**
8	**1991.03.24**	**灣仔「海皮」**	**未結集單行本**
9	1991.03.26	愚公移山	後收錄於《何紫情懷》及《何紫散文精選集》
10	1991.03.28	灣仔名店	後收錄於《何紫情懷》及《何紫散文精選集》
11	1991.03.30	企盼的日子	後收錄於《何紫情懷》及《何紫散文精選集》
12	1991.04.01	在天台上課	後收錄於《何紫情懷》及《何紫散文精選集》

13	1991.04.03	懷念活水	後收錄於《何紫情懷》及《何紫散文精選集》
14	1991.04.05	人生美事	後收錄於《何紫情懷》及《何紫散文精選集》
15	**1991.04.07**	**灣仔名校**	**未結集單行本**
16	1991.04.09	淡出淡入	後收錄於《何紫情懷》及《何紫散文精選集》
17	1991.04.11	心中的謎	後收錄於《何紫情懷》及《何紫散文精選集》
18	1991.04.13	抒情末篇	後收錄於《何紫情懷》及《何紫散文精選集》

（**粗體字**顯示《週末飲茶》第二期刊出的八篇）

封箱的記憶

吳見英

　　甫踏進餐廳，便見一棵聖誕樹聳立其中。燈泡盤纏樹身，閃著七色亮光，上面均勻地掛上了雪花造型的吊飾。我選了一個靠窗的位置坐下，讓傍晚的金箔把我簇擁。

　　我很小便知道聖誕只是個童話。

　　兒時我愛踏入父母辦公室的樣板房，觀賞射燈下熠熠生輝的吊件。雪花、小鹿、天使——我繞著這個充滿聖誕意象的房間走了一圈，像是被他們逗樂的洋客，不論時節也能感受聖誕氣氛。要是學業成績優異，父親便允許我挑選心儀的產品以示獎勵。

　　我在樣板房裡做習作，常聽見房子外，母親壓低嗓門，以柔軟如詩的句子說服原料商降低價錢。掛上電話後，傳真機便鬧起響號。我想象一張白紙，纖薄如母親手裡翻閱的《聖經》紙頁，在機器的滾筒翻滾時印上了苛刻的價格，然後以辛辣的姿態吐到地上。

　　還有打字機的聲音。那時科技還未普及，打字機是手寫字以外最重要的輸入資訊的媒介。聽著門外的敲鑿，我便能感受到母親逐漸粗糙的手指，在那部泛了黃的打字機上跳動，每一按都那麼有力，果斷不移地縫紉她的生活。打字機鍵盤凸出的英文字母不少已褪色。母親用箱頭筆為它們補上丟失的尾巴，洋客來訪時她會用一匹薄布把它覆蓋。打字機的文字不像電腦文檔，不能隨意

選擇字體大小和風格，永遠是統一的胖子。字與字之間的闊度很大，同一列字母也顯得像生疏的陌路人。大概打字機只適合商人，用作表述機構名稱和產品編號，而不是抒情的文字。

沒有顧客來訪的日子，為了節省電源，板房天花懸著的射燈都會關上，飾物也因此變得黯然。做作業時我會偶爾瞥見垂頭喪氣的小鹿，黑暗裡棱角模糊的星，還有被長帽子遮黑大半張臉的聖誕老人。彷彿這裡的眾生皆要沉睡，養精蓄銳休養一個暑期，待深秋才慢慢張開眼，在冬季的舞台各放異彩。有時我會渴望自己成為飾物之一，垂掛在其中一個鉤子，以靜止的姿態沉思，被動等待下一個顧客把自己挑選出來，然後被送往一個陌生的國度，點綴別人的節日。

不知甚麼時候開始，樣板房裡的動物產品漸漸多起來，成為我搜集的對象。我喜愛小動物，但母親討厭毛茸茸的生物，於是寵物從來與我絕緣，除了有一次，父親不知哪來的興致，提議養魚，還買了魚缸和棗紅色的魚糧回辦公室。玻璃屏把我暗淡的臉倒映在魚缸裡，而金魚只管盯著魚缸外的世界發愣，偶爾擺一下臃腫的身體賣弄富態，鱗片便會像射燈下的產品一樣生光。

我對寵物的渴望還是靠單單來滿足。一天父親告訴我，他買了一條狗回惠州的工廠，我急不及待要回去看看。父母把這條狗取名單單，寓意公司會有源源不絕的訂單，就像別人家裡的旺財。那個夏日，我從長途跋涉的幻想裡躍下，靠近這條拴在樹幹上的狗。單單是隻幼

嫩的唐狗，額頭瘀青了一小塊。晶瑩的眼眸中透出惹人憐愛的神情。

廠房賴以窗外的日光照明，許多女工靠站在幾條長木桌前包裝產品。第一個女工彎下腰，把染了閃粉的產品從地上撿起，用刷子掃去多餘的閃粉；第二個女工在飾物頭上的小孔引線，那些線都是金色和銀色的，撩撥三兩下指頭便扎成了結；然後女工需要把吊飾小心翼翼地套進膠袋，生怕包裝過程太粗暴，會導致閃粉抖落透明袋底部影響美觀；最後的女工負責封口，她們將一疊平放開的產品頭卡摺疊、釘牢，產品便能放入紙箱，慢慢堆起來。

我站在生產線盡頭，紙箱裡的產品愈積愈多，近乎滿瀉的時候便協助封箱。我從後巷一輛摩托車的夾縫抽出一塊新的紙皮，推成一個箱子的形狀，封了底，才把沉重的箱子挪到無人的角落，把紙箱的嘴巴都糊得嚴密。一位女工忽然誇我，聲音遙遠卻在廠房裡迴盪。她的口音很濃，我能想象她嘴裡的舌頭，如她經年俯下撿拾的背一樣捲曲。她束了馬尾以便工作，當風扇轉過頭時，馬尾擺動像單單拂動的尾巴。臉上的汗珠混雜閃粉，從閃爍的面部位置我大概能推斷她感到痕癢的地方。廠房裡本來鴉雀無聲，經她一說，女工們都哄笑起來，一張張紅番茄般的臉瞬間都朝向我，而我卻不搭調地想起辦公室裡的金魚。那個搖擺滿是鱗片的身體，張著嘴巴等待餵飼的情態。

父親和廠長自梯間冒出了頭，女工們便又沉默下去。

看著一列列的長桌，我忽然想起宗教課上，投影器顯示一張名為《最後的晚餐》的名畫，耶穌和門徒都聚集長桌前共進一餐難堪的盛宴。眼前的女工埋頭苦幹，手指迅速舒展又摺疊，我彷彿能聽見母親敲打鍵盤的聲音。她們必須追趕速度，趕緊在下午，貨櫃車那鯨魚一樣龐大的軀體擱淺廠房外的馬路前完工，再無暇仰起臉來讓我辨別誰更像耶穌，誰能扮演誰的門徒。尤記得那堂宗教課後，我的胸口彷彿遭到午膳的食物反芻而堵住，好久才能嚥下悶氣。如今這感覺就像回潮的海水，在廠房裡堵塞我的呼吸。

我走近樹蔭的時候，單單正伸出舌頭舔自己的腿，我把它的腿托起，只見肉球上有斑駁的傷痕，額頭上的瘀青看起來更顯眼了。紫黑色的長舌都染了閃粉，陽光下閃耀起來，像燒臘店泛著油光的叉燒，等待饞嘴的路人將其救贖。樹底下除了雜草和蚊蟲，還有不少產品零件，都是些未裝上鹿角的小鹿，耳朵旁邊有兩個陷入的缺口，還有折翼的天使、缺了角的雪花，和不遠處的海膽星。這討厭的產品大概是割傷單單的元兇。海膽星是一顆由許多個尖角組成的吊件，貌似小小的榴槤。每當有洋客參觀板房，海膽星總在橘黃的射燈下招展，彷彿身上每一寸伸展的肌膚都曝露於日光下，進行光合作用，使得荊棘長得更茂盛。我單從門縫窺探便能感受到指頭泛起一陣痛。

那天下午的貨櫃終究堆滿了紙箱，準時出貨。我在樹蔭下陪伴單單，見證幾個外聘的苦力在深邃的鐵皮裡

推著紙箱，在黑暗與光明之間徘徊。我憑字跡便能辨認自己封口的紙箱。箱頭筆寫下的文字生硬如打字機，紙箱看似平坦的表面暗藏坑溝，不管我的手腕如何穩定，寫得再用心，上面的文字仍舊不受控，仍舊顯得顫動不安。我站在廠房外的樹下，目送自己歪斜的文字被幾個碩大的身影推進隧道深處，想象它們在異國的土地重見天日。

我沒有想過單單會自此消失。

傳聞它咬死了鄰廠的雞，得罪了人所以招致對方報復，又有言它在一個霪雨霏霏的清晨逃走了。那天我茫然追隨廠長，像飢餓的單單，試圖從他冷淡的臉上找出一點端倪，可他和父親一樣，寧可面向生產線說話。我獨個兒走到樹蔭下，孤獨的樹幹扣著孤獨的環，鐵鏈懸空垂著，彷彿在懺悔自己的失責。單單喝水用的小鐵盆像棄置的產品一樣，鋪了一層薄薄的閃粉，靜待被遺忘。從葉縫裡陽光的照射下，銳利如海膽星的刺。

那夜我們往酒家應酬，圓桌上除了父母和廠長外都是些陌生的臉孔。上酒家前我們在車子裡顛簸，我因著單單的失蹤而慪氣，全程不發一言，只仰視窗外逐漸昏暗的天色和疏離的路燈。母親下車時微微屈膝，在耳畔警告我要展露笑容。席上我把自己摺疊，像麻將枱裡的籌碼和背後長滿黴菌的木材。我忘了自己最後如何挺過這餐難堪的晚宴，只依稀記得席上幾個穿西裝的男人與父親舉杯祝好，面帶笑容。我盯著轉盤上無人認領的飲料發愣，不解為何涼茶要用鋁罐包裝，酒瓶裡盛著的又

為何是陳醋飲料。

　　很久以後我才知道，那輛貨櫃車披著沙塵駛去的那天，我已漸漸學懂把自己的身體屈曲和收藏。隨著年歲的增長，我們的貨櫃不再空洞。在路上我們會把一些感受封箱，逐漸填塞那些原本無慮的日子，然後在顧客面前以閃爍的姿態展示自我。是甚麼時候開始，我愈來愈渴望成為板房裡，那一排被放置在掛鉤最內層的吊飾。不需美麗，不必微笑，或被挑選出來裝飾誰的節日，只管默默低頭存在著，哪怕生活的地方沒有光。

　　或許單單真是一隻招財狗，自它失蹤以後，父親公司的生意便停滯不前。辦公室內打字機的聲音變得疏落，射燈亮起的日子也愈來愈少了，產品大多時間都活在一片死寂之中。除了在板房完成課業，我還悄悄從文具店買來一疊原稿紙，把不能說出口的話都一概寫進去。偶爾在我寫作時，海膽星會禁不住寂寞，借助微弱的燈光露出鋒芒。那些叫我悚然的刺，彷彿直刺進我血淋淋的心臟。我抖著手腕，緊握筆桿，可是寫下的字體仍舊像紙箱上的筆跡那麼顫動不安。

　　大概我才是把單單害死的兇手。

　　我們都是板房裡的洋客，從記憶的陳列架上挑選深刻的片段，忽視一些無意識的活動，如夢。直至某天，一些影像像過剩的產品，掙開封箱膠紙，然後溢出紙箱的邊緣，在日光下暴露鮮明的棱角。由單單在我生命缺席的那天起，我反覆做著同一個夢。夢把我帶回惠州的工廠，我從後巷的摩托車夾縫取出一塊未摺疊的紙皮。

鄰廠的守門犬朝我的方向眈視，然後從舒坦的姿勢中抽離，站起來吠叫，頸項上的鐵鏈因拉扯而發出鏽蝕的聲音。狗前傾著身，以兩腿站立作勢攻擊我。我隨手從地上撿起一顆未染上閃粉的海膽星，朝它的方向大力扔去，不過想分散它的注意力，或刺痛它作為懲戒。眨眼間我已看不見丟出的星，只見狗張著扭曲的面容，以極其痛苦的神情盯著我。它的頸部正頻繁地抽搐，擴張又收縮，偶爾低鳴哀嚎，再沒能吠叫。我沒法想象海膽星卡在咽喉的感受，只管握著紙皮潛入昏暗的廠房，以封箱膠紙的嘶鳴蓋過後門的低吟，然後把每個盛得滿滿的紙箱糊得嚴密。

我把這個秘密寫進原稿紙，然後把原稿紙安放在板房一個陳列櫃的暗格。裡面除了我的秘密，還有父親買的杯麵和即棄餐具，還有幾本雜誌，裡面那些女孩都穿得很少。這個暗格長期關上，像板房的射燈，直至後來租金太昂貴，我們遷離辦公室時才敞開塵封的暗格，把裡面的感情掏空，放進垃圾袋一同丟掉。

我們不慶祝聖誕，也從不把吊飾帶回家裡掛。家是一個坦白的地方，不需要閃粉和射燈。金魚在我們搬遷前一周翻起慘白的魚肚，鱗片剝落，連屍體和未清理的糞便一同漂浮在混濁的水面。那時適逢年尾，我說剩餘的產品不如讓我送給學生吧，父母並無異議，母親把吊飾裝得滿滿的一袋交給我。學生看見閃爍的小鹿和天使吊飾高興得合不攏嘴，握在手裡把玩，像極了兒時的我。學生離去後我收拾掏空了的膠袋，發現裡面仍有一點重

量，細看原來是一顆海膽星。曾受盡洋客垂青的它，如今躺在膠袋的角落，像父母傾頹沙發上收看從不間斷的連續劇。

時間終究把他們的菱角磨鈍。

落地窗外的情侶肩並肩地走，聖詩隊戴上高高的帽子預備報佳音。父親今年提議吃聖誕餐，而我也是第一次如此閒適地感受這個節日。斜陽把最後一線光灑落餐廳的地板，我卻想起工廠的女工，和她們那些通紅的臉。

我的女朋友們

吳燕青

一、遇見 Vivian

走了無數次的中環，我仍對方向毫無把握，看著手機地圖，問了三個人，上上下下，起起落落，在中環和上環的街巷穿梭。

一個半小時前，我是要奔赴另一個城市的，一早訂好的票，誰知去到上車點時沒有及時換好票，眼看著車開走。我平和地理論和電話溝通，職員讓我去另一處坐車，我只得從觀塘坐地鐵到太子，到了太子的長途巴士點，車剛好開走了。心裡很無奈，答應了朋友參加一場詩歌活動的，答應給一群孩子講寫作的，看來無論如何都趕不及了⋯⋯

有點生氣，巴士公司的迂腐安排和職員的推諉，可是又能怎樣？我確實是要失約了。想起早早起床和孩子們的告別，我實在又不能立刻回家去，不然孩子們會覺得媽媽太奇怪了，說很晚才到家的，怎麼一下子就回來了。我只得在街上轉，心裡沉著一點失落，一點無處可去的迷空。

不知道為甚麼，我在微信上看到 Vivian 的微信頭像後，我立刻就打電話給她，直接告訴她，我的不開心和今早的遭遇。「妳來吧，我帶妳去個地方。」大概我是很篤信，她會在我情緒無從出口的時候給我一個貼切

的安慰。

我從太子坐地鐵到中環去，Vivian 十點半會在那裡等我，她說的那裡是甚麼地方，我一點都不知道。可是我心裡已經放下之前的失落和迷空了，我知道我只要找到那個地方，就會把今天的不開心掃光。

中環我不止去過一百次，絕對超過一百次，可是真正細緻地去找一個地方，我是分不清上下左右的，打開手機地圖，走走問問。滿身大汗淋漓之際，我終於從長樓梯下看到 Vivian，「嘿，我在這。」

我又一次從長樓梯上快跑著奔向她。大概兩年前，在我遭受了人生一次重擊後，也是這條樓梯，也是 Vivian，也是安排好了帶我去吃東西，場景相似，人物一樣，時間錯開。

「快拍照吧，這家店在我們中上環很受歡迎的。」果然茶家門口的一條巷都坐滿了人，推門進去，很窄的店裡有茶香、咖啡香、麵包牛油香……而我最喜歡的跳舞蘭每一個角落都是，實在 Vivian 這個女子，許多時候是讓人感動的。

我們並不常見面，私下也少聊天，我兩年前立下請她吃飯的約，大概是在五個月前才實行的。可是我們一旦見面或聊天，一定真誠而坦白，故此，特別珍惜。

在香港這個匆匆忙忙的城市，我們已不記得是甚麼時候認識了，好像 Vivian 一直都是在那裡的，我們偶爾互相想念了就心有靈犀地約一場。

玫瑰花茶的香很快瀰漫了茶室，在茶室的書架下喝

茶聊天，我們自然聊到文學。「我明天到大學去拿證。」
Vivian雲淡風輕地說。「呀，這麼快就畢業了？」我驚
訝地問。「不是的，是另一個學位，我順便把另一個也
讀了。」「佩服啊，工作之餘堅持讀學位，實在太不容
易了啊。」想起讀碩士那幾年的奔勞，不禁又佩服了幾
分。

Vivian有很多學生，她所在的教學機構是政府部門
的一個機構，這幾年有很多學生都是慕她之名而報讀她
的課程。在工作之餘，她下定決心去讀學位，不是一個，
一讀讀兩個。說好慢慢讀的，不過兩三年間，已拿下一
個了。而她最讓我打心眼佩服的是，把家庭顧得極好，
每天一早起來做美食，營養搭配豐富的住家飯在香港特
別奢侈。而她，Vivian，是沉迷在住家飯不可自拔的資
深廚娘，一個把工作、學業、家庭、孩子顧及得好的女
子，對朋友也是會很顧及的。

是的，我是常受到Vivian照顧的那個人，我比她小
一點點，常被她當妹妹照顧。

看著跳舞蘭，喝著玫瑰花茶、吃著墨西哥早餐，我
與Vivian閒閒地聊開，這是香港中上環一個叫茶家的地
方。

友誼有千萬種，遇見Vivian，我不知道是友誼的哪
一種。只是覺得心安又喜悅。謝謝你，Vivian。

二、遇見段歌

認識歌的時候，我還很「小」，反正那時整個學校

都叫我小吳醫生。醜小鴨一樣的我初見歌時，簡直驚為天人，美，又典雅又美。

歌每次見到我都很優雅地說「Hi」，我有點受寵若驚，不敢相信美人是如此親切近人。我一直以為我和漂亮的人是隔了很遠的距離，那美得光芒四溢的美人不是平凡普通的我所能接近的。

我的醫務室在學校的二樓。一天，一個很美的女子進來了，她就是學校的美術老師，她就是歌。她伸出玉一般的纖纖細手說：「做飯燙傷了，許久都未見好。」我大為驚訝，如此美的人居然會做飯？我以為美的人，是不炊煙火的。

細細地用藥處理消毒，醫囑注意事項。不久，歌很開心地來醫務室謝我：「太好了，一點疤都沒有，謝謝啊！」清朗好聽的聲線，真心實意地感謝。

此後，歌一直很照顧我。在教學上給我一些指引，雖然在學校擔的是醫務人員的職，我還另外要上心理健康教育課和文學社作文課，沒有甚麼教學經驗的我，有歌的指引真是太珍貴了。

歌不但在工作上照應我，在生活上對我亦好。尤其在我的終身大事上，回憶起來我那時挺沒用的，大學畢業都工作了，我還未談過戀愛。歌在這件事上很關心我。推薦我去參加學校與學校之間的聯誼活動，可我卻不懂她的苦心，傻呼呼地去吃了玩了看了風景交了幾個女孩子朋友，一個男青年都沒有認識到。

一次，歌很用心地帶我參加她與朋友間的聚會，會

上的男女都很俊美，我極拘束，很想回家。我提出要走時，歌讓其中一個男孩送我去坐車。

走到街上時，那男孩和我聊起天來，他說起留英生活，我只是聽，大概走了十多分鐘，我只問了他一句：「英國冷嗎？」

後來我看到回家的巴士來了，就狂向巴士站奔跑，真是不顧一切地奔跑的那種，越過川息人流往一百多米的巴士站奔跑。那男孩見我跑，也跟著跑，等我好不容易擠上回家的巴士，往車窗外看時，我看到他雙手扶膝，彎著腰在大口大口喘氣。

又一次，我白白浪費了歌的良苦用心。後來再見那個男孩的時候，他問：「我真的有那麼可怕嗎？妳不顧一切拼命地跑。」

一年多後，我結婚了，是家裡安排著相的親。歌送了一套很精美的餐具給我。她說：「親愛的，妳要幸福，好好的幸福！」

我離開了學校，不久歌也離開學校到另一所學校去了。這期間我們幾乎沒有見面。

再一次見面時，歌向我介紹她的如意郎君，嗯，真替歌開心啊！終於找到好的那個人。

再後來，歌去了加拿大，我們的空間距離遠了。見面的機會就變得更珍貴，每次回來，她都提前說，我們盡量地見上一面。偶爾我們會在電話裡小聊半天，以前在同一個學校，差不多天天見，現在一個在香港，一個在加國。

　　歌在加國生了兩個女兒，非常漂亮可愛，曾經她羨
慕我生了女兒，現在我們打成平手，我們都有兩個女兒。
她常說讓我帶女兒去加國玩，說讓我們的友誼延續到下
一代。

　　聖誕節前夕，歌會來香港，我們約好一定要見一見，
想來，我們又有兩年多沒見了。好期待歌回來，帶著她
可愛漂亮的孩子。

洛爾迦‧策蘭‧東歐

李浩榮

洛爾迦

　　攤開《赤地藍圖》，不怕累的話，可以隨熒惑旅行一小段路。坐上火車，窗外掠過西班牙的風景，夏花田外，比利牛斯山脈高聳屹立，風車轉動，漸漸沒入橙紅的雲端。車廂內，同車的男女或睡或看電影，異國的遊人則提筆寫詩，寫他的〈巴塞隆拿之歌〉，「政治犯我們有了／何時才有國家／流亡者我們有了／何時才有國家／我可以說真話嗎／我在說我們的巴塞隆拿／對角線大道遠遠看見地中海的落霞」。歌謠迴旋於車廂內，如嗚咽的吉他，如哭泣的琴弦，如黎明的酒杯，碎了。深宵誦讀，我難忘那深沉的音色，步步叩問，句句傷心。我短訊熒惑，問他的歌謠體寫作，有何參考之經典。「我也不好說有沒有受哪些詩歌影響，但有時一些絕美的句子確實會在腦海裡迴響著。」熒惑舉例，如洛爾迦的《騎士歌》，「歌爾多巴城，遼遠又孤零」，戴望舒翻譯。「雖說用自己的聲音寫詩，但是世間有沒有完全屬於自我的寫作，這是一個大問題。」洛爾迦生於十九世紀末，自幼學琴，練就後來詩中空靈的音色，成為西班牙三大現代詩人之一。三十年代，戴望舒旅行西班牙，廣場上，酒館裡，村市上，到處聽到民眾傳唱抒情的歌曲，吉普賽的旋律，熱情赤裸，凡問作者是誰，婦孺皆答，洛爾

迦。我讀北島《時間的玫瑰》，讀到這故事，北島說，黑暗的歲月裡，北京地下詩界，偷偷傳閱著戴望舒翻譯的《洛爾迦詩抄》，影響一代詩風，芒克顧城的詩裡都能聽出洛爾迦的韻腳。我初見熒惑，亦與北島有關，猶記在中環上海總會飯店，中大校長沈祖堯宴請全球青年文學獎得主，我僥倖列席。席間，中大教授北島帶領詩社諸生朗誦新詩，其中一位青年熒惑，骨架清秀，出場時，眼鏡低低注視著稿紙，避開眾人的目光。想不到，甫開口，激昂震天，字字鏗鏘，全場靜默傾聽，旋即，報以熱烈的掌聲。《時間的玫瑰》記述，三十一歲那年，洛爾迦旅居紐約，常為朋友朗誦新作，「他的聲音高至叫喊，然後降為低語，像大海，用潮汐帶走你」。這批詩作後來結集為《詩人在紐約》。我追問熒惑，對於遊詩，有沒有欣賞的詩人或作品。然後，我們又談到洛爾迦。「你讀北島翻譯的《黎明》，過後根本沒有可能忘掉。」〈黎明〉收錄於《詩人在紐約》，熒惑特別喜歡首節四句，「紐約的黎明／有四條爛泥柱子／和劃動污水行進的／黑鴿子風暴」。《赤地藍圖》同題的〈黎明〉，顯然受洛爾迦的啟發，皆在書寫大都市的毀滅與救贖。「爛泥柱子會被沖斷／這裡不再有明天和希望／但是你有──／做黑風暴中僅餘的白鴿子／啣著詞語」。爛泥柱子建築的浮華世界，將被洪水沖斷，城市覆滅，象徵繁榮的消逝。然而，洪水終有退卻的一天，白鴿會從諾亞方舟飛出，啣著詞語，傳遞給後人。這城市還有獨特的文學，還有自由的思想，還有不滅的價值會留下。

策蘭

一九三八年，十一月九日，納粹政權縱容黨員襲擊猶太人，史稱「水晶之夜」。當晚深夜，德國各地的街道響起瘋狂的吼叫，睡夢中的猶太人紛紛驚醒，望出窗外，目睹一大群納粹狂徒掄起木棍，沿途捶打猶太商店的櫥窗。玻璃碎裂，在月光映照下，閃爍著水晶般的亮光。那些猶太人還未回過神來，眼底已是火光四起，城中的猶太教堂被烈焰吞噬，濃煙如柱，隨著一聲轟然巨響，圓頂倒塌。他們跑到街上，發現四周站滿猶太同胞。路中央，火堆熊熊，燃燒著從會堂扔出來的經卷與長椅。有的猶太人嘗試制止搶掠，反遭狂徒綁起雙手凌辱，剪光他的頭髮，拳腳交加，血流撲面。街角遠處，有幾個看熱鬧的警察，碰到猶太人求救，只是聳聳肩，狡獝訕笑，表示無能為力。因為不久前，警察才接到蓋世太保頭子海德里希的急電，指示手下，不得阻攔即將發生的示威。「關於文明。玻璃有它自己解讀的月色／往來一段火車路的時間／便應該小心研究藥物的作用機制／準備更多抗生素給小孩子，／然後教他們寫詩／在父親的螺絲批下寫詩／在老師和名牌的屍體的背脊寫詩／我們終於只耽擱於詩，因此全天下／也就沒有悲痛的聲音。」《赤地藍圖》輯二，熒惑的〈水晶之夜〉首章，這一節無主語詩句，我總覺得坐在火車上的旅人就是策蘭，猶太裔大詩人，二戰後，以德語寫作，名揚天下。悲劇發生之際，保羅‧策蘭正前赴法國升讀醫學院的途中。火車路經柏林，「你目睹了那些煙／來自明天」，策蘭於

詩裡，記下歐洲猶太人苦難的災兆。〈水晶之夜〉那節的最後兩句，初讀時，我未能掌握其意。後來，聽熒惑談起策蘭詩作與苦難的關係，我才稍稍弄明白。「至於策蘭，有人說他的詩作把苦難升華，我不知道。」熒惑回答我的筆訪時反問道，「苦難是如此之巨大，文學是否有足夠的力量處理？」熒惑坦承，他不知道。〈水晶之夜〉反覆寫及杏仁這意象，那該是暗用策蘭一首無題詩的典故：「數數杏仁／數數苦的讓你醒著的／把我也數進去」。《時間的玫瑰》裡，北島分析，此詩乃策蘭獻給母親之作。因童年時，策蘭母親常常烤杏仁蛋糕，從杏仁裡，詩人可以望見母親的眼睛。「每夜我們啃吃浸滿藥水的麵包／數數杏仁。若杏仁是唯一能回憶嬰夢的現實的橋／兒子，後來你終於在死後第二十個月喊出了花的名字／花。而我，後來在塞納河裡找回自己的靈魂。」終其一生，策蘭到底逃不脫奧斯威辛的鐵網，〈水晶之夜〉此節，觸及策蘭的自殺。讀到六日戰爭的新聞後，策蘭惶恐不安，時而暴躁，時而沉默，時而落淚，終與妻子分居。投河自盡前不久，策蘭和朋友坐地鐵，尾隨的巴黎青年跳出來，對他們吼叫：「讓猶太人進烤爐吧！」策蘭臉頰僵硬，神色悲戚，拳頭攥得緊緊的。此事距離水晶之夜三十又二年。時間無法封印暴力，熒惑慨嘆。

東歐

茅盾的筆尖萬里迢迢竟畫到了這裡，格魯吉亞第比

利斯郊外一處小小的院子裡。越過院子的木欄柵，走進獨立小屋，屋內有一口井，沿著井壁那兩行不規則的小窟窿，爬下井底，再竄過橫橫直直長長短短四條隧道，熒惑彷彿走回少時的記憶裡。「一九零三年史大林和他的同志們創設地下印刷所就在這個小院子裡頭……」《第比利斯的地下印刷所》開首，如此寫道。熒惑說，因為茅盾的這篇文章收錄於中學課文，所以，第比利斯成了幾千里外中國人人皆識的小地方。我沒有讀過，好奇找出來，瞄瞄井底的秘密。那地下室藏匿在兩米的泥土下，石砌的牆壁，拱頂天花，吊著明亮的燈泡，一架腐朽的木架印刷機映照出紅色的光彩。史大林和他的同志曾躲藏此處，夜以繼日，鉛字排版，校對稿樣，印刷蘇維埃革命的傳單與報紙。細心留意牆角，還有小鐵爐的痕跡，燒毀廢稿和校樣用的，由煙囪排氣到地面。地下室運作兩年，組織內，有叛徒向警察告密，憲兵多次搜查，終於，把整個地下印刷所挖出來，放火燒屋，逮捕屋主，充軍西伯利亞。《赤地藍圖》輯四，有一首〈第比利斯〉，記述熒惑遊覽印刷所時，一位老黨員熱情的招待。老黨員指著牆上的舊報紙，逐張向這名香港青年解說，共產黨人的奮鬥故事。熒惑舉起尼康相機，拍下老黨員振臂高呼的一刻。「你還相信這一套嗎？——你／已是遲暮的英雄，猶記得美好的大時代／與戰友同枕，在邊境瞭望世界如何改變」。蘇聯的鐵幕早被人民掄鎚鑿碎，老黨員窩身地下，也許，是要逃避革命史詩破滅的事實。就此，我曾探問熒惑對共產主義的看法。「這跟甚麼主

義都無關，重點是他如何活著。」熒惑的遊詩氣魄恢宏，版圖遼闊，如他的《伊巴爾大橋》，橫跨兩地、兩族、兩種政治信仰，關懷著人類的存亡。「其實故事的發生地點不是最緊要的，那曾經發生過，總是會重演。」詩人如此預言。《伊巴爾大橋》的附記，提及安德里奇《德里納河上的橋》，塞爾維亞奪諾獎桂冠的代表作。德里納河碧綠的波瀾上，矗立著一座雕刻精美的宏偉石橋，由十一墩白玉石柱支撐起溝通奧斯曼帝國東西方的橋樑。橋下河水澎湃，橋上軍隊商旅絡繹於途，構成南斯拉夫連綿不絕的歷史。十六世紀，土耳其大丞相帕夏下令建橋。可是，前線監官貪污殘暴，勞役基督徒，役工飢寒交迫，工地哀怨遍野。一名農民乘夜搗毀工程，抓捕後，被判處酷刑。安德里奇花了大量筆墨描寫行刑的過程。農民趴地，雙手遭反綁，兩腿被繩子扯開，一根削尖的木樁，插入他的褲襠，農民抽搐抖動，痛得弓起身子，想要站立，卻摔了下去。行刑者提起木鎚，小心翼翼敲打木樁底部，每敲一下，農民的背脊又傴僂一點，可當繩子一扯，身子立即又直了回來。兩岸迴盪著鎚聲與農民哀號，動物般嘶啞的叫喊，聽得圍觀的百姓臉色慘白。此後，民間再聽不見任何的怨言了。「重要的是那裡的人如何生活下去」，熒惑說。

古書淘寶記

岳清

　　窮家孩子，那有多餘錢財去購買昂貴書籍，斗室亦難於藏書，可是從小到大，對閱讀始終有一份執著。看到書籍，不自覺產生一種迷戀。這些年來，我和書本始終有磨滅不掉的緣份。

　　求學時期，零用錢不多，就常常尋找免費的樂趣，例如往圖書館或者書店打書釘。特別在炎夏季節，走進書本世界，足以讓心靈在時空交錯中蕩漾。長大後往外旅遊，也不忘淘書樂，尋覓心頭好。台北誠品、青島新華、京都惠文社、東京伊紀國屋、上海書城、深圳書城、廣州購書中心、曼谷 Design Centre、沖繩那霸 Junkudo 等等，都令我樂上一兩天。不過這些書店只可找到新書和外國最新資訊，若要尋覓古書，需要另類途徑。

　　我個人偏愛讀小說，尤其伍爾芙的《戴洛維夫人》，讀之如飴。對這位才華橫溢的女作家，心生景仰。伍爾芙的著名小說還有《燈塔行》、《奧蘭多》等。

　　十多年前，我最初體驗互聯網訂購外國書籍，在美國某間古書店訂下伍爾芙的《歲月》。一般精裝書籍都有護封在外，而護封上有精美印刷的封面。書店網頁說明是初版，狀況良好，沒有缺頁，還說護封只有少許破損。兩個月後收到書時，發現沒有護封，而且它的初版只是美國版，並不是英國版。感覺上被書商欺騙了，跟

他在網頁標明的書籍狀況不同。

由於退回美國的郵費不便宜，我取消了這個念頭。姑且留下這本《歲月》，後來細心閱讀，發覺它是一九三七年美國初版第十二刷。料不到伍爾芙這本《歲月》那麼暢銷，我常以為她是曲高和寡的作家呢。我同樣深愛的推理天后阿嘉莎‧克莉絲蒂，這年也推出名作《尼羅河謀殺案》。

一九三七年是驚心動魄的一年，歐洲戰雲密佈，每個國家嚴陣以待，人心惶惶。而在中國，七月七日北京發生蘆溝橋事變，八月十三日上海發生淞滬戰役，日軍發動全面侵華，中國人處於水深火熱。

《歲月》是伍爾芙在世時出版，相隔前一本《海浪》，已是六年光陰。因為伍爾芙曾經精神崩潰，並且患上抑鬱症，需要時間來休養，寫作小說所虛耗的心力，對她而言是極之沉重的負擔。

《歲月》的故事橫跨五十年，由一八八○至一九三○年代，涵蓋 Pargiter 家族各式人物。每章情節是發生於某一年某一日，述說家族成員的人生經歷。主旨就是歲月，三代人的悲歡離合，經過第一次世界大戰洗禮後，滄桑盡變。《歲月》稱得上圓渾豐滿，是伍爾芙的力作。

另一次網上搜羅古書經驗，是尋找絕版多年的塔金頓作品。普立茲得獎作家塔金頓的小說曾經風靡一時，但對二十一世紀的小說讀者來說，就會感到陌生。塔金頓是美國小說家和劇作家，寫下小說五十多部，以諷刺

和幽默見稱。《安培森家族》和《愛麗絲亞當斯》都獲
得普立茲小說獎。小說的電影版《愛麗絲亞當斯》由凱
瑟琳‧赫本擔演，而《安培森家族》的主角則是奧森‧
威爾斯。電影版偶然還有影痴追尋，但塔金頓的小說已
乏人問津。

原來塔金頓亦是卓越青少年文學作家。一九一四年，
他出版了膾炙人口的《男孩彭羅德的煩惱》，轟動一時。
隨後，他寫下續篇《彭羅德和薩姆》。這兩部作品，還
有《十七歲》、《溫柔的朱莉亞》都受到青少年喜愛，
成為二十世紀初美國青少兒文學的經典名著。

我因為貪便宜，網購了一本書脊殘破的《十七歲》，
這次書商標明沒有護封的。選它是想看看塔金頓寫青少
年小說的技巧，還想探究第一次世界大戰時期（一九一四
至一九一八）的印刷技術是怎樣呢？

《十七歲》雖然外表殘破，內頁完好無缺。令我驚
喜的是書內有十多幀彩色插畫，有的更是跨頁製作，配
合不同章節的情景。插畫使用粉紙，色彩鮮明，有別於
內文的書紙印刷。想不到此時期的書籍製作這樣考究。
作家透過一位十七歲青年的初戀故事，讓許多成年人緬
懷過去的青澀時光。中產家庭出生的青年威廉剛滿十七
歲，被外來少女蘿娜吸引，整個夏天都在她身旁追逐。
夏天過去，蘿娜要離開這個小鎮，威廉的愛情則沒法萌
芽。

《十七歲》本來在一九一四年《大都會雜誌》連載。
一九一六年出版成書，一紙風行。此書出版時，《紐約

時報》罕有地以一頁版面來報導，說它是一本「令人愉快的諷刺小說」，更稱讚它「以出色技巧去描寫十多歲青少年的心理狀況」。有些評論認為它比《男孩彭羅德的煩惱》更加有趣，不過更為傷感。

過了一段很久時間，為了控制自己的消費意慾，不敢貿然進行網購，免得花費過度。另外，家中真正書櫃只得一個木製品，收納量不大。隨著年月增長，我閱讀的範疇更為廣泛，無可奈何，客廳組合櫃和儲物膠箱櫃都擠滿書籍。每年逼得一定要將讀完的書送給舉行舊書義賣的慈善機構。

想免費又可以認識古本書，最佳方法就是看展覽。過去香港舉行過多次古本書展覽，中外皆有，我只會用欣賞藝術品的角度去參觀，從來不敢希冀擁有一本這種昂貴的書籍。有一次往灣仔的古本書展覽，捧著朝聖心情去觀賞那些十六、十七世紀不同國家印製的書籍，場內展品絕對美輪美奐，目不暇給。有些書的內文載有精緻手繪圖畫，有的若把書本合上，書緣精繪的地圖或風景畫，就會呈現起來。

途經一位澳洲古本書商的攤位，旋即被一冊薄薄以和紙製作的書吸引，書名是《畫貓的少年》，內文以英文寫成，每頁配合相關圖畫。封底署明初版是明治三十一年（即一八九八年），此書是《日本神話故事系列》二十三種之一。

一八九八年發生了甚麼世界大事呢？一八九八年是光緒二十四年，光緒策動戊戌政變失敗，被慈禧太后囚

禁。英國和清廷簽訂《展拓香港界址專條》，租借九龍和新界九十九年。德國強迫清廷簽訂《膠澳租界條約》，掠奪膠州灣一帶約五百四十平方公里土地，為期九十九年。日據時期的台灣就發生六班長清莊慘案。

《日本神話故事系列》其後不斷再版，我買下的是一九二五年版本，印刷精美，品相良好。那位書商見我興致勃勃地翻閱，友善地給了我一個折扣優惠。思慮良久，決意以信用咭簽賬。基本上，我從未認識這種和紙製作的書籍，偶遇這本書，竟然情不自禁，愛不釋手。

奇怪封面上有英文書名 *The Boy Who Drew Cats*，作者名字是 Lafcadio Hearn。明治時代的外國人，是何方神聖呢？上網查看，才知他出生於希臘，一八九六年歸化日本，改名小泉八雲。他父親是愛爾蘭人，母親是希臘女子。他十幾歲時，雙親故世，頓成孤兒。十九歲後，他四處飄泊，浪跡在不同國度。

一八九〇年，小泉八雲總算在日本安頓下來，妻子是小泉節子。他在東京大學擔任英國文學教授，深愛日本的文化和風土人情。許多日本民間故事，都由節子講述給他聽，再經他以英文寫成短篇故事，集結成書。小泉八雲精通多種語言，學識淵博，譯作和介紹性著作碩果豐盈。可惜年代久遠，他的功績漸被遺忘。

我還有一種途徑尋找絕版書刊，就是拜訪旺角的好旺角購物中心，內有很多專門店，如錢幣、郵票、地圖、玩具、陶瓷等。其中有數間店鋪，兼營懷舊書刊，我多次在他們那兒買下《南國電影》、《娛樂畫報》、《國

際電影》、《中聯畫報》等雜誌。

　　他們有少量一九四〇至一九五〇的舊版小說，但索價不菲，我一向不敢沾手。一個風雨下午，店主向我介紹一本封面相當殘破的《第五號情報員》，仇章著。薄紙一冊，泛黃書頁，隱約散發少許霉味，尚可翻看和接受。店主索價港幣一百二十元，他說一九四九年再版，算便宜啦，而且不易見到。我欣然接受。

　　一九三八年十月廣州淪陷，一九四一年聖誕，香港也淪陷了。粵北韶關一帶，成為游擊隊活躍據點，一些愛國文化人亦聚集起來，宣揚抗戰。仇章就是這個時代的作家。仇章的間諜小說，獨樹旗幟，別無分號。大約在一九四二年抗戰時，他避走韶關，為《中山日報》撰寫《第五號情報員》，廣受市民歡迎。一九四三年出單行本。第五號情報員迅速家傳戶曉。

　　仇章創作力旺盛，寫下一批諜戰小說，如《飛天間諜》、《忠節之間》、《第一號勳章》、《深閨夢裡人》、《遭遇了支那間諜網》、《香港間諜戰》、《廣州間諜戰》和《東京玫瑰》等等。其他類型小說還有《無聲的收音機》、《連環扣》、《征服者》、《偵探王》等。

　　《第五號情報員》寫的是淪陷前香港，諜影重重，危機四伏。仇章以頭號間諜川島芳子秘密來香港策動攻略戰為主線，第五號情報員率領其他同袍，與川島芳子及其黨羽進行生死搏鬥。仇章是將川島芳子寫入小說的先驅之一，比李碧華早了四十多年。戰後，川島芳子被逮捕和公開審判。

　　小說的副線是第五號情報員的少時愛侶稻田芳子，她受黑龍會訓練成為川島芳子以下的第二號人物。第五號情報員和她重會後，愛火重燃，終令秘密警察把稻田押返東京槍決。

　　仇章描寫的間諜工作認真而細密，致使產生許多傳聞。有人說他真的受過間諜訓練，第五號情報員根本是他的寫照。又有人說他不過是一名患病的窮作家，終日沉默寡言，勤寫不倦。仇章約在一九五一年病逝，致使他的事蹟無從稽考。

　　仇章的小說好看耐讀，因為他擁有相當的軍事知識，對戰況認真分析，自然地透過人物表達出來。試看這段分析性描寫：「這時候，盟國商輪接到了英政府的緊急命令，馬上離港，駛進指定安全港口去，菲律賓就是指定的所謂安全港口了。留港的商輪，尤其是英國的，一艘一艘的向著鯉魚門駛出港口，跟著這港口又駛進了八艘小型魚雷艇，四艘中型潛水艇。第五號特派員以軍事的眼光來判斷英政府的態度，香港並不是採取保衛戰的。假如打算保衛香港的話，不消說是要增強艦隊，單靠十艘魚雷艇，休想保衛香港。」

　　仇章另一特色風格，對於各地城市面貌和生活狀況有所涉獵，描繪入微。特別對廣州、香港、澳門等地的戰時生活，起了紀實作用。仇章的小說十分暢銷，上海、廣州、香港等地分別再版，是極受歡迎的戰時讀物。一九六〇年代後，仇章的小說未見再版，名聲也被歲月淹沒。

　　《第五號情報員》的瞬間火紅令我想起徐訏的《風蕭蕭》。一九四三年徐訏在重慶《掃蕩報》連載《風蕭蕭》，大受讀者追捧。《風蕭蕭》集合愛情、間諜、懸疑於一身，故事離奇曲折，受到讀者青睞。仇章在韶關，徐訏在重慶，他們同樣是抗戰時期以諜戰小說聞名的作家。徐訏比較幸運，一九五〇至一九六〇年代有多部小說被改編為電影，而代表作《風蕭蕭》這些年來也再版多次。

　　每位作家的心血作品，隨著歲月更移，各有不同命運。有的永垂不朽，爭相傳頌。有的淹沒紅塵，無人過問。古書見證作家在艱難歲月，依然堅持寫作。印製的書籍會經歷幾多代人去傳閱呢？書籍的飄流命運，誰人可以預料得到。它們可以隱身於收藏家手上數十年，也可以因為遷移而把它們轉贈或拋掉。可嘆緣份在天，拾取由人。或者換上另一角度，紙張書本會否因為地球村走向網絡化而逐漸消失呢？我們將來會否只在古書店內找到它們呢？

這些年，我們一起喝過的珍奶

唐希文

　　這本文集名為《週末飲茶》，本來想寫童年上茶樓的回憶，但正好看到一篇關於珍珠奶茶的報道，有本地外賣平台統計了過去半年的珍珠奶茶訂購量，發現足以填滿二千七百多個浴缸，驚嘆之餘，忍不住把本篇主角換成了珍珠奶茶。

　　珍珠奶茶，簡稱「珍奶」，先於台灣興起，九十年代進駐香港，早已是港人日常生活的一部分。筆者的「茶齡」超過二十年，第一次接觸珍奶是高中時代，放學後最愛和同學們光顧某家「仙字頭」的台式茶店，那幾乎是同區學生回家的必經之路，也是人氣的社交場所。那時我最愛點一杯「胚芽珍珠奶茶」，再加一份厚吐司，大家邊吃喝邊聊天，一坐就是整個下午。珍奶見證著我們最無憂無慮的學生時代。

　　在那個遙遠而美好的年代，珍奶象徵著「創新」與「自由」。有別於和長輩上茶樓，這種台式茶店擺脫了傳統的禮儀習俗，也不像港式絲襪奶茶般強調沖泡技巧，還有清爽的冷飲版本可供選擇，體現了不一樣的茶飲文化。而將奶茶與珍珠結合，在當年也算十分突破，隨後還陸續加入了芋圓、仙草、蒟蒻、寒天晶球等其他配角，奶茶的口味亦五花八門，喜歡新鮮感的學生們又怎能抗拒？

　　記得在戀愛大過天的年紀，台式茶店變成了約會的

好去處。一來因為我的體質不能喝酒，就連酒精含量不多於 0.6% 的飲料也不能碰；二來我對咖啡也無感，光顧咖啡店大多只會點巧克力、果汁或汽水。那時候每次我說想喝珍奶，男朋友都樂於奉陪，因為消費比光顧有情調的餐廳廉宜得多。而且珍奶很飽肚，間接減少了正餐的份量，打救了不少貧苦學生。相信珍奶曾經是無數少男少女的「拍拖恩物」。

到近十年台式茶店愈開愈暢旺，市場競爭變得激烈，為了節省成本，原先「坐下來慢慢喝」的潮流也改變了，加上自動封口機的出現，一般人都是把珍奶封蓋帶走。疫症來襲之前，走在銅鑼灣、旺角等市區的街頭，總會看到外賣茶店大排長龍，「少冰」、「半糖」、「多珍珠」等話聲此起彼落，熱鬧非常；不論在戶外還是商場，情侶、學生們每人手拿一杯珍奶，邊喝邊走，形成了另一道獨特的飲食文化風景。

現在人到中年，見識多了，對飲食的要求自然亦會提高，捨得花錢吃好東西。然而，我對珍奶的專情依然不變。明知傳統珍奶不健康，也不像咖啡般能讓人變成「文青」，和葡萄酒的「優雅」形象亦差天共地，但它是我的青春，就像初戀一樣，叫人無法割捨。

中年女子喝珍奶，除了享受它的奶香、口感和咖啡因，大概還想品嚐回憶的滋味。這份心情，是不是像極了愛情？

二○二二年四月

隱蔽式求生

荷悅

「是我！」綺晴溫柔地說。

「幹嘛辛苦了整天還不去睡！」我回應。

「已經好一陣子沒給你電話，有點憂心。」

「沒事，還好呢！」

「遲些你往柏克萊時，必要來與我見面。」

「再過兩個月吧！學期完結後，兩個女兒又會搬遷，這回距離柏克萊大學較遠，說屋租便宜點，地方卻大多了。」

「路過時記緊繞到我餐館來，我給你做最好吃的。」

「好。夜了，快去睡吧」

「真的倦了，晚安。」

深懂人情世故，又略嫌有點老氣橫秋的綺晴，在我初到美國，仍是人生路不熟的時候，不時致電給我。

雖是閒話家常的交往，但對於一個離鄉別井的人，她的話，如燙暖靈藥，滌蕩了人的肺腑，我對她有一種說不出的友情。

大女兒往柏克萊大學報到首天，分身乏術的綺晴竟然把餐館提早關門，她專程從 Tracy 的住處，跑到我下榻位於 Emeryville 的 Sheraton Hotel，帶來大包小包花旗參製品之餘，還千叮萬囑我要拿參糖滋潤喉嚨。這充滿人情味的舉止，感動了我許多年。

　　每次往柏克萊，駕車奔馳從破曉直至入夜，空間變了，時間也變了。窗外光景幻變不斷，窗內思緒起伏不絕，成了情景交融，又墮進虛實相應的狀態。

　　路過 Tracy，它已經落在晚霞的浮光裡。我會埋怨自己為何每次來去都是如此匆匆。其實我有太多這樣安排的理由，自覺既恰當又合理。

　　趕在入夜前，到達終點站柏克萊是我最大的理由，而那終點站並非另一個輕鬆的開端。翌日清晨在睡眠不足的情況下，一年一度的搬屋大行動在那裡等待著我。

　　然而在每次大行動過後的歸途上，儘管窗外風光明媚；儘管那溫柔的微風，像絲綢一般拂揚著；儘管我仍可駛進 Tracy，但那睏乏似不屬於我的渙散身軀，迫使我惘惘然走向歸家路上。

　　思憶良久纏綿在 Tracy 的我，被嘎然的電話鈴聲喚醒。

　　「剛收到我們老同學日軒的長途電話。」綺晴緊張地說。

　　「沒甚麼事吧！」我也緊張起來。

　　「她說打算來三藩市探望我。」

　　「不會吧！我離港時，她的病情已頗為嚴重。」

　　「電話裡的她確實氣若游絲。」

　　「說來探望你，也許病情已有好轉。」

　　「想的也是。」

　　「記得她常向我抱怨，遺憾當年無法帶走任何有體

面的大衣。看來我要趕快郵寄一件保暖衣給她。」

「若她真的要來，那件窩心大衣必大派用場。」

「再有她的消息，請通知我。」

「沒問題。」

「休息吧！」

「晚安。」

漆黑的長空，靜寂的晚上，發愣的我，默默坐在沙發一角，弧形落地燈暗淡的光線，加速我墮入那段與日軒交往的沉思中。

我與日軒本來並不稔熟，畢業後多年，透過她熱衷安排同學聚會期間交往起來，那時的她已經離婚。

讀書年代的日軒沒引起我多大注意。印象中她從沒散發婀娜多姿或輕柔美態。外型高大硬朗，女中豪傑模樣，剪了一頭短髮，黑黝黝皮膚的她，鼻樑掛上銀灰橢圓厚鏡，是班中活躍分子，同學把她起了「鐵甲人」的稱號。

擁有高挑身型當然令人羨慕，但高個子是要配合身型體態，例如上身與下半身的比例、腰線高度、腿部線條等等才算是完美。日軒那不合比例的高挑身段，卻成了完美外型的絆腳石。

當年日軒讀畢護理課程，取得專業資格。一直單身的她，在朋友介紹下，認識經歷一段失敗婚姻的美國中年白人，與對方交往不久，便隻身飛往美國，步進憧憬中的婚姻殿堂。

　　短暫蜜月期過後，對方即露出不一樣的姿態。平日在醫院辛勞整天的她，回到家中要當上奴隸角色。除婆婆看她不順眼外，還屢遭丈夫索錢虐打，日子苦不堪言。以往憧憬著美滿婚姻的她，此刻給摑折掐斷，戛然而止了。

　　為了擺脫丈夫控制，爭取自由及重拾尊嚴，她都得忍著。暗地裡卻是策劃出走計謀，偏那事敗或會引來殺身之禍的想法，又往往浮現腦海，內心極其恐懼。她曾經想過放棄，但如此念頭只是瞥然一過，及後她比以前更要積極。

　　為避開夫家成員發現，平日存放在家中的私人物品，她要竭力保持原狀，一件不能多，也一件不能少，連擺放在銀行保險箱珍貴的嫁妝也得放棄，以免引起懷疑而破壞大事。

　　某天她如往常般，身無長物離家假裝上班去。背著這般沉重的記憶行囊，在戰戰兢兢下落荒而逃，她終於平安到達香港，自由背後的代價是一切得從頭開始。

　　經歷過窮途末路的日軒，心中有極深的結。她痛恨朋友，痛恨家人，甚至痛恨母親。她最痛恨曾經愛過的前夫，連帶也痛恨那位媒人，認為她是立心不良，置她於死地。

　　那些凝聚的痛恨，有如親手製造的繭子，將自己裹進裡面去。也許那是一段令她心力交瘁的恐怖婚姻，在與我講述逃離魔掌的過程中，她全程緊緊握著拳頭，紫黑雙唇不斷發顫震動著。

極力保持尊嚴，既自卑又跋扈的日軒，在離婚事上沒對我完全坦白。人要為自己留點面子，總不能在人前坦蕩蕩，這我很理解。

對生命仍充滿熱誠的日軒，依然期待有第二段感情，渴望能惹起男士追求，對婚姻依然充滿憧憬。

隨後她很努力回歸正常，常以電話聯絡，集合更多同學出席聯誼活動，如同在學校年代那樣活躍，整個人驟然生動起來。

那時我處於公私兩忙境況。要上班，要照顧孩子，未到夜深不能就寢。活在營役生活壓力下，身體幾乎也弄垮。

坦白說，以我那時的狀態，怎有時間和心情，放在應酬日軒安排的聚會上。無奈日軒就是有她過人毅力，非要和你交往不可，這能耐往往讓你無法拒絕。

為了遷就我，約見地點多在我處所附近，相聚沒有特別原因和理由，大多是雜湊一般尋常閒話。所謂閒話，其實不閒，因為她的話頭，用不上三言兩語，就繞到有關她那些不快的事上去。

時間久了，互動多了，大家便熟絡起來。

某天我接到日軒的電話，她提高八度的聲線，讓我從空氣中也感受到她的喜悅。

「沙田那所大型醫院錄取了我，下月可正式上班。」日軒從電話筒傳來高興的聲調。

「你現職那間醫療集團也很具規模，還以為你會一

直待在那裡呢！」

「論前景，一定是那所醫院較佳，薪酬也漲了不少。」

「真替你高興。」

「聽說你認識好些朋友在那區，能否請他們給我意見，我想租住一所接近工作地點的單位。」

「會否不習慣獨立生活？」

「哪會不習慣，盡早離家過獨立生活是我的願望。」

「咦！剛好認識一位地產經紀在那區工作，安排她與你聯絡吧！」

在我引薦下，日軒找到心儀租住地方。因此，她對我漸漸放下戒心。

以後沒相隔多久，也收到日軒來電，看來她漸漸回到較佳狀態。

「現時我正在修讀一個宗教課程，很快將會完結。」某天日軒致電給我，訴說了一些近況。

「你不斷努力學習求進，真難得。」我衷心替她高興。

「希望你能出席我的畢業分享會。」

「有其他同學去嗎？」

「沒有。你是唯一被我邀請的。」

「啊！原來這樣！我要否在衣著方面配合這畢業分享會呢！」我隨意一問。

「普通衣著便可。這宗教課程只取錄十多名學生。導師要求畢業同學邀請親友參與，以表支持。」

「明白。多謝你的邀請，當天我會準時出席。」

「你可否買一束鮮花前來？」

「沒問題，到時見。」

「多謝你。」

接過她的電話，難免因這瞬間的意外要求，心裡泛起些疑問。

在參與她與同學的坦誠分享會中，我驚訝發現她患上了紅斑狼瘡症，難怪只有邀請我，她一定以為我才會守住秘密，而我真的做得到。

散會後，我極力表現從容，又思考著這病發原因，或許是與她長期受壓有關，不禁對她同情起來。

在歸途上，她再沒有提及「紅斑狼瘡症」這幾個字，當然也感覺不到她有向我解釋這情況，或是有關病歷的意圖，就好像我是從來沒有聽過有關於她的這個病。那天我不便過問，以後也沒有。

過了頗長日子，日軒告訴我已搬返家中居住，並且提及有意招聘家庭傭工這回事。心想她必定是想通了，是要減輕年邁母親家務重擔，要緩和與她的關係，當刻我提議一起前往相熟的傭工介紹所去。

我們相約於旺角，在介紹所樓下的茶餐廳先來見面商討。那天我踏進餐館，目光環視四周也察覺不到日軒的身影，在不自覺拉直脖子再度搜索下，瞥見前來的她，

原來選擇在一暗角位置坐了下來。

那天並不寒涼，鬢髮稀疏灰白的她，在一件寶藍中式夾襖的脖子裡，搭了條蔥綠絲巾，陰沉木製光身拐杖則緊靠著身旁。在她乾枯的額頭上，刻著以往不曾發現無數光陰碾過的印痕，看上去身體甚為瘦弱。

經過一輪耗力的傭人篩選過程後，我送她往就近的巴士站。那時細雨霏霏，她微微擺動著單薄、瘦削、萎弱的身軀，走路時整個人輕得像在地面飄浮。她裝作堅強攔到巴士上那刻，我的心禁不住悲涼起來。

僱請傭人最終沒有成事，因為日軒入住了昔日曾工作過的醫院，經護士協助下她致電給我，有氣無力且音調含糊地告訴我，所住院內的樓層及床位號碼，當然是希望我可以經常探望她。

那時快將離港的我，要處理的事情實在太多，我只能在有限的空檔探望支持她。由於無法經常抽空探望，惟有委託住在醫院附近的好友，為她禱告及烹煮營養飯菜。

某天好友惶恐地聯絡上我。

「你趕快看看她吧！」

「病情是否嚴重了？」

「看來也是。」

「如何！」

「今天看她時，她睡著了，剛放下食物要轉身離開，聽到她無力地呼喚我。扶她靠在臥榻時，發現幾顆黯黃

崎嶇的牙齒脫掉在床上，她隨即用手很艱難把牙齒往枕邊撥過去，我霎時打了一個愣怔，給這景象愣住了。」

「情況確是糟糕！」

我原想對日軒不辭而別，因為不忍面對失望的她。雖然她那消瘦的模樣，不能讓人貌識其真實的喜怒哀樂。但這意念在短促的躊躇中便消失，我選擇對她直言，然而沒想到別離那刻，會是如此沉鬱的一幕。

往日經歷種種困難的日軒，總不會氣餒，就像體內存著一股動盪的激流，在生活中拼闖出生機。面對病榻中身不由己的日軒，不禁慨嘆為何命運會是這般使人惘然無奈。

在這不能釋懷的事上，綺晴一直開解我，還不時來電噓寒問暖，雖然大多都在夜深人靜時分。

那天與往日不同，綺晴的來電早多了，一種不祥之兆隨著她那悲慟的聲音湧進我心坎來。

「剛收到日軒媽的電話，說她昨晚過身了。」綺晴說。

「你有和她媽媽聯絡的嗎？」失去靈魂的我，莫名其妙地吐出這樣一句。

「哪有聯絡！是軒媽翻開她留下的電話簿逐一通知，你來了美國又沒能與她聯絡上，怎可能通知你。」

「都是我不好。」

「大家都盡了力。」

「到最後也是來不成。」

　　垂下頭來，我把燈關上，燈一滅，黑暗像凝固已久的血液，一下子流動起來，把屋子都填滿了。微淡的月光從窗片的罅隙透露進來，朦朧的罩照一角，那擱在牆腳處，未能寄出的郵包輪廓來。

「空堂坐相憶，酌茗聊代醉」——
清明父憶

郭長耀

「是這種味道了，從開始的樟香到微微的梅子香，等溫度降至七十度左右變為龜苓藥香。」聽到父親這樣說，我鬆了一口氣，終於找到最令父親滿意的普洱熟茶。普洱熟茶是他一生的茶，小妹妹提醒，叫我泡茶給他喝，那是他幾十年來的習慣。

我傾其有，將自己所有不同年代不同配方不同倉存不同製作形式的熟茶泡給他試。先父一向嘴刁，雖然是窮等人家，但對於飲食，他卻很講究，有要求的。無論是中茶牌最標桿的不同年代的 7542，或是上世紀九十年代初的金瓜，以至到沱茶和各款磚茶，他只是微微點頭。

最後，我轉到 7262 中去，他才會心首肯，我分別泡了九八年、九三年和〇三年的黃印 7262 給他喝。最後，他選定了〇三年 7262 小黃印熟茶。是他鄉遇故知的安然適然到我復悠然的茶味人生，伴陪他最後的歲月。茶味初來有排山倒海的霸氣，茶氣足，味甘苦，直到之後的醇滑回甜，從暴烈到溫柔，從鬱躁到純和，一如父名，修德以和。

中秋節短暫出院數天，聚天倫，樂賞月，那是一家人最後歡渡的佳節。歡喜中夾雜著悲涼，片刻裡凝住永恆。兩個多星期後的清晨，醫院裡，病床上，大哥和我分別握著他的左右手。六時，呼吸停住了。再過多半小

時，脈搏也停頓了。父親就這樣走了……雖然我們是孩子的父親，但我們也是父親的兒子，心裡空落落的，總覺得有些構成生命的支撐物永遠都失去了。

大化之晨，靈前祭獻著他最愛吃的點心和他最愛喝的普洱熟茶，一路好走，飄然西去。茶友知悉後，特意將所有〇三年的7262熟茶送我，留個念想。我將茶餅分別給兄弟妹，以安孝思，以遣情懷。

大哥原本約好，在先父的生忌日要到屯門曾咀靈灰安置所龕前拜祭，但由於疫情來勢洶洶，政府頒行限聚令，不准兩個以上的家庭聚會，家祭只有延遲。我的工作地點相距靈灰所不遠，從靈灰所以通行證穿越新界西垃圾堆填區回下白泥老家也只是八分鐘的車程。沒有理由，沒有藉口不走這一程。泡好了茶，帶上先父最愛喝的藍帶馬嗲利拔蘭地，買了他愛吃的點心和肥叉鴨飯，赴曾咀的一程。

黃昏時分，偌大的一個靈灰所，十六萬個龕位的體量，只有寥寥幾人。在先父龕前，奉上了茶，端好了酒，置好點心菜餚，和他聊聊天，述述舊，祭奠先茶後酒，以示天長地久。

小時候，先父在喜慶的日子會喝酒，尤愛拔蘭地，而藍帶馬嗲利是他的至愛，烈醇香薰，四美並存。齒頰留香，餘味繞腔。我還清楚記得當年的廣告文宣據聞是黃霑先生所寫的：「真理產自頑石，明珠出於拙蚌。系出名門，自然不同凡響。」華麗得來氣質不凡，提升了飲酒人士的品位。家父雖貧，但深諳「味道才是人生的

品質」這道理。

先父茶酒雙絕，自上世紀六十年代從故鄉寶安西鄉渡海來港，茶和酒是伴隨他度過生命中的風風雨雨，生活中的悲喜升沉的知己。這裡背山臨海，面向他出生地：對岸的蛇口大鏟灣，離開家，立業之地——下白泥也近。此生歸處，應當滿意。

在下白泥老家和家母聊了一會，報告了獨祭的情況，疫症肆虐下，未敢久留，回家去。深宵時份，家人都睡去了，沒有取酒，而是代之以茶，從架上取下小黃印熟茶，自泡自斟自飲，憶記往事歷歷，先父音容可尋可覓。老豆，一切安好！

附註：印級茶的嘜號：前兩個字表示年份配方，第三字表茶葉大小，數字愈大，表茶葉愈粗，末尾一字表茶廠。以 7542 為例，即 75 年的配方，4 級茶，末尾的 2 表勐海茶廠。但 7262 就沒有遵循這樣的規律，它的意思是：「7」是為了紀念熟茶發酵工藝在上世紀 70 年代研製成功，「2」和「6」分別代表茶面和茶底使用原料的等級，最後一個「2」是勐海茶廠的代號。

撞鬼

陳丙

粵語「撞鬼」一詞相當於「見鬼」。但用「撞」字（變調為陰上聲），更顯生動。其字面義如此，但背後卻蘊含撞鬼的因由，即所謂「時運低」、倒楣等。故撞鬼、見鬼也用來形容倒楣，其實其本義與引申義互為因果。

超渡亡靈

小時候聽過這麼一首喃嘸歌：

天昏昏，月暗暗，咁凍天時你去鬆人，做人都係太過笨呀，見天無影，見海又無人，怨恨家山唔夠運，一命嗚呼喪了陰司去遊魂。落到陰府迷失方向隨揼問，無條路程問得真，實際遇到兩個衙差捉到閻王來審問。嗰個閻君問我：「睇你年齡十七八歲，壽命未當盡，誰人叫你落嚟見我閻君？」「我為了偷渡出嚟香港想搵銀啊，唔知今晚風猛浪大注定命歸陰。怨恨家山唔夠運，一命嗚呼喪了陰司去遊魂。望你閻君大發慈悲，畀我打回民間做個好人。」嗰個閻君話：「打你回陽，千祈唔好搞搞震呀，安分守己做個好市民。」

這是喃嘸先生們在開壇超渡溺死者所歌。喃嘸歌以嗩吶（俗稱Ｄ打）、小鈸（俗稱喳喳）、小鈴（俗稱鈴銀）和鑼鼓等伴奏。據家父憶述，這首喃嘸歌，是經他潤色增補而成。舊版所唱不外是「魂兮歸來，嗚呼哀哉」等內容，沒有道出逝者心聲。父親與喃嘸安相熟，故多有交流，促進了創作活動。

那次儀式和對談的場景，仍歷歷在目。流浮山正大街海旁興記魚欄臨水處，退潮後來了四具屍體。那時大陸正值文革後期，也是偷渡潮的高峰期。流浮山是這些偷渡客的目的地之一，因為地處蛇口對岸，只有一水之隔——深圳河流到此地已屬后海灣（今謂之深圳灣）。天色明朗的日子，對岸的建築物雖清晰，但不辨牛馬。海灣之北即落馬洲一帶雖河道狹窄，但守衛森嚴；於是流浮山便成為熱點。偷渡者多半是年輕人，往往輕視水道中央的急流，加上海床長滿了藤壺、貝殼的石頭和蠔田上豎立著無數的蠔，那鋒利的蠔殼，恍如一行行刀刃，一旦陷入其中，往往遍體鱗傷。因此，那期間偷渡因抽筋、割傷、受寒或淹水而死的人不計其數。

那次到來的四位均為男性，伏屍於碼頭下。據聞凡遇溺而亡，男的背朝天，女的胸朝天。他們共有的特性是死後會覓主，期望能「找」到有心人收葬遺骸。當時的興記，是流浮山最熱鬧的地方，因此四位算是「找」對了地方。我還記得超渡後不久，就見到「老鼠王」——即黑箱車派來的工作人員，他們包裝好遺體後，抬著黑箱，熟練地穿過那擠得水洩不通的正大街離去。那天正

是最繁忙的星期日，以吃海鮮和郊遊聞名的流浮山總是那樣人頭湧湧，而在這些忙於在海鮮檔討價還價的食客身邊，卻忽然有老鼠王穿梭其中，為那四位送行，平添了特別的「氣息」——那時四位的身體已發脹，並發出陣陣惡臭。大概因此人們稱屍首為「鹹魚」吧。

父親參與創作的那首喃嘸歌是有感而作的。父親雖然沒有上過一天的學，連自己的名字也寫不出，但對於歌謠俗講頗有心得，有過耳不忘的本領，且能出口成章。那次即席創作，是有見於喃嘸先生們所唱的曲辭，無病呻吟，言之無物，不能道出逝者心聲，故缺乏感情，草草了事。父親聽畢，乃即席作歌吟唱，與先生們切磋，先生們連聲讚好，歎服不已。那首歌還有兩句「煞尾」這麼唱：「分明做個喃嘸先生出來搵銀啊，是是但但執番三幾千我又鬆人。」這當然不在儀式上唱，而是父親與喃嘸安調笑之言。

父親深明偷渡來港遇溺者的懷抱，故能道其不幸。這主要是由於自己也有過同樣的經歷，而以倖存者之心視之，更能體會亡者之情。

那時除了正大街，其他近岸處也時有浮屍漂至。我和二哥只有十二、三歲，每次聽到孩子們傳言「有鹹魚」，既好奇又害怕，跟在父親身後去看。父親去的目的是為他們做點後事。記得有一次，水警輪拖來了六具屍首，置於海旁街公廁旁，等待老鼠王來收拾。父親得悉其暴曬於此，乃走到其中一具肚子被蠔殼割破了的遺體身邊，輕輕一踢他的胳膊，口中唸唸有詞——大概又是自編喃

嘸歌內容，然後在垃圾堆中找來破布破蓆之類，把露出
的腸臟蓋好，再向他的幾個同伴交代了幾句，才帶著我
們離去。還記得那景象：正值龍舟水漲，烈日當空，蒼
蠅嗡嗡嚯嚯地圍著他們，時而降落，吸吮著，忽然被父
親一腳驚嚇蠢起。我們在旁，一邊膽怯地「觀禮」，一
邊張惶著，惟恐蒼蠅撲到我們身上臉上。尤其懼怕的是
那種金綠色的轟炸機，張著巨翅，沾著屍臭，轟隆來襲，
那可真的是「撞鬼」。

亡靈覓主

在海上工作時見到屍首就沒有條件為它送行了。父
親說這些亡魂會覓主，死後會有力量令他們的遺體向有
活人處進發，因此去到最繁忙的正大街。也有一次漂浮
到了我家的碼頭下，向當時在上面睡覺的兄弟們報夢求
援。

聽說村裡有人在海上作業時也遇到過。夏天，我們
蠔民趁著潮退作業，初一、十五前後的下午至傍晚，在
淺海中半身泡在水裡「散蠔」——即把蠔一個一個豎立
排好，不讓牠們倒下，被泥淹埋而死。散蠔通常是幾人
至十幾人一字橫排地前進，每人伸手可及旁人的手，以
防漏掉散落的蠔。那次，旺開的一名伙計在散蠔時忽然
感覺背後有軟綿綿的飄浮物，隨海浪搖曳，在他背後一
蹭一蹭，彷彿在「叫」他。伙計以為是垃圾，向後伸手
一推，沒再理會。誰知沒過一會兒，又回來「叫」他。
這次伙計回頭一看，大吃一驚，十幾人即火速上船，不

敢再下去，整個下午的工作也沒膽量再幹了。旺開無奈，直抱怨「撞鬼」。

冬天不能下水工作，卻有另一種撞鬼經歷。冬天是收成期，我們站在小船的甲板上，手執由兩支長竹竿製成的蠔箝，伸到水底去「箝蠔」——把蠔夾上船艙去。水深天冷，站在甲板上工作，迎著北風，腰馬手臂合一，一幹就是四五個小時。父親嘴上叼著一根煙，一邊講著他那說不完的故事，有時唱歌，有時聽收音機，節目豐富。忽然，遠處海面漂來一具浮屍，來「找」我們。我們正驚惶之際，父親氣定神閒地用蠔箝把它輕輕推開；但過不了一會兒，它又回來了，還停靠在船邊不動。父親對它說：「朋友，我知你成了游魂野鬼，無處歸葬，著實可憐。但我們正在幹活餬口，維持生計，實在沒辦法幫你。你還是另覓他人去吧，抱歉了。」「聽」了這話，屍首立即像開動了馬達似的啟航離去。我們都覺得很神奇，馬上向父親請教先前旺開伙計「撞鬼」之事，父親說：「以人情審之，根本不用怕。它也曾是人，你沒有害過他，怕甚麼？只要你明白，跟他說，他也明白，大家都沒事。」父親的話，受用了幾十年。俗語云「各懷鬼胎」、「鬼拍後尾枕」等，同一道理；只要問心無愧，撞鬼也不用怕。

又有一次遇上覓主事，我們只能讓他另請高明。那次不是工作，而是幾個小孩駕著蠔船玩耍，在海上兜風、跳水和游泳。回程路上，見到水中半浮沉的一個綠色吹氣枕頭，蕃薯叫把船慢下來，靠近枕頭，想撿回去玩。

當他伸手把它抽起時，發覺下面繫著東西，再用力抽，竟把那縛得緊緊的屍體抽起，露出頭部，蕃薯見狀失色，即時放手，回頭大叫：「快走！」我當時掌舵，沒看見，只抱怨蕃薯沒用，連一個吹氣枕頭也拿不動。上岸後蕃薯把當時情景告訴大家，各人都十分懼怕，怕撞了鬼，晚上會來找，怪我們「見死不救」。

校園撞鬼

母校流浮山公立小學是出了名多鬼的地方。我小時候就撞過幾次。人們總愛把鬧鬼的地方指為日治時期的亂葬崗，大概是要營造新鬼煩冤舊鬼哭的同時，也提醒人們其中因由吧。於是，白天上學的校園，晚上便成了鬼地方。這種刺激感吸引了這群孩子，約定每天晚上都去玩「鬼搖腳」、捉迷藏或兵捉賊。每次都玩不過兩三局就因撞鬼而各自逃離鬼域，回到人間。有一次是大孩子們指著後花園的高樹上大叫：「有吊頸鬼，穿著白色衣服的。」大夥兒連頭也不敢回便拔足飛奔。

在那種懵然卻又沒膽去查探真偽的狀態下，我真的相信自己見鬼了。第一次是陳應豪老師在夜裡十時許坐在他辦公室座位工作。我們都知道陳光述老師一般工作到七八點，是最後一位關了他桌上的吊燈才離開的。當晚，我們幾個一同去冒險時見到：應豪老師的辦公桌在光述老師後面，光述老師早已離開了，眼前分明就是穿著白襯衫的應豪老師。於是大家似箭般狂奔散去了。第二天上課前的集會上，李校長宣佈應豪老師病逝的消息，

我當時嚇得一身冷汗。放學回家跟母親說了此事，她連忙燒了冥鏹紙錢，幫我「喊驚」驅邪。

第二次見的鬼更是衝著我來的。我當時讀小三，下午班；同座位的是上午班的劉錦弟，是林光士多的次女。據說她前幾天到差館山下的樹林溪邊玩，中了邪，回家後臥病兩日而歿。這些都是我後來聽說的。那天晚上，我們在校園鬼混之際，同伴們指向我的教室，我的座位，有人穿著白色校服端坐不動。學校大門每天放學後都上鎖，而我們是翻牆進去的。所有教室也都是鎖著的，無人能進，她是怎麼進去的？坐在那裡幹甚麼？於是大夥兒又是一聲嘩然，作鳥獸散。第二天才聽說錦弟師姐病逝，她一定是如應豪老師一樣要回校看看。那天我告假了，跟母親說了所見所聞，她深信不疑，還幫我「喊驚」。

當天確實親眼所見，現在倒是懷疑起來了。總覺得被較大的孩子忽悠，而自己卻也願意，甚至希望親身經歷。後來又想，大家都說德財哥自稱有陰陽眼，能見到滿街的鬼魂，但誰能證實？

母親撞鬼

那是一九七〇年代末的事。那一年流浮山的蠔失收，我們生計大受威脅；於是轉而養豬，一養就是好幾年。我們養的是「燒種」，即用作做燒肉（亦稱「金豬」）那種。每次出豬，都在凌晨兩三點，屠房的貨車按時來收豬。那時我和二哥都在上學，父母自然不用我們幫忙；但那天卻把二哥叫醒幫忙裝豬、抬豬，因為母親見鬼了。

　　每次出豬，母親最是辛苦。睡前先把電燈掛到房子旁邊的通道上，準備好；睡到一點左右起來，開燈，一切就緒後再叫醒父親，一起把豬逐一裝到鐵籠裡，然後抬到五十米以外的路邊，貨車一到立即上車。那天晚上，母親開燈時，漆黑一片的海邊即時被照亮，只見泥灘上的木艇，上面坐著一個女人，正在啜泣。她一見燈光，向母親看了一眼後，立即消失了。那一刻，母親嚇呆了，直流冷汗，直奔臥房，叫醒父親，自己卻躲回被窩裡，被子蓋著頭，冷汗直流。父親聞說，即時手執斧頭往外跑，口中喊道：「在哪兒？在哪兒？有膽出來，我一斧子把你劈死！」只見那木艇上空空如也，便道母親撒謊。母親再也不敢出來，躲在被窩裡顫抖，一夜未眠。於是父親只好把二哥叫起來，二人合力，把豬裝了，抬出去，上了車。

　　出完了豬，二哥便回去睡覺，早上照舊上學去。晚飯時母親方講述見鬼始末，我們都捏了一把汗，好些日子不敢到那女鬼坐著啼哭的一帶。原本怕黑的我變得更怕。

　　種種經歷和說法使我疑心生暗鬼。每次晚上到海邊都想到那女鬼。尤其是灰業街劉勝婆去世後，彷彿見到她的鬼魂坐在那小艇上啜泣，有時她隨著漲潮而來，潮退而滅，是真是假，現在更是難以辨別，但當時倒是千真萬確。那時，每當夜幕低垂，總覺魑魅遊離，魍魎瀰漫，獨自走在漆黑路上，心內會漸生恐怖，想像群鬼在背後追趕自己，不覺加快步伐，繼而狂奔，一面狂叫，

好不容易回到家裡，已是氣喘如牛，面無血色。母親見狀，知我撞鬼，又幫我「喊驚」。

後來父親教我們唸咒，龍珠堂的師兄們教走橫蛇步和八卦步，有了法寶，才稍壯了膽。

鬼主意

為何小時候的我和那時的母親經常撞鬼？還是我們自己心中有鬼、各懷鬼胎所致？母親已仙逝，是被那女鬼弄死的嗎？現在既不可知她當時的心理狀態，假使她尚健在也不會以實相告。我不是能見鬼的嗎？如母親已成鬼，為何我再也沒見到她？我常自問，但為了「證鬼神之不誣」，為了面子，我會不顧真假，繼續自欺欺人。這樣說，似乎已否定自己撞鬼的經歷；也不完全是，因為至今仍偶爾見到，只是恍兮惚兮，不確定是否其中有物。有些現象，現代科學解釋不了，強名之日「能量」。

粵語有諺云：「愈怕愈見鬼」、「多道符盞多隻鬼」。我始終相信父親之說：「你沒有害人之意，怕甚麼！心中有鬼才會撞鬼，所謂時運低，只是自己鬼鬼祟祟、裝神弄鬼、整鬼做怪、鬼迷心竅，以致心中理虧，沒有了自信，能量一時低下才會撞鬼。」那些恆常有愧於心者，即使今日不撞鬼，那些受害者做鬼也不會放過他們。若不然，則天理不容，山川鬼神為之震怒。不過話又說回來了，這鬼話連篇，搵鬼信！

拉封丹寓言的藝術

陳德錦

　　法 國 作 家 拉 封 丹（Jean de La Fontaine, 1621-
1695）在世之日至今已逾四百年，其寓言創作仍廣為世
人所閱讀。他的《寓言詩》三部共二百四十四首，分別
獻給年僅七歲的王子、國王的情婦和他的孫兒。第一部
詩集還多取材自伊索、斐特拉斯等古代作家，故事耳熟
能詳，篇幅也較短小。第二部詩集，對象既是成年人，
取材廣闊、形式多樣，篇幅也稍長。拉封丹寫於後期的
寓言，有重寫古典，有加插時事，也有些像演講、書信，
有些可算是短篇小說，表現出豐富的創造力，使寓言成
為真正的文學作品。

　　在形式上，拉封丹運用分行詩體寫作，不取散文或
長篇敘事詩形式，每篇寓言短則十數行，長則二三百言，
頗近抒情詩；詩句則兼用四步格和六步格，節奏感強，
富音樂性。正因體式如此，取材舊事者往往精簡凝練，
寓意明確，但亦時出新意，不盡與前賢雷同。〈獅子和
老鼠〉一則，除複述伊索「交好友」的主題外，也把伊
索的意念說得更通透：不要計較他人的身分，盡可能幫
助別人、寬厚待人、虛心請求等等。至於加插「耐性以
及時日之考驗，勝過力量和怒氣」的教訓，明顯地要讓
受書人路易王子上一課，提醒他不要像獅子那樣仗勢欺
人，反之需鍛鍊耐性、觀察他人行為，所謂日久見人心。

　　在〈要像牛一樣高大的青蛙〉中，拉封丹不僅告誡

世人要量力而為，更旨在諷刺暴發戶像青蛙那樣妄欲炫耀財富，僭越本身的階級：「小爵爺要有大使差遣，低階貴族也要雇些小侍從。」

〈兔子和烏龜〉故事耳熟能詳，原本的教訓是「穩步慢行才跑贏」，拉封丹開篇即點明「奔跑沒用，出發時間正確才要緊」。當兔子誤判自己的速度，望見烏龜比它更早走到終點時，拉封丹讓烏龜告誡兔子說：「你的跑速對你有何用？想一下竟是我跑贏了！假使你背著一間房子跑，該如何是好？」這一前一後的寓意表明處事之前的思想準備。拉封丹的烏龜用了女性代詞而兔子是雄性，弦外之音是女性思慮較為周全。

根據印度作者比德佩（Bidpai）的原著改寫的〈兩隻鴿子〉，是拉封丹名篇之一。故事描述一隻要闖天涯的鴿子，遭遇不幸而折返家鄉、與故友重聚。拉封丹在末段抒發了自己愛好鄉村生活、重視友情的思想。後人把它演繹為浪漫的愛情故事，擴充了它的主題。

至於拉封丹自行創造的寓言，多為人性弱點的揶揄，亦多以現實人物為角色。在〈算命師〉故事裡，一個巴黎女人在某個破閣樓為顧客算命而致富，第二個女人承續前一個的衣缽，也衣衫襤褸在破閣樓招徠客人，其門如市。先前那個女人沒有這些道具，就失寵了。拉封丹批評保守固執、昧於表象的人最容易被蒙騙。

在〈教區神父與死者〉一則，教區神父只顧斂財，毫無憐憫心腸，而最後與死者走上同一條路。在〈園藝家和鄉紳〉一則，園藝家因田地被野兔侵擾，就商請鄉

紳幫忙。鄉紳騎馬拖狗而來，園藝家忙於招呼，野兔雖被驅趕，田地卻遭另一番蹂躪。紳士還乘機向他攀親。拉封丹提醒讀者不要胡亂結盟，引狼入室，否則後患無窮。

拉封丹有幾篇講論式的詩章，加插一些寓言在其中，近乎策士言詞，所論亦多為人性弱點。像〈致德‧拉羅希福可親王〉一首，拉封丹舉了自己一次打野兔的經歷，說明一般人貪圖安樂、疏於防患的缺點。野兔聽到槍聲，逃入洞窟，稍感安全，復出洞飽食如故。又有一些人，像狗群那樣佔據地盤，排斥外來者。拉封丹大概為了不被文藝界冷落，亟願受贈者重視他的寓言著作。在《大猩猩》一篇，他借愛模仿人類的猩猩，嘲諷那些模仿他人的作者。

喜以動物行為創作寓言的拉封丹不是動物學家，鴿子有牙齒，狐狸喜吃芝士，麋鹿潸然淚下，這些描述都不夠科學。他反對笛卡兒對動物的看法，認為動物的行為並非像時計的齒輪那樣機械被動。反之，動物有一種記憶，遇著生命受威脅，能從記憶中攫取印象，作出回應環境的行為。在〈致薩布利埃夫人〉詩中，他借雄鹿脫困、鷓鴣護雛、老鼠搬蛋等小故事，說明動物雖不會像人類能慎密思考，卻也具有生存的本能。

在另一首詩歌〈寓言的力量〉中，拉封丹再次批評那些安於現狀、對現實缺乏危機意識的國民。詩中一個將領向民眾演說，需刻意講了一個動物寓言，沒精打采的民眾才馬上抖擻精神。

　　當時法國是在路易王朝盛世，常人難免迷戀錢財和權力，拉封丹為此發出了一番「危言」。他又提醒讀者，寓言教訓不可能應對所有現實處境；他的寓言縱使意念深刻，也只能由敏銳的心靈掌握應用。因拉封丹寓言擅長敘述，又具有諷喻功能，後世受其影響的作者不少，英國的蓋伊（John Gay）、德國的萊辛（G. E. Lessing）、俄國的克雷洛夫（Ivan A. Krylov）等可謂其佼佼者。寓言而具人文精神和抒情氣息，此體代有作家，歷久不衰，拉封丹居功至鉅。

流落民間的金庸雙簽藏書
《契訶夫的戲劇藝術》

張彧

　　有一批金庸的早期藏書曾流落民間，其中一本是他在一九五四年年初購入的《契訶夫的戲劇藝術》。金庸以本名「良鏞」在封面上簽名，另外在扉頁上再簽了一次「良鏞」，並寫下日期「一九五四、二、十六」。一九七八年三月，該書由藏書家、前香港話劇團道具製作統籌梁國雄先生（大哥雄）購入。我在二〇二二年的一次網上拍賣會上投得該書，從金庸簽名直到我將這本小書捧在手上細閱，前後經歷了六十八年，超過一個甲子的時間。

　　為甚麼說「流落民間」呢？原來在一九六〇年代初期，金庸因某些原因，曾將早期藏書「棄置」，經營神州舊書店的歐陽文利先生從「收買佬」那裡得悉此事，據說棄置的書籍數量足足可以放進 30 個 30 cm x 40 cm x 50 cm 的塑料箱，估計有二千本書。根據歐陽先生的憶述，他挑選了三分之一即約六百本書，不少在封面上有「良鏞」簽名。其後金庸委託人尋找該批書，除了已售出的無法追回，剩下三分之二的藏書又被金庸購回，因此那批流落民間的金庸早期藏書大概有二百本左右，但真正能保存下來的又有幾多本不得而知。

　　金庸成名多年，而且得享高壽，在不少公開場合都會替讀者在自己的小說上簽名，大部分都是簽署「金庸」兩字，少部分也會簽署「查良鏞」，但甚少是「良鏞」。雖然金庸自一九五五年二月八日開始以金庸為筆名在《新晚報》首次連載武俠小說《書劍恩仇錄》，但一九五〇至一九六〇年代他在自己的藏書以及贈與他人的書上，包括以金庸名義出版的翻譯書，不少都會簽名「良鏞」。根據歐陽先生的觀察，金庸習慣在他的早期藏書的封面上簽署「良鏞」兩字，而部分藏書也會特意在扉頁上加簽「良鏞」及寫下日期，相信只是對一些他比較喜歡的書籍才會雙簽。

　　這本《契訶夫的戲劇藝術》是一本薄薄的三十二開小書（128 mm x 180 mm），金庸在一九五四年二月十六日在書上雙簽時，他的個人生活和事業正經歷著甚麼？金庸迷對此應該熟悉不過。當時離他三月十日的

三十歲生日一個月不夠，但離武俠小說家「金庸」的正式登場，還有一整年的時間，正是未成名前的躊躇滿志的日子。

對未及「而立」之年的金庸來說，一九五四年正經歷著由人生和事業皆遭遇挫敗的無奈和苦痛，蛻變為追尋創意浪漫的期望。一九五〇年初，做了三年「港漂」的查良鏞辭去《大公報》國際通訊翻譯員的工作，赴北京想在剛成立不久的中華人民共和國外交部大展拳腳，成為職業外交家，但由於他的地主家庭背景，成為外交家的夢想破滅，同時他的第一任妻子也因為不滿他辭去穩定工作的決定而同他離婚。同年，金庸回到香港，重投《大公報》編輯工作中，但不久又獲悉在內地的父親在政治運動中被處決。喪父之痛，可想而知。

一九五二年，查良鏞的事業出現了一個重大轉變，他似乎更沉醉於文藝創作和電影研究，轉投新創辦的《新晚報》編輯副刊，用「姚馥蘭」撰寫專欄「馥蘭影話」，以及以「林歡」為筆名寫影評，同時也從事翻譯工作。那一年，他為左派長城電影公司兼職寫電影劇本，每完成一個劇本，無論是否開拍，都能收取三千元酬勞，當時他正在構思《絕代佳人》劇本，該片由袁仰安製片，李萍倩導演，改編自郭沫若歷史劇《虎符》，並由夏夢主演，一九五三年中秋節黃金檔在當時只放映外國電影的「利舞台」和「大世界」兩家戲院上映，一九五七年獲文化部頒授優秀影片榮譽獎，金庸本人獲編劇金獎。

傳聞金庸在長城當編劇期間，曾追求夏夢。姑勿論

這個傳聞是否屬實，當時「林歡」和夏夢一起共事期間，正值他學習編劇技巧和發揮創意的日子，除了自中國歷史和文學中取材外（例如他喜歡讀《資治通鑑》），也不斷吸收西方文學大家的技巧。經歷了一九五三年《絕代佳人》電影的成功後，金庸於翌年二月購買《契訶夫的戲劇藝術》等書籍，正反映他努力學習如何成為一名優秀的編劇，他透過融匯中西文學傳統的學習過程，奠定了他成為偉大小說家的基礎。

一九五四年二月十六日，正正是西方情人節過後兩天，十七日又是當年的元宵佳節。那時他認識了第二任妻子朱玫了嗎？二十二歲的夏夢仍然未婚，在那年九月三十日才下嫁洋行職員林葆成。不知當時金庸的內心世界如何？

或許，在我們仔細閱讀《契訶夫的戲劇藝術》時，可以找到一些蛛絲馬跡？

二〇二二年四月

參考書目：

大山：《俠之大者——金庸創作六十年》（香港：大山文化出版社，2015）。

巴魯哈蒂著，賈植芳譯：《契訶夫的戲劇藝術》（上海：文化工作社，1953）。

吳貴龍編著：《亦狂亦俠亦溫文——金庸的光影片段》（香

港：中華書局，2017）。

《明報月刊》第 53 卷第 12 期（金庸紀念專號）（2018
　　年 12 月）。

《明報月刊》第 54 卷第 1 期（創刊五十三周年特大號）
　　（2019 年 1 月）。

香港文化博物館編：《金庸館》（香港：康樂及文化事
　　務署，2017）。

國際演藝評論家協會（香港分會）：〈梁國雄口述歷史——
　　代表物件：戲劇藏書、剪報與影音資料〉，《香港
　　戲劇資料庫暨口述歷史計劃》https://www.drama-
　　archive.hk/?a=doc&id=90630

張圭陽：《金庸與報業》（香港：明報出版社，2000）。

梁燦：〈金枝玉葉　絕代佳人——夏夢〉，《電影雙週刊》
　　第 647 期（2004 年 1 月）。

楊子宇：《夢回仲夏——夏夢的電影和人生》（香港：
　　香港中和出版，2017）。

蒲鋒：〈從林歡到金庸——查良鏞由電影劇本到小說的
　　寫作軌跡〉（2013 年 6 月 22 日），《香港電影評
　　論學會網站》https://www.filmcritics.org.hk/zh-
　　hant/ 電影評論 / 會員影評 / 從林歡到金庸——查良
　　鏞由電影劇本到小說的寫作軌跡。

寧可信其無，不可信其有

張海澎

中國人有一句俗語，叫「寧可信其有，不可信其無」。人們常常相信一些沒有根據的說法。當有人指出這些說法不可信時，他往往會回應說「寧可信其有，不可信其無」。例如，許多香港人相信年初一不能掃地、倒垃圾，不能洗頭等；因為掃地、倒垃圾會將財神掃走，洗頭會將財運洗掉。這些觀念都不可信，但許多人還是寧可信其有。

「寧可信其有，不可信其無」似乎是一個明智的處世態度，其背後的理由或許是這樣：某些說法雖然沒有甚麼根據，但相信它也沒有甚麼壞處；如果不信的話，萬一它是真的，就有可能招致損失。例如，年初一不掃地不洗頭對生活影響不大，但萬一那種說法是真的，掃地洗頭就會有不利的後果，所以還是相信好。但真的是這樣嗎？有時，「寧可信其有，不可信其無」不但不是明智的態度，還是十分愚蠢的。相信一些沒有根據的東西，有時不但會招致重大的損失，甚至會導致人生悲劇。

幾個真實的例子

二〇〇九至二〇一〇年間，一個叫歐陽國富的茅山師傅，宣稱可以用茅山法術幫一個十九歲的「嫩模」轉運，使其星途燦爛。而這個法術包括兩人必須性交。嫩模信以為真，於是在九個月內與茅山師傅發生九次性交，

最後導致懷孕。[1]

有一家人生了一個兒子，第四天發現孩子不太愛吃奶，於是就抱去看醫生。醫生檢查後沒發現任何問題，叫家人不必擔心。孩子抱回去後，孩子的祖母仍不放心，家人就抱著孩子去找神婆。神婆說孩子受驚嚇，需要將魂收回來。於是在孩子的胸口割了一小刀，拔了火罐。然後叫家人把孩子抱回去，說過一會兒孩子就會吃奶了。可到了下午，孩子突然呼吸困難，從鼻子、嘴噴出血水，最後搶救無效死亡。原來神婆拔罐時傷了孩子的肺部，導致肺部嚴重出血。[2]

二〇一三年七月，玄學家楊天命的辦公室遭一名商人縱火。涉案商人原坐擁千萬家財，二〇〇五年當其妻懷第二胎時，商人找楊天命算命，楊天命斷言其妻腹中孩子他日必成為顯赫人物，若在內地東部成長，將來有可能成為國家領導人，如果商人往內地發展，生意就會愈做愈大，財產將達數十億元。於是，商人跟妻子商量後就決定到上海發展並產下次子，可後來商人的生意一落千丈，要變賣全部物業，於是商人找楊天命算帳並縱火。後來這位商人被判刑。[3]

從以上幾個例子可以看到，對於那些沒有任何根據的說法，比較明智的態度是「寧可信其無，不可信其有」。相信這些無稽之談，輕則被騙財騙色；重則可能會付出

1　見二〇一〇年二月二十三日《明報》的報導。

2　見如下網頁：https://www.zhihu.com/question/276602091

3　見二〇一三年七月二十五日《太陽報》的報導。

身家性命的代價。

帕斯卡的打賭

帕斯卡（Blaise Pascal）是法國十七世紀著名的數學家、科學家和哲學家。他認為，在我們不知道上帝是否存在的情況下，最好賭上帝存在。因為「假如你贏了，你就贏得了一切；假如你輸了，你卻一無所失」。[4] 這種打賭稱為「帕斯卡式的賭注」（Pascal's wager）。

他的論證可以表示如下：上帝或者存在，或者不存在；人們也可以選擇或者相信上帝，或者不信上帝。先看看第一種選擇：相信上帝。這時，如果上帝真的存在，你就可以上天堂、得永生；如果上帝不存在，你也沒有太大的損失。再看看第二種選擇：不信上帝。這時，如果上帝存在，你就要永遠下地獄；但如果上帝不存在，你也沒有甚麼得益。這些情形可以用下表來表示：

	上帝存在	上帝不存在
相信上帝	上天堂永生	沒甚麼損失
不信上帝	永遠下地獄	沒甚麼得益

因此，帕斯卡認為，衡量一下得失，人們應該賭上帝存在。也就是說，相信上帝存在比較明智。這其實就是我們所說的「寧可信其有，不可信其無」。

4　帕斯卡《思想錄》，頁233。

　　果真相信上帝存在比較明智嗎？以下分析帕斯卡的論證。帕斯卡的論證包含著這樣的前提：如果上帝存在，則相信祂就會上天堂，不信就會下地獄。然而，有甚麼理由斷定不信上帝就會下地獄？這與基督教對上帝的描述不相符。在基督教的教義中，上帝是全能、全善、全知的。如果上帝是全善的，祂會僅僅因為人們不相信祂就將人永遠打入地獄？這分明是在造謠，是在背後誣衊、誹謗上帝！許多基督徒在談論上帝時，往往實際上是講上帝的壞話而不自知。如果上帝是全善的，即使我們每天詛咒上帝，也不會下地獄。上帝不會那麼小氣。

　　「可萬一上帝真的那麼小氣呢？」有些人可能會這樣問。如果上帝真的那麼小氣，那麼你以這種打賭的方式來「相信」上帝，就更上不了天堂了。你是在「賭」上帝的存在，但這不等於是真的相信上帝存在。如果上帝是全知的，你的這點心思上帝難道會看不穿嗎？如果你老老實實，在證據不足的情況下不輕易相信，上帝說不定還會欣賞你的誠實，對你網開一面，破格將你提拔到天堂去。然而，你現在是投機取巧，以賭徒的心態「相信」上帝。如果上帝小氣的話，反而更有可能將你打入地獄。「也許上帝並不知道我在打賭」，有人或許會這樣想。但如果這樣的話，上帝就不是全知的，你信不信上帝，上帝也不知道，也就沒有必要做帕斯卡式的打賭了。

　　從前面的分析可以看到，帕斯卡的論證看似十分高明、萬無一失，實則非常愚蠢，因為它更有可能使你下

地獄。在這種情形下，「寧可信其有，不可信其無」就不是一個明智的決定。

不信才是明智

遇到一些不確定的事情，我們是寧可信其有，還是寧可信其無？哪一種選擇較明智？這要看具體的情形。主要是看其證據有多強，可信性有多高。

舉個例子。早前有科學家說，過量攝取維他命 C 會危害健康，包括有可能會致癌等。但他們的證據好像不是很充分，許多科學家都不敢肯定。在這種情況下，筆者認為「寧可信其有」是比較明智的態度。首先，雖然科學家的證據還不是很充分，但畢竟他們做過這方面的研究，有一定的證據，故有一定的可信性。其次，即使它錯了，相信它對我們也沒有任何壞處。只要我們平時營養均衡，經常吃蔬菜、水果，則所攝取的維他命 C 就足夠供身體所需，沒有必要刻意地攝取大量的維他命 C。

但對一些沒有科學根據的說法，如風水、算命、星象學以及有關鬼神的種種迷信，「寧可信其無」是比較明智的態度。因為這些觀念都沒有任何科學根據，可信性極低。誠然，在大多數情況下，相信這些東西不一定會使我們蒙受重大的損失，但也會不必要地增加我們精神上或經濟上的負擔。

例如，筆者有一位熟人，她十分相信《通勝》，做甚麼事都要預先查一查《通勝》。某年，《通勝》上說她今年的運氣不是很好。為此，她一整年都悶悶不樂、

憂心忡忡。《通勝》上所說的沒有半點科學根據，相信這些不啻於自尋煩惱。

又如，有一個電視相親節目叫《非誠勿擾》。某一期，一個男性候選人看上了一個女性候選人。男候選人各方面條件都十分優異，女候選人對他也十分滿意，但最後還是拒絕了男候選人。理由是：兩人的星座不合。科學家對星象學做了大量的研究，結論是：星象學是偽科學。兩人是否合得來，與雙方的性格、教育背景、價值觀等因素有關，與星座無關（星座也與人的性格無關）。擇偶時，如果以星座作為主要的考慮因素，就有可能錯過一段美好的婚姻。另一方面，由於盲目相信星座上的匹配，可能忽略了其他方面的不合，從而造就不幸的婚姻。

中國人在祭祖或拜神時，往往喜歡燒香燒紙。這是要不得的陋習！其實，在有關鬼神方面科學家做了大量嚴謹的研究，沒有證據顯示人死了以後還有靈魂存在。且不論這些，就算人死了以後還有靈魂存在，也沒有理由相信這些靈魂也需要穿衣服、住屋、花錢、開車，等等。況且，這些紙衣、紙屋、紙錢、紙車等燒了以後變成二氧化碳等氣體散發到大氣中，如何能給死者享用？

更重要的是，燒香燒紙嚴重地破壞環境。根據台灣的環保署統計，二〇一七年台灣進口的紙錢香品有二十萬噸，相當於砍伐百萬棵樹。[5]如果全中國都算在內的話，每年因中國人燒香燒紙所消耗的樹木更是觸目驚心。燒

5　見台灣二〇一八年三月二十七日的《民報》。

香燒紙後會產生二氧化碳、PM2.5、硫氧化物、氮氧化物等污染物，影響人體健康和空氣質量。燒香燒紙不但極為愚蠢，而且是極不道德的。

結語

愚蠢和迷信源於兩個因素：一是科學知識貧乏，二是思維邏輯差劣。換言之：一曰無知，二曰無腦。要擺脫迷信和愚昧，一方面要汲取各種科學知識，另一方面要加強思維邏輯的訓練。既要有科學的理性態度，又要掌握正確的思考方法。

對於一些傳統或流行的說法，我們須保持懷疑的態度和理智上的警覺。某些看似真確的說法，我們有時須要追問它們的理據。不去相信那些毫無科學根據的觀念，拒絕種種迷信，讓我們活得輕鬆自在，做一個理智、文明的現代人。

梳妝鏡

游欣妮

我多次偷瞄梳妝鏡，發現她在哭。

那顯然是一件與我無關的事。然而，它在我腦海裡一直有清晰的，深刻的，揮之不去的印象。直到很多很多年以後，我才向父母求證。綜合他們二人的說法，我記憶裡的事益發真實。

那是一件發生於飲宴期間鮮少人知的插曲。

該場飲宴盛大嗎？宴請了許多賓客？場地華麗？裝飾精緻？菜餚豐富？種種細節我全無印象，唯一清楚記得的是婚宴上徹頭徹尾沒有見過新娘的影蹤。好像有人說：「新娘害羞，不敢赴宴。」

新郎是父親的朋友，宴會大概是在新人住所不遠處的酒家。何以我如此推敲，是因為筵席期間，我曾隨媽媽到他們的家，請新娘到酒家，至少匆匆露面打個招呼，與大家同歡聚，畢竟結婚是喜慶事，更重要的是，她理應是這場婚宴的主角。

新娘子最後有沒有赴宴呢？我記不起了。她的模樣、妝容、神態，我全忘了，但我清楚記得她哭了，我記得她的淚。好幾次我偷偷瞄向梳妝鏡，都看到她在擦眼淚。為甚麼她會哭呢？

除了她來自印尼和要結婚了，有關她的所有，我一無所知。

是捨不得遠在印尼家鄉的親人嗎？還是不適應香港

的生活？或是因為身份的轉變而感到驚惶失措？這些問題，都是在多年以後我才想到的。

從前我不解，即使再好奇也不敢多問，直到多年以後父親提起老朋友，我才問及此事，終於曉得為何當天從印尼飄洋過海來港的新娘會一直哭，甚至不願出席自己的婚宴。一個人的身世和家境總不由人，即便誤以為有所謂「選擇」的能力和空間，仍有太多太多人陷落現實環境的推擠之下，早已明白一切其實半點不由人。

時日流轉，早該塵封的那個畫面、梳妝鏡裡模糊的人面，大概就像許久以前的那天，新娘子蒙上婆娑淚水的眼睛，看不清鏡子中的自己，只有零星克制的啜泣疏落地刺穿空洞灰白的靜謐。

那的確可以說是一件與我無關的事，卻也是讓一個不到十歲的女孩子，牢記至今，刻烙心間的事。

從南宋食譜《山家清供》睇古人食啲乜

梁穎琳

食色性也，追求美食佳餚乃人之本性。每個時代都有每個時代的流行口味，如早年香港潮流川菜酸辣滋味，至近年受韓風影響，部隊鍋、韓式年糕大受歡迎，另外日式梳乎厘班戟、台式水果茶等等亦曾一時無兩。你可曾好奇古人飲食，是否又同樣多姿多采？他們的口味跟今日又有多少相似？南宋林洪撰的食譜《山家清供》會是一扇窗口，讓我們一窺古人飯桌。以下介紹數道頗有意思的菜式。

宋朝潮流食蟹方法

秋風起，食肥蟹。現在常見食法有清蒸大閘蟹、蟹粉小籠包、避風塘炒蟹等等。但原來宋朝人食蟹，竟喜歡以橙配蟹。

《山》的「蟹釀橙」，仔細記述煮法。材料簡單，大家能在家炮製，一嚐古風。首先選一大橙，切去頂部，挖去果肉，只留少許橙汁；以蟹膏蟹肉放入橙皮中，把頂部蓋上，用酒、醋、水蒸熟；最後配醋、鹽以食。林洪指味道「香而鮮」。

不要以為只是林洪口味獨特，偏好奇味。描寫南宋臨安風俗的《夢粱錄》，在〈分茶酒店〉一章中記錄當時茶食名菜，當中有十二種蟹食。這十二種中有三種是

與橙配對，分別是橙醋赤蟹、橙醋洗手蟹及橙釀蟹。可見蟹橙配對，在宋朝並不罕見。

《夢》中更引了劉攽的詩，讚揚蟹橙：

> 稻熟水波老，霜螯已上翾。
> 味尤堪薦酒，香美最宜橙。
> 殼薄胭脂染，膏腴琥珀凝。
> 情知烹大鼎，何似莫橫行？

宋朝詩人陸游的「爐紅酒綠足閒暇，橙黃蟹紫窮芳鮮」、劉克莊的「葉浮嫩綠酒初熟，橙切香黃蟹正肥」等詩句，都可知時人偏好。早前有報道介紹，灣仔有師傅會做蟹釀橙，有興趣的老饕可以一尋古味。

美玉戴得又食得

《山》中一道菜名叫「藍田玉」，難道宋人把玉石入饌？不怕啃得牙碎？原來此玉不是彼玉，而古人食玉也絕非硬咬。

《山》載北魏大臣李先的曾孫李預（按此應係採自魏收《魏書》），羨慕古人服玉，親身掘玉兼敲打成屑，每日服用。然他作息飲食不定，嗜酒無度，得重病彌留，跟妻言：「食玉石，居山木，去慾望，才對養生有大用。如今我酒色不斷，故得此重病，這非玉之過錯。」

林洪借題發揮，指長生之法，在清心戒慾，而非服玉。他的「藍田玉」菜式，其實只是瓠瓜（一種可食用

葫蘆）去皮去毛，切片蒸爛。他認為如此簡單菜式，不須燒爐煉丹，「除一切煩惱妄想，久而自然神氣清爽」，比服玉更有效，故稱「法製藍田玉」。

李預服玉並非罕見事。歷來文人都對服玉有所遐想。如屈原〈涉江〉的「登崑崙兮食玉英」，食玉乃超逸之神仙行為；東晉《抱朴子》記《玉經》指，食玉者，能長壽如玉，又能身飛輕舉，盲人復明，更詳細列明如何調配服用。

《本草綱目》列玉為藥，指服用能「除胃中熱，喘息煩滿，止渴」、「潤心肺，助聲喉，滋毛髮」等。但要長命如玉，輕身飛天，這就不得而知了。

宋人都有「植物肉」

素豬肉、素牛肉色香味皆全，齋滷味紅紅黃黃，賞心悅目。以植物偽裝成肉類，為素食者打開方便之門。然而愛好飲食又豈止今人？古人亦有素肉，既能得素菜清新，又可滿足食肉之意。

《山》記有「玉灌肺」一菜。聽名字彷彿與四川名菜夫妻肺片一般，由動物內臟作主料。真相卻是沒有半分肉碎。它是把真粉、油餅、芝麻、松子、胡桃及蒔蘿切碎拌和，入甑蒸熟，再切成肺片模樣，最後澆以辣汁。乃當時宮中名菜，故又名「御愛玉灌肺」。

另一道素肉菜餚「假煎肉」，更是幾可亂真。做法是把瓠瓜和麵筋薄切，各自拌入調味料，以油煎麵筋，以脂肪煎瓠瓜，再下蔥油一同小火慢煮，最後入酒共炒。

林洪指這道假煎肉「不惟如肉，其味亦無辯者」，不單外表像肉，味道也與肉無異。

在家也可一嚐古風

《山》中有些菜式，材料製法皆十分簡單。現代人在家也能輕易嘗試，一嚐古風。但炮製後，敢不敢放到口裡又是別話了。

第一道是「石子羹」。材料僅需要帶青苔的石子及泉水，把青苔石以泉水煮之，「石子羹」便完成了。林洪指味道「甘於螺，隱然有泉石之氣」，似乎十分鮮味清新。這道菜在現今難在無污染的青苔石，不然即便從膠袋飄浮的溪澗尋得青苔石，相信也沒有膽量入口。

第二道相對較易接受，喚作「蟠桃飯」。以洗米水（第一次的洗米水較髒，建議用第二次的）把桃煮熟，倒去洗米水，把桃核去掉。桃肉與生米一起煮，就像平日煮飯一般。簡單來說便是水果蒸飯。上網查找，現代仍有這種吃法，聞說米飯香甜，味道相容。簡單之餘，伏味較少，似乎值得大家一試。

食事絮思

黃冠麟

　　我的食事啟蒙於一次「放題」，排山倒海湧至的冷食刺身與汁醬浸煮，劃一的批發預製食物，充塞胃囊，我感覺自己像一頭豬。活動空間就是從擠迫的座位上，走五十步到雪櫃，打開取一罐韓國忌廉梳打，走五十步回座繼續灌食。連續吞食，連續交談，我感覺口臉麻木，而朋友進食速度放緩，滿桌食物隨時間增加愈使人厭惡。我就想啊，這食物帶給人的愉悅歡快，實無理由只在一息間。我想起幾年前一次回鄉，吃著有菜味的田菜，大啖上糖赤色的甜豬肉，還有骨硬如鐵肉有咸香的碌鵝，我連下三碗白飯後泛出一身細汗，舒心得很。以結果為目標，同是為食，過程與感受竟有天淵之別。為了將胃肝功能消耗在對的地方，我立願此後追尋旨味，只飲美酒只食佳餚。那麼如何保障自己不踩地雷，甄別網上灌水帖文的真偽，預判餐廳與美食之優次，就成了我的日常功課。出乎意料，見識廣博的識食者太少，不懂吃又不懂煮的街客太多，又與塘邊公眾互為影響。消長狀態讓人在海量閱讀時非常乏力，本想節省時間，結果身心俱疲。

　　人之所以為食，滿足生存需要，達成社交功能，追求感官刺激。所以找對的人、好的餐廳、恰到好處的美食，能讓一個人活得像一個人。對於窮苦大眾，膾不厭細、食不厭精對生活產生壓力，仍無礙其決定多走一條

街去買較鬆軟的菠蘿包，因為味蕾、口感與對美好生活的追求，是種在基因中的選擇。在香港，「國際級美食名店」比如炸雞老上校、紅毛怪叔叔，分店也能分高下。街頭小食，盤點炸大腸、牛雜可以點陣出美食地圖。向勞工語食，重心在於抵食夾大件，茶餐廳、地痞館，多樣，快靚正。我無任何歧視之意。一碟窩蛋免牛飯，是鮮牛切碎還是機械絞肉、加不加青豆——青豆是雪藏豆還是街市貨、茄醬還是豉汁底、蛋是湖北蛋還是日本蛋，識食者了然於心。這次第，好食的變成常食的，要點名在土瓜灣的百味佳快餐廳。茶餐廳有大蒸爐，能點蒸魚，盲鰽、黃花、銀鯧，可以豉汁、麵醬、雙檸蒸之，有時比家裡做得更好。加上一杯絲襪奶茶，在奶的干預中探尋茶膽中的澀、香、甘。這午餐就成了一天最精緻的時間。

對於有錢人，選擇層面廣，如何快、狠、準的配食是感知實驗，也從經驗知道了甲家好乙家不好，就多去甲家，資產階級以金錢推動社會進步，逼迫乙家比甲家做得更好。再刁鑽一些從食材入手，吃豆胚不吃豆苗、吃蘭度不吃葉梗、肉要吃封門柳，良中選優，將原味最大化。有錢人家一定有家教，餘下的材料邊角再施巧手，蜜漬、醋醃、浸煮，以下欄變上菜，有時比原食更有滋味，蓮香的金錢雞，能下酒又能下飯。能培養出一個會吃的人，家庭條件通常較好。會食的人又通常會煮，通過動手後悟出熱力與食材變化的關係，方可從一道成品菜式中逆向推敲作料加工。會食的人通常會寫，會寫的

人必然經過大量閱讀的學習過程，與經驗對比講出道理。會食的人也一定是綜合能力很強的文化人，通過食事知道材料與區域經濟的關係，通過食味知道菜系與人民生活的互為影響。簡言之，有財、有勢、有懂食的人，就產生出菜系。而一個片區的人所培養出來的會食的人愈多，向外輸出流轉的人也愈多，遊子以食事解鄉愁，也有家廚為東家做菜與自立門戶，這是營生，也是文化輸出。所以食事是人文社經之軌跡，靜待識者索驥。而當我翻看通訊錄，我唏噓單純會為食而出門見面的人，實在鳳毛麟角，而為了見面而約食的人就實在太多。我最怕這一種人，眼中看著盤子，腦中算著一套謀人的機要，桌上要守文明禮儀，你公筷夾我一箸先，我回夾一箸，大家互道慢用，吃甚麼也不香。

　　絮思者，絮絮不休。又有一個觀察，香港人的食味，這廿多年來被馴化得太厲害，表述能力弱化如巨嬰，只能說好吃不好吃，難以講出為甚麼好吃為甚麼不好吃。因為久居同一個畜養灌食的文化池塘中，以消費娛樂為先導的政治、新聞、文教表述，與及網絡的聰明演算，隔斷了人主動閱讀文本與延伸文本的主觀能動性。講食，找些不分五味、不辨五穀的藝人，進食未到吞嚥回味就刺耳尖叫，節目效果太誇張，明眼人望通後面的鼓吹消費，令人心生寒意。還有更嚴重的即食、餵食消費雜誌，每逢周末把為多少本來有心店家弄得不倫不類。提倡盲目批評的平台鼓勵出人民記者與人民食評人，捧殺與欺凌了多少歲月靜好的老店。又，大量閱讀是時刻警醒自

己不能麻木的響鐘。因為文本為食者凍結了識食者最真實或最美好的時間。我們無法回到清末民初與唐魯孫吃六必居的醬菜，與陳夢因吃江獻珠做的太史五蛇羹，陪伴年青的蔡瀾吃泰國鄉野炸錦鯉。除了散文食評，還要讀手札、方誌。在沙田有位粵菜廚師，本身是一武術門派掌門，近體詩、詞又做得好。當我點出他的紅棗糕出自《隨園食單》，自此互引知己。又追本溯源，金庸筆下的叫化雞引得洪七公對黃蓉青眼有加，橋段借鑑平江不肖生的《江湖奇俠傳》，到大棠食窯燒雞時不慎壓服一眾圍村土佬。我又痛心香港的鄉愁與安慰食物，不再是點心和雲吞麵，而是雲南米線。我更痛心香港人排長龍等吃酸菜魚、雞煲，打邊爐時一鼓腦兒把食料倒進鍋中，調料要辣要鹹才叫惹味。是我們養出了這樣的不求精細，還是市場把所謂追求文化的人灌食單一，唯有明月知道。

　　食事本是閒事，要引以為學，時間成本甚高。梁啟超語徐志摩：「天下豈有圓滿之宇宙？當知吾儕以不求圓滿為生活態度，斯可以領略生活之妙味矣。若沉迷於不可必得之夢境，挫折數次，生意盡矣，鬱悒佗傺以死，死為無名。」徐志摩回書道：「我將於茫茫人海中訪我唯一靈魂之伴侶；得之，我幸；不得，我命，如此而已。」我語之謂食，識食同道難尋，如同真愛。真愛可以包容食物敏感、偏食、挑食；而食事是經驗主義，由技入道的過程，生理反應之烈比真愛更易招致現世報。我有一遇，與田雞有關。我喜食田雞程度與趙翼相仿。有一小

姑娘聽了我的描述，偶在南京出差試了一隻大牛蛙，驚艷之下再吃一隻，當晚就送入急診，原因是田雞肉過敏。這從根本上杜絕了她的蛙屬尋味的幻想，不敢冒死去學韓愈、柳宗元與蘇東坡吃更毒的蟾蜍。可在廣東廣西，不食蟾蜍這種毒物，如何理解到當年被流放的竟可從食事中排遣，原來滋味頗豐。

唯有專注又單純、博聞而得閒、靈敏且善道者，方懂食事之真趣。這只是生活品味中的一個範疇而已，食可自成一目，茶是其中一科、酒又是一科，延伸中茶一屬、西茶一屬；國酒一屬、洋酒又一屬。還沒講到咖啡，這幾年時興手工咖啡，烘豆、磨豆、沖泡都是技術活。「觀千劍而後識器，操千曲而後曉聲」，以上種種，不得閒者，只能找預製即沖者囫圇吞棗。所以有閒很重要，可以玩物，可以養志，可以增廣見聞。在原生地——香港，覓食過程中，查找愈來愈少的老豆品鋪子，除了豆腐花、豆漿，進去小店吃煎釀豆腐又是一番境遇，再帶一樽腐乳回家做對照測試，成為家中的指定供奉。老牌茶居，水滾茶靚，點心精緻，老火湯甘醇。可惜，茶博士和機敏的跑堂哥哥姐姐幾近絕種，有時自帶喜歡的茶葉上去，只能時刻保護茶壺，不讓他們灼傷了茶葉。到了自由出外的時候，不受所謂健康飲食的威脅，不戴有色眼鏡去審視他國或我國的食俗，在進食同時仔細品味一食百味，還要有膽色。比如，如於平壤吃過平壤冷麵，食者經過幾天勞累之下更是明白，蕎麥與冷湯的風味，是一個難以講清的故事；在東京，一場河豚盛宴，原來

刺身中的甜美會在口腔積存爆發，以柚子醋、小蔥、白蘿蔔泥伴著吃，混和著吃，又是一種經歷。做個對照吧，廣府蛇宴，太史五蛇羹，做得工整少不了五蛇和一應配料，還有椒鹽蛇丸蛇碎與蛇汁浸雞。可在河內麗秘村，沒那麼精細但變化多端，一蛇十三味驚為天人。所以獨遊是有好處的，從來入鄉隨俗、客隨主便，可以滿足食事，可以自由採風，不受人累，畢竟啟發與靈思是屬於自己的，味蕾也是屬於自己的。又如外地有食狗、食蟲風俗，他強還他強，我自可不食，不應視為不文明，而我可以去觀察、了解、接受他們的飲食美學。我最怕把時間托與旅伴，到當地如同代購，吃食只到旅遊書中的重點推介餐廳，也只點重點推介的菜單。這是經過千錘百鍊調和味道，已沒性格，不吃也罷。

禁區中飲茶

葉曉文

老實說，已經好久沒去飲茶了。

不單是「疫情關係」，而是二〇二一年秋我搬入位處香港船灣淡水湖後方的荔枝窩村居住，那裡偏遠落後、位置頂級「山卡啦」；三面環山、一面向海，沒有任何車輛可以到達，只能徒步一小時半或乘船前往。

在那塌屋處處的近三百多年歷史的客家圍村裡，因為居民太少（根據最新統計，長住居民十人，我便是其中之一），根本沒人願意開茶樓，其實莫用說是茶樓，就是一般的小型食肆和茶果攤子，也只有在假日、有遊客生意時才開檔。

我住在荔枝窩，每天吃的都是粗茶淡飯，偶然嘴饞了，或是把雪櫃裡的食物吃到「乾糧菜盡」的話，最快的方法是搭二十分鐘快艇，到沙頭角禁區吃茶餐廳。

一般人並不知道香港與深圳邊界有多個不同的「禁區」。由一九九七年起，香港人必須得到警署所簽發的「禁區紙」，才能進入落馬洲、打鼓嶺、沙頭角、中英街四個禁區，更非是「一紙通行」，而是每進入某一禁區，須持有該區域的分區禁區紙。

沙頭角正是如此，你必須成功申請沙頭角禁區紙才能進入沙頭角邊境管制區範圍內。提到沙頭角，幾乎人人都以為有了禁區紙，即能進入那條由香港特別行政區和深圳市共同管理、在街上中央豎立了界石標明香港與

深圳分界的「中英街」。但錯了，你會馬上被警察攔下來的；因為除了那「沙頭角禁區紙」，你還必須再領另一張「中英街禁區紙」，才能踏足中英街。又，如需再過區進入大陸境內，還必須再補一張「橋頭紙」，重重關卡、重重枷鎖，儲齊三張，才能投過祖國懷抱。

話說回頭，沙頭角內有五間茶餐廳、一個街市熟食中心可提供餐飲服務，但沒有茶樓。

不，嚴格來說沙頭角也是有茶樓的。那是一間叫「海山茶樓」的食肆，但位置非常微妙，夾於中英街禁區與沙頭角禁區之間。

一般來說，我作為持有「沙頭角禁區紙」的荔枝窩居民，但因為沒有「中英街禁區紙」，故未能夠通過警崗進入中英街。但老牌酒樓「海山酒樓」，卻是一個被默許的灰色地域；只要你掏出「沙頭角禁區紙」跟中英街警崗的海關說：「我是要到海山酒樓吃飯的」，那就像是「芝麻開門」似的暗號，即使沒有「中英街禁區紙」，也能成功過關。

走過中英街警崗，意味著我已離開香港，卻因為未出大陸「橋頭」閘口，又未算進入中國境內，可算是身處特殊地帶；我記得曾經也有荔枝窩居民說，小小的中英街區域夾於兩個閘口之中，治安非常地好，因為沒人敢做犯法壞事——壞事做了，不知會被拉到哪邊去。

至於「海山茶樓」的食物其實也不算多樣化，名叫「茶樓」，卻竟然沒有廣東點心，餐牌內都是「叫餸食飯」式的地道小炒，與市區小炒食舖差不多，但陳設卻大有

八、九十年代的色彩：地板嵌了綠白色的小地磚，大圓桌鋪上舊式粉紅枱布，天花板有吊吊�817的吊扇在轉；走上二樓露天茶座區，更能看到難得一見的中英街街景。

　　我正如大部分孩子，小時候也不愛飲茶，長大了才懂得一盅兩件的精緻悠閒；加上常言道「有得揀先至係老闆」，現在搬到僻遠的荔枝窩，連點心紙也沒得Tick，難免有種淡淡的哀傷了。

憶外公

蔡玄暉

年初六，小島女兒回娘家的日子。但外公年歲漸大那幾年，這日子，總令人悵然。

老人家牙口不好，子女們為他特意準備了煮得稀爛的菜式，還特意為他在小廚房安置了桌椅，讓他慢慢咀嚼。卻不知，對於老人來說，吃甚麼都不重要，重要的是兒孫繞膝，團團圓圓。前廳人聲鼎沸，後廚冷冷清清，我實在難受，搬了碗筷就跑去後廚和外公一起吃飯了。

外公哆哆嗦嗦摸索出一張剪報，是從《老人報》上剪下來的一首打油詩，說的恰是人老孤寂兒孫嫌棄的心情。

那之後，每逢家族大聚，我和外公就在小廚房裡過我們的二人小世界。長輩們責怪我性情孤僻不合群，卻不知，陪伴外公，給他挑魚刺，聽他講過去的老故事，是我人生裡最為快樂的事情。

漳州美女出東山，東山美人在胡家。自古美人多傳奇，胡家子女的故事，隨便擰一個出來，都是神話。外公能夠娶到外婆這位大小姐，也是因為一副好皮囊。

那時，外婆的族叔是校長，外公是督學。督學找校長有事，走進陳家大院兒，經過外婆家門，正巧外婆的祖母出來。盛世美顏一下子就吸引住了老太太的目光：和我家寶貝孫女兒多般配啊。

良緣天註定，外公外婆就這樣攜手一生，孕育了八

個孩子，存活六個。三個隨母姓，三個隨父姓，一早實現男女平等。

美人多奇遇，美人也多坎坷。外公雙親早逝，靠祖母紡紗拉扯大。外公年紀小小就出門撿糞幫補家用。所以我們家族教導小孩都是：不好好讀書，長大只能去撿糞。

撿糞撿著撿著就撿到了學堂邊，外公被迷住了，每天站在窗外偷聽。有一次，先生問問題，全班沒人答得出，外公沒忍住，說出了答案。從此就被先生收在了身邊讀書。先生不但不收學費，還管溫飽。外公就連連跳級，跳到了省城去深造。

要說外公的學習能力有多強，我們這一代每出一個學習好苗子，左鄰右舍皆云：似胡生，似胡生！好苗子最多的是我家，最鬱悶的是我爹，只能在背後嘀咕：明明是像我。

閩南是傳統社會，外公能力再強，理想再遠大，身為長房長孫，也得返鄉奉養老人。外公能做的，就是鼓勵自己的弟弟妹妹奔赴遠方。外公學成歸來，很快就在教育界嶄露頭角，年紀輕輕成為督學。

當然也因為這段經歷被打成了「黑五類」，小島流傳「再烏（黑）烏（黑）不過胡（閩南話音近烏）XX」。雖然被關了牛棚，外公長得好看，態度謙卑，用他的話說就是「愈有本事的人，愈得夾著尾巴做人」。看管者對他尊敬有加，倒是沒受皮肉之苦。

外婆帶著子女下鄉改造那幾年，母親被安排留鄉管

理祖產，同時照顧牛棚中的外公。因此和外公的親密就又多了一些。八十年代後期，外公終獲平反，頤養天年。我也就在外公身邊長大了。

上了大學後，離家漸遠，外公卻彷彿知道我在外的生活狀況。二十來歲，正是憤青年紀，暑假返鄉，外公教導最多的是「知足常樂」。後來，外公又突然和我討論起愛情話題，鼓勵我要勇敢。彼時，恰困擾在感情中。我訝異外公怎會讀懂人心，也許是人智近妖。

外公對孫子女們倒沒有特別偏愛哪個，一視同仁，都是他的寶貝。只是到了晚年，我和他才愈來愈親密。人生最後階段，他只允許我給他修剪指甲。

外公去世，頭七翌日，外婆一早就問：誰夢見老爺子了？我說我夢見了。始知小島那邊竟有如此傳說：人走之後，靈魂會在頭七回來跟家人告別。因為外公回來告別的人是我，從此外婆也對我另眼相待。

世間男子千千萬，溫潤如玉的沒有幾個。外公是配得上的少數人之一。外公追悼會上，小島一半的人都來了，絕大部分都是自發的。時光荏苒，往事依稀，公道自在人心。

茫茫

木其

文妮亞與分別多年的母親重聚，去到一棟唐樓前，二人站在位於七樓，久違的故居門前，嘗試開門，但失敗了。她看著門旁牆上不知何時貼了一幅陌生的、色彩斑斕的畫，家門口突然變得很陌生。耳邊傳來母親幽幽的聲音：「門開不了，進不去了。」

與母親分開後各自步遠，文妮亞繼續走在街上。記憶中，好像與母親重聚前，是與舊同學聚會，解散後，路上似乎發生了一些意外，她便致電家人想報平安：「沒事，我現在於弓河站附近，回家後一起吃飯。」可惜電話沒有人接聽，只能夠在錄音信箱留言。

掛上手機，眼前出現了一座舊式商住兩用樓宇，此區有很多這類型樓宇，從 A 街入口進去，經過樓宇地面層內很多的商鋪，然後可以從另一出口去到 B 街。她決定進去逛一下，漸漸地，發現自己不知去到哪一層，看不見出入口，身在無人的、只有微弱燈光的走廊。所有單位門都緊閉，不遠處是一座舊式升降機。走廊地上鋪滿綠白色小粒紙皮石，牆身是下半截灰綠，上半截灰白。天花板懸掛著白光管，其中兩支已經掉下來一半，只有電線吊著，搖搖欲墜，幽暗燈光閃閃爍爍。

此時，不知從哪冒出了兩個人，她心想，他們也許和她一樣都是在找出口。

大家不約而同往電梯走去，在差不多到達電梯口之

時，她發現有一個燈火通明的單位，門口是玻璃門，許多像是高中生的男女，密集地坐在一張張學生桌前，面無表情地努力做著沒完沒了的補充題目，也許是長年累月溫習操卷，沒有其他娛樂活動，臉色顯得有點呆滯灰白，這是走廊中唯一有亮光的單位。看到這麼多人，她突然感到很安心。她和那兩位在走廊遇到的人一起進到電梯，蘋果綠色內牆的電梯，門旁有兩排凸出的白色塑膠按鈕，字跡已經模糊，幸好有凹凸紋，定睛看還是可以分辨出數字。

這排按鈕很特別，只有 1 及以上的數字，沒有 G。怎樣出去呢？G 才是出口啊！

然後不知是手抽了還是甚麼，她和穿白衣服的人一起按下了按鈕，白衣人按 1，她更快地按了 9。

身邊兩人倒抽了一口氣，這時位置應該在第一層和第九層之間，現在無緣無故要向上去到陌生的第九層，她很明顯感到身邊兩人的不穩定氣息。

在電梯門快合上之時，她瞥見了燈火通明的補習社內所有人不知何時都站在玻璃門後，雙眼整齊劃一地，靜靜的打量著他們。電梯門合上了，梯箱搖晃著向上攀升，就在一下震動後停了下來，數字停在 9。電梯內三人屏息地盯著緩緩打開的門。

門外一片刺眼的亮光，面前竟然是一條橫亙著的行人路，行人路再往前就是兩線行車的馬路！「竟然是出口，我們從一樓進來，九樓竟然是出口！」她忍不住驚訝地說。「可能這棟建築是依山而建吧，一樓是山腳樓

層入口，9 樓是山腰樓層出口……」她又在心中思忖，然後這才注意到另外一人是穿黑衣的。

她忽然想，三人曾經算是同伴，在無人的走廊上，在一起往出口的時候，雖然沒有太多的交集，但一起擠在電梯內之時，還是有種互相依賴的感覺，現在重見天日，站在馬路旁，黑白二人已經不知去向，也許黑白二人根本不是去九樓，由於她按下了 9 字，他們二人就在無意間，偏離了原本要去的樓層，如果電梯是先去一樓呢？是她還是他們無意間改變了當下對方生命軌跡上原來的行程？誰是誰的引路人？

她沿路走下去，想找一個地鐵入口，坐車回家。步行一段時間後，的確找到了地鐵入口，卻赫然發現，那是北土站，距離剛才進入大廈前的弓河站，足足有兩站之遙，再看看手錶，原來已過了兩小時。本來約好了家人在弓河站附近地鐵站等，一起回家，她看看電話，沒有未接來電，沒有訊息，看來，家人可能已放棄等待，直接回家了。

既然如此，她便繼續順路閒逛。走著走著，進入了風貌截然不同的地域。從大廈林立、擁擠的上下坡路，去到一片平緩，繁華的市集。

映入眼簾的，是一些服裝攤檔，竟然有漂亮的羊毛物品，例如綠、青、墨綠色的羊毛製粗髮圈，米色長袖圓領毛衣，蘋果綠樽領短袖、淡墨色圓領中袖等各款毛衣。

她在人叢中擠進去看，剛想挑選，就看見右邊毛

巾攤檔旁，那位黑卷髮中等身材的中年女攤主警惕地看了一下四周，迅速把大大小小的毛巾收起來，左邊羊毛衣攤檔，已經在轉瞬間幾乎空無一物。外型清瘦、大概二十多歲，留著長馬尾的羊毛衣女檔主正在快速地收起餘下來的兩件毛衣，她忍不住問：「走鬼？」女檔主答：「可能是。」

　　既然要走鬼，她避上了行人道，看到不遠處有熟食街。熟食檔似乎沒有走鬼，大家依然忙碌火熱地製作香飄十里的街頭食物。

　　走近看看，其中一位檔主正在切著五花肉，還有麵皮，冒著泡的油鑊內，正炸著五花肉塊，還有已經漸漸焦脆的麵皮條。

　　檔攤上掛著一幅紅底白字餐牌，寫著：棒棒骨、香香五花肉，麻花翠玉卷、亞菇利亞肉……接下來竟然是一堆唸出來也不知是甚麼的食物名。

　　她繼續往前走，看見有一位阿拉伯人，正在用一個手提小機器烤出外皮像廣東燒肉般焦脆的肉卷。只見他拿著一張 A4 紙大小、厚一厘米、帶皮半肥瘦的生肉塊，放進小機器的上端，然後肉就從烤肉小機器的下端滾軸下，慢慢被推出來，自動捲起，外皮已經焦脆，烤過的肉冒著熱氣、泛著油光，吱吱作響，甚是誘人。

　　她抬頭看看，這檔烤卷肉，竟然是一間主打黑毛豬餐廳的店鋪延伸出來的露天攤檔，餐廳內只亮起微弱的燈光，竟顯得有點昏暗。

　　她忽然想到一件事，母親生前好像未吃過黑毛豬。

這個念頭在她腦中一閃而過，然後不見了，她有點茫茫然地看著街道。

　　這個時候，她已經想不起來，距離約好家人吃飯的時間，已遠遠超過兩小時，也許已經相距四小時或八小時了。

　　電話依然沒有來電，沒有訊息。

覆水難收

文津

　　阿倫和他的女朋友分手了，只好牽著自己的影子走在街頭。他用紅紅綠綠的霓虹招牌燈光，拼湊自己的思緒。看見地上陌生的空酒瓶時，忽然想汪汪叫幾聲。

　　他覺得自己像一間沒有窗沒有屋頂的房子，拖著一艘破舊的航空母艦，浮沉在人潮裡。這個比喻是不是太荒謬呢？累了就找個沒有燈的地方，躺在報紙上面。到他睡醒時，身上將盡印上亂七八糟的新聞。

　　附近有鐵路，他聽著轟隆的音響。睡夢中從這片不堪的土地，流浪到一個寂寞的地鐵車廂。

　　女朋友的赤裸身體躺臥在長椅上，他將臉頰輕輕貼在她羊脂般嫩滑綿密的肌膚，細細感受著情感交雜的顫抖和汗，一股無以名狀的濃烈女人香，勾勒出一種難以言說的獨特氛圍。

　　還可以尋覓到甚麼？她和他曾在清醒時擦身而過，現在夢中交會放光又相互啃囓塗抹彼此寂寞的肉身，執著，且發狂搜尋任何一絲氣味的可能，頂著自由不羈的愛情光環，迷惘放肆。

　　她在夢中離去前丟下這樣一句莫名其妙的成語：「覆水難收！」鋼鐵的長椅上留下餘溫和凹陷。想不到連鋼鐵也凹陷了，一定是剛才撕咬吞噬的過程中他們回憶起多年來一起闖過的難關，那力量是如此龐大，但到最後都是忍受不住分手了。她忽然轉過臉來，眼睛跟他交會

疊合，在她佈滿紅色血絲的眼白和漆黑的瞳孔中獨見灰濁的沉默，而在那沉默裡像有一個城市被雨水淹沒了。

　　歌頌的話語和憤怒的話語大量奔洩而出攀爬竊據每一張報紙，各種時事遭人書寫評論殆盡，流入這個城市的傷口，再印在阿倫的身上，淺嚐，鹹鹹的，不知道是不是歡欣的淚，又像一聲慷慨激昂的怒罵，亂七八糟！

　　他在街頭爬起來，回到家中，姐姐來了電話，除了一貫近來生活的普通詢問外，提及她將陪母親回內地為外公奔喪，路途遙遠，又要隔離檢疫。向來窩心體貼的姐姐要他撥個電話安慰母親幾句，他腦中一閃而過母親身著素白孝服靜坐家中客廳仔細擦拭著外公的黑白照，光線照射玻璃映出母親的臉，忽然兩張臉交疊，一張失神呆滯，一張慈祥微笑。

　　按著電話的數字鍵，獨特的單音宛如在倒數死亡……

　　「喂，喂，是阿倫嗎？」話筒裡傳來熟悉的溫柔。

　　「我要不要叫爸爸陪你一起去。」阿倫的爸爸媽媽早離婚了。

　　媽媽歎了口氣，「不用了，覆水難收！」

　　又是這句話，阿倫看出窗外，正在下雨，亂七八糟，這個故事到此完結了。

丹青引

江思岸

> 將軍魏武之子孫，於今為庶為清門。
> 英雄割據雖已矣，文采風流今尚存。
> ——杜甫

今日我又來到成都之西市，我不是來賣藥，我是來閒逛。自從應故人嚴武之邀入其幕府，沒有再來賣藥了。賣藥可以說是我的老本行，困居長安時，除了親友接濟，和「朝扣富兒門，暮隨肥馬塵。」之外，就是靠賣藥來維持生計，我除了作詩，唯一之謀生技能就是上山採藥和種植生草藥。

在幕府作為嚴武之參謀，我幹得不大愜意，問題不是府主或工作，他和我親密無間，應付工作綽綽有餘。反而是同僚，他們對我與嚴武特殊之關係存有芥蒂。今日偷得浮生半日閒，來市集散散心，我甚至有些懷念賣藥的日子。我也曾想效法韓康之不二價賣藥，但總不成功，買家必定求削價，我大都會心軟遷就，見到貧窮人士，我甚至免費贈藥。

有一次一個女子要求韓康減價，他當然不肯，於是女子憤然地說：「你以為你是韓康嗎？賣藥鐵價不二！」他聽了就喟然地說：「我賣藥三十年，鐵價不二，如今連一個小女子也知道有韓康這一個人，我何必再混下去！」於是遁入深山，不知所蹤。

韓康這個人的確是奇人異事，他賣藥市中，不想人

知其名，而三十年賣藥不二價，自然會廣為人知，如此逃名反成就了名，真是妙不可言。更妙的是，他有了名，又逃入深山，不知所為何事。他之心境才最堪玩味。

市集有許多隱世高人及奇事，呂尚在遇文王之前，也曾在市集屠豬賣肉，專諸和樊噲都是以屠宰為業；荊軻和高漸離時常在市中對飲，慷慨高歌，漸離擊筑相和，跟著兩人又莫名其妙地哭泣起來，旁若無人。

韓信曾在市集受辱，有淮陰少年對韓信佩劍在市中漫步看不過眼，持屠豬刀向他挑戰，若不敢應戰，就得從其胯下爬過，韓信對他熟視一會，然後俯身從其胯下爬過，市人都以為韓信膽怯。韓信衣錦還鄉，並無記仇，反而稱讚他有勇氣，給他一個小武官。

市集中還有許多賣卜者，他們中也許有嚴君平這種人，所謂賣卜不是導人迷信，而是指點迷津，根據求問者之稟性和境況，因而導之向善。每日賣卜得百錢，足夠生活，就閉門下簾讀書和著文。

市集還有賣半邊破鏡的人，最後得以破鏡重圓，失散夫妻得以復合。最動人之事莫如陳子昂，他在市集以百萬錢買下一具西域奇琴，然後廣邀好奇的圍觀者到家中聽其彈奏，到其家之後，他當眾摔毀此昂貴的奇琴，然後取出其詩文，讓眾人欣賞。於是一日之間，他的名氣傳遍京都！市集就是一個如此奇妙的地方，我本人賣藥不正是個傳奇嗎？

我在市集閒逛了一會，就往酒肆走去，這才是我來這裡最終要去的地方：「寬心應是酒，遣悶唯有詩。」

在酒肆門前，有大群人圍著一個攤檔起哄，我好奇探看，原來是一個畫家為人寫真，取價低廉。有人請他寫真，雖然寥寥幾筆，但維妙維肖，快捷而有神韻也。不過也有人認為畫得太過簡單，著墨不多，物非所值，於是諸多挑剔，甚至揶揄嘲笑。畫家也不予計較，絕不辯解，或不屑辯解。其實這個畫家是個高手，一般俗人自然不懂得欣賞。

我逾眾而前，放下雙倍價錢，請他為我寫真。算是對他之欣賞和鼓勵，也是對批評他的人無聲之反駁。畫家頗為訝異和感動，他攤開白紙，向我審視觀察，正要落筆時，我也注視他，他雖然滿臉風霜，蒼老又黧黑了許多，但我仍然可認出他，而他也認出我來了，我們不約而同地叫出：「原來是你！」

怪不得他是個丹青高手，原來他就是曹霸！想不到他也流落到這裡，淪落為人寫真來維持生計。於是我拉他到酒肆敘舊。

如今我們都年紀老邁了，暮年漂泊到西蜀，許多往事都不堪回首，尤其是他之起落比我更大，由官至左武衛將軍，又是大畫家，宮廷大紅人。如今沉淪至街頭賣藝，乃至遭人白眼和嘲笑。

那時是開元盛世，亦是他最得意的時光：「歷歷開元事，分明在眼前。無端盜賊起，忽已歲時遷。」當時他聲名大噪，享盡榮華富貴，出入於王侯大宅，他們出重金爭著向他求畫：「貴戚權門得筆跡，始覺屏障生光輝。」名師出高徒，他之入室弟子韓幹有天份，好學又

用功，他遂傾囊相授，於是韓幹也得其真傳而享盛名。

　　他常得到天子之引見。凌煙閣中功臣名將之人物，完全出自他的手筆。畫馬更是獨步天下。至尊之幾匹愛駒如玉花驄、照夜白等，都是由他畫下，來陪伴天子之左右，隨時得以欣賞，省卻不時去馬廄那樣大費周章。

　　於是宮中幾萬匹駿駒，他都可以細心觀摩和描繪：「霜蹄蹴踏長楸間，馬官廝養森成列。」可說是：「騰驤磊落三萬匹，皆與此圖筋骨同。」有此接觸之機會和大開眼界，自然令他畫馬非同凡響。他由此而愛上了馬，正因為他愛馬，畫馬才能有此神遇。「借問苦心愛者誰？」可說是：「後有曹霸前支遁。」支遁林嘗養數匹馬，有人言僧人畜馬不大妥當，支遁林回答：「貧僧重其神駿罷了。」

　　他本來是一匹千里馬，如今則是輆負沉重鹽車的老馬，屈蹄折骨也爬不上生活陡峭的斜坡。我們把酒追憶往日美好的時光，感慨時下之干戈亂世，盛時不再，連生活也朝不保夕，不覺至日暮。在入夜之前，我必須返回幕府，又要面對同僚的冷面孔，苦不堪言。

　　我問他今後有何打算，他說此地不會久留，可能南下再覓生計。此次不期而遇，跟著又要分手，別後不知會否有再見之日：「更為後會知何地？忽復相逢是別筵。」

　　告別時我贈他此詩：

將軍魏武之子孫，於今為庶為清門。英雄割據雖已矣，文采風流今尚存。

學書初學衛夫人，但恨無過王右軍。丹青不知老將至，富貴於我如浮雲。

開元之中常引見，承恩數上南薰殿。凌煙功臣少顏色，將軍下筆開生面。

良相頭上進賢冠，猛將腰間大羽箭。褒公鄂公毛髮動，英姿颯爽來酣戰。

先帝御馬玉花驄，畫工如山貌不同。是日牽來赤墀下，迥立閶闔生長風。

詔謂將軍拂素絹，意匠慘淡經營中。須臾九重真龍出，一洗萬古凡馬空。

玉花卻在御榻上，榻上庭前屹相向。至尊含笑催賜金，圉人太僕皆惆悵。

弟子韓幹早入室，亦能畫馬窮殊相。幹唯畫肉不畫骨，忍使驊騮氣凋喪。

將軍畫善蓋有神，偶逢佳士亦寫真。即今漂泊干戈際，屢貌尋常行路人。

途窮反遭俗眼白，世上未有如公貧。但看古來盛名下，終日坎坷纏其身。

閘

周淑屏

　　早上，芯宜帶姑母到了附近的老人中心。自從校對工作已力不從心，從出版社的編輯工作退下來之後，姑母每天都會去位於旺角登打士街的老人中心，那裡有她的很多老朋友，她和他們聊天、下棋，還在那裡學書法、電腦。

　　送了姑母到老人中心之後，芯宜可以靜下心來畫畫，但是，今天她選擇清潔家居。平時姑母也會負責這些工作，但這幾天她的腰患復發，芯宜就請纓代勞。

　　她換上一件有點破舊的小背心和短褲，就開始掃地、抹地，赤著腳通屋跑。沒料到在這時候，門鈴響了起來。

　　這大清早誰會來？自己穿成這樣去開門實在有點尷尬。她想到現在是月頭，該是為這幢唐樓清潔垃圾、洗樓梯的阿姨來收費用的時間，開門給了她錢就了事。於是，拿了錢包，赤著腳就登登登的跑去開門。

　　「是三百塊吧？」她拉開門嚷，站在門外的人卻讓她吃了一驚。

　　深灰色連帽 T 恤、黑色牛仔褲，是來找他遺下的黑色背囊的。昨晚，不知他被誰人追趕，情急之下闖進了芯宜的家暫避，離去時卻遺下了背囊。

　　「我把背囊遺在這裡了，不好意思……」

　　該讓他進來嗎？但是自己穿成這樣……

　　她正猶疑之間，他看到窗邊書桌上的黑色背囊，就

說：「我自己去拿好了，拿了就走。」

他說著跑了進去，她要阻止也來不及了。那地板實在又濕又滑，他真的滑倒了，幾乎是四腳朝天。

她連忙上前扶起他，讓他坐在椅子上，又幫他把掉在地上的手提袋放到桌上。

「沒有大礙吧？不好意思，我正在抹地⋯⋯地上很滑⋯⋯」她說。

「沒甚麼，只是我自己不小心吧！」他用手拭去褲管上的水。

「我拿毛巾給你。」她說著跑開了。

然而，這時門鈴又響了起來，她只好又跑去開門。

開門，是清潔垃圾的阿姨。

「我去拿錢給你。」

「一會再付吧！我趕著去隔鄰大廈清潔。這隻貓是你的吧？我清潔樓梯時牠老是跟著我！」

阿姨說完，沒理會她的反應就跑下樓梯走了。

芯宜看到瑟縮在樓梯轉角處，有一隻大黃貓。

「喵喵⋯⋯」

聽到芯宜這一叫，大黃貓倏地站起，作勢要衝進芯宜的家。

「你不能進去啊！家裡滿是書，你抓破了姑母的書怎麼辦！」芯宜連忙按住牠，大嚷。可是貓的力氣不小，極力閃開，她制伏不了牠。

屋裡的他聞聲跑出來看發生了甚麼事，芯宜揚聲求救：「快按著牠，不要讓牠跑進去！」

他立即按著大黃貓，可是牠極力掙扎，想要衝進屋裡。「你快進去馬上把鐵閘關上吧！」他嚷。

芯宜一聽到「把鐵閘關上」，就極速把鐵閘關上了！

鐵閘一關上，糟了！她即時想到自己身上沒有鐵閘的鑰匙，再看看他，他的手提袋也在裡面，他倆都沒有鑰匙、錢包、電話的被關在外面。

悲劇開始了！

他問：「你有膠文件夾或者膠卡這類東西嗎？可以從鎖邊攝進去開門！」

「沒有。」她說，說時，還留意到此刻自己只穿著髒背心、短褲，而且光著腳。

「從前看到過鄰居把鐵衣架的鐵線拉直，在再把尾部繞成一個小圈，從鐵閘空隙伸進去，勾住門鎖的柄⋯⋯」她仔細憶述。

「那麼你有鐵衣架嗎？」他問。

「我到天台看看有沒有人在晾衣服！」她說完，赤著腳跑了上天台。

不巧這天天台沒人在晾衣服，她到處找有甚麼工具，在一個大花盆裡找到一個小鏟子。

她拿了小鏟子下去，他拿了用小鏟子攝進鐵閘門隙中想把閘撬開，可是嘗試了很久也不成功。

「這種老舊鐵閘不是很牢固，鎖也該舊了、生鏽了，我大力拉應該可以把它拉開！」說著，他用盡全力拉鐵閘的門把，但閘門還是紋風不動。

他沒放棄，一次又一次用盡全身的力氣去拉。

　　芯宜看見鐵閘被他用暴力拉得有點變形了，只好說：「我還是去找鎖匠吧！」

　　「不，不要花那些冤枉錢，我再用點力一定可以拉開的！」他說著，一下一下的用盡力拉鐵閘，把鐵閘拉得發出蓬蓬巨響，聽得芯宜心也亂了。

　　「不會沒辦法的！不會解決不了的！我不會只遇上惡運！我不會被困住的！我不相信沒有天理！」他愈拉愈大力，愈叫愈大聲，眼看是有點歇斯底里了。然後，他還瘋了似的用力踢鐵閘，彷彿那鐵閘是他的仇人，彷彿他被困了在裡面，要破閘而出！

　　芯宜有點害怕，但還是上前制止他，嚷：「你再這樣下去，鐵閘和鎖都要壞了！找鎖匠開鎖只花五、六百元，要換鎖、修理鐵閘可要幾千元哩！」

　　他聽了，停了下來，沮喪地看著鐵閘發呆。

　　芯宜赤著腳跑下樓梯，想找鄰居借電話打給鎖匠，邊跑邊又聽到踢鐵閘發出的巨響。

　　她按了四樓三戶人家的門鈴也沒有人應門，該都上班去了，她只好再跑到三樓。

　　這時，她聽到三樓有開門聲，就跑前去求助，看到作 OL 打扮的鄰居剛開了鐵閘，正在開木門。

　　芯宜告訴她不小心關上鐵閘開不了，她聽了胸有成竹地說：「我也試過呀！找的開鎖師傅來了，他這樣把閘關上，推進去再大力拉，輕而易舉就開了。」

　　她邊說邊示範給芯宜看，關上閘，推進去再大力拉，然而，再開不到，出盡九牛二虎之力推推拉拉也開不到！

　　於是，她的鐵閘開不到了，而她的鑰匙插在木門上！又多了一個被關在鐵閘外面的人。她告訴芯宜自己一個人住沒有另一人有鑰匙，而且她只是在午膳時間回家拿東西，還要趕回去上班！

　　兩人只好無奈打電話給鎖匠。終於開鎖師傅來了，鄰居嫌師傅開價太貴想打發他走，芯宜慌張大叫：「由我來付吧！」

　　終於，開鎖師傅花五秒用一張膠卡開了三樓鄰居的鐵閘，她便急忙趕回去上班。

　　芯宜和鎖匠上到五樓，見到累倒在地的他。因為鐵閘已被他虐待到不似閘形，鎖匠用了五百個五秒都開不到，只說：「要把鎖爆開，收費八百元；爆開後換新鎖和修復已變形的鐵閘，收費三千八百元！」

　　沒辦法了，只好請鎖匠先把鎖爆開，於是鎖匠用工具暴力爆門。

　　此際，故事又有了轉折！

　　這時，貓主人出現尋貓，聽完芯宜說的慘事，她說自己也有責任，堅持要拿一千元來補償給她。

　　最後鐵閘被爆開，花了八百元，芯宜總算舒了口氣。

　　「要修理鐵閘和換鎖要再付三千元！」鎖匠說。

　　「不，不用，我自己來修，自己換鎖好了！」累倒在地的他說，然後轉身問芯宜：「你家裡有錘子、螺絲批等工具吧？」

　　芯宜點頭，鎖匠只好走了，他跑了到對面街的五金店買鐵閘鎖。

　　拿到工具後，他對自己的技術很有信心似的，負傷用錘子敲敲錘錘了好一陣，終於修復了鐵閘，又把買來的鎖換了上去。

　　事情告一段落，貓主人專誠拿了一千元來給芯宜作補償，除去鎖匠爆鎖的收費八百元，還剩二百元。「罪魁禍貓」躲在樓梯，知道自己闖了禍，把頭埋在樓梯角不敢見人！

　　總算可以在姑母從老人中心回來前把鐵閘弄好，不至於嚇著她。只是鐵閘因此遍體鱗傷，眼前的他，連帽上衣的衣袖破了，兩隻手掌的皮也磨破了在滲血。

　　芯宜拿出消毒藥水和紗布為他的手包紮，他只說了一句對不起，就頹然坐在椅上，一言不發。

　　剛才用暴力拉門、踢門，現在頹然坐著一言不發，他是患上了所謂躁鬱症嗎？這陣子心理有問題的年輕人真不少，芯宜有點擔心。

　　最後，他拿了背囊走了，她也離家去接姑母。

小說兩則

陳曉芳

晚年

> 他逐漸明白，安度晚年的秘訣不是別的，
> 而是跟孤獨簽訂體面的協議。
> ——加西亞・馬爾克斯《百年孤獨》

多年以後陳美玲躺在養老院的床上，眼睛望著天花板等著姑娘來換床單，仍然記得加西亞・馬爾克斯的話。

陳美玲經歷的或者是正在經歷的原來早已有人總結了出來。

陳美玲住的這家養老院位於市區一棟大廈的一層樓中。四百平方米用木板隔成幾十個床位，陳美玲住的「房間」大約四平方米，剛好擺下一張單人床和一個床頭櫃。間隔用的木板牆上掛著幾件衣物，掛著她和家人的合影。

陳美玲餘生在這個世界屬於自己的所有都在四平方中，看書、看報、聽廣播和活動範圍。

這裡沒有喧囂，大家習慣了少交流。每個人的日子都像在等待甚麼。等待吃飯、等待洗澡、等待死亡。等待護理員的到來、等待曾經牽腸掛肚的家人探訪。

在這裡一切的爭端和執拗都放下了帷幕。只有那個患了老年癡呆症的老人在不停地用手拍打枱面。他瘦骨嶙峋的手像個上了發條的機械手背不聽使喚，而他的眼睛卻呆呆的望向前方。沒有牙的嘴不停的蠕動著，像是

在咀嚼食物然而口中卻空空如也。這些行為在這裡都是常態,有時無法約束,誰也無能為力讓他停止。

重視或者不被重視,忽視或者不被忽視,對於某些人來說好像已經不再重要了。生命已接近尾聲,殘存的身體就像枯枝敗葉的樹木,等待一陣風將它折斷,等待凋零。有些人很忙碌,有些人很安靜;有些人覺得時間很長,有些人覺得時間很短。還有些僅僅是躺在床上,肉身一具,生命只能靠藥物和一根管子維繫,而靈魂早已飛上了天。

這裡最忙的人該是護理員和護士。所有的人都在等她們,等她們到了七點帶大家出房間吃早飯;等她們到了八點讓大家排隊去洗澡;等她們到了十二點準時讓吃午飯;等她們到了四點叫吃下午茶;等她們來換尿片;等她們來倒垃圾;等她們把洗乾淨的衣服送回來;等她們來通知有家人來探訪;等她們到了晚上八點半統一熄燈,還大家一天的黑暗,讓那代表太陽光的白慘慘的日光燈停止照明,有人終於等到可以不用躲進自己的被窩裡睜著眼睛睡覺。

那個最年輕的六十六歲的男人不僅要坐輪椅才能行動,身體瘦弱無助如同嬰兒,很多時候要靠兩位護理員抱上抱下才能洗澡,吃飯時間他也會和其他人一樣,坐在旁邊的護士從切了口子的氣管裡灌喉進食。

年齡最大一百零二歲的婆婆陳美玲反而可以自行活動。

陳美玲是非常健康的老人。不惹事生非,不給別人

添麻煩，只是靜靜的待在那裡聽從指揮。該吃飯的時候吃飯，該洗澡的時候洗澡，該上床的時候上床。自己每天把自己的四平方米整理得有條不紊，一葷一素的湯菜端來的時候吃得乾乾淨淨，從來不挑三揀四。兒女全部去到了外國，老伴也先於她離世。

所有人曾經光輝的和不光輝的背景都記錄在護老院院長辦公室的資料夾子裡。偶爾也有護工提起一百零二歲的老太太陳美玲曾經是校長，陳美玲雙腳那彎曲的腳趾就是因為年輕時候長期穿高跟鞋而變形的，這對於一百零二歲的老人來說已經無足輕重。陳美玲以她的年齡抹平了她過去生命中的所有。這是多少現今的人們可望不可及的年齡啊！依照陳美玲現在的樣子，甚至可以去為所有的保健用品做代理也一點不為過。她的存在就是這個養老院的活標本。自從養老院建立的那一天開始她就住進了這裡。無論你怎麼指責養老院條件不如意，飲食怎麼不如意，然而有一個一百零二歲的陳美玲一直住在這裡和大家吃同樣的飯，享受同樣的待遇，居然還活得健健康康，就無權指責這裡的工作人員有甚麼地方做得不好。如果做不好，為甚麼有人活到一百零二歲依然健康，而你才七八十歲就東倒西歪奄奄一息？那就說明是你自身有問題。如果你自身沒有問題，每一個人都可以活到一百零二歲。難道不是嗎？

這裡與其說是老人院，不如說是一個老人幼稚園，是一個小社會。這麼多老人聚在一起，當然有最乖的人、最聽話的人，也有最不乖的人、最不聽話的人。所有工

作人員都明白每一個人的脾氣，每一個人的德性和喜好。

有時一朵花會悄然落下，有時所有花都落下。

有時早晨醒來就見一張床空了，聽說昨晚被救護車接走再也沒有回了。過幾天那四平方的空間住了另一個來者。打陳美玲住進這所護老院的二十年間見證了太多俱往矣。

養老院與很多慈善機構建立聯繫，保持互動，每週二、四、六的下午會有義工團體來看望老人，帶領大家做運動、摺紙、種植物等等，社會上從來不缺乏關愛老年人的團體。

早晨，喝杯溫熱的開水醒醒喉嚨，打開熱水龍頭洗臉漱口，隨著溫熱的水在手上經過，感覺血液開始流通了，然後走到廚房打開冰箱拿出一個雞蛋、一個包穀、一個饅頭放在蒸鍋裡。這是阿蓮永遠吃不厭的早餐。

這是入住老人院之前的陳美玲的習慣，早餐甚麼都可以少，但是一個煮雞蛋是少不了的。陳美玲也漸漸的把煮雞蛋吃出了滋味，這滋味是根據煮雞蛋的時間決定的，水一開就要把雞蛋從水裡拿出來，慢了就會過老，早了雞蛋又沒煮熟。溏心雞蛋能吃出蛋黃的柔軟香甜，敲開一個孔用小勺子一勺一勺的吃，如果這個時候再配上一兩片酸薑，就完美了。飲品最好是一杯拿鐵咖啡或者一杯豆漿。但陳美玲後來發現，用黃豆加一些黑米用豆漿機自做出來的豆漿非常好喝。而且她又試驗成功了一款黑芝麻饅頭，在麵粉中加上少許黑芝麻粉，用麵包機揉麵和發酵成功後，放在大蒸籠裡面，猛火蒸出一個

個圓溜溜又鬆軟的饅頭，雖然顏色有點兒黑，但吃起來特別帶勁，這種豆漿和這種饅頭後來在幼稚園裡廣泛推廣成了小朋友的下午茶，被稱為健康食品成了學校的招牌。

「沒有人能夠決定另一個人的人生，一個人要成為誰，來自於他的內心，只有自己的內心，才是別人無法去超越和左右的。」一個美國女孩塔拉，將自己的經歷和思考，寫進了《你當像鳥飛往你的山》這本書。

陳美玲的前半生像鳥在飛，晚年回歸人之初。

食物鏈歌

蘆根是個養豬人。

蘆根說他的豬要吃抗生素才能長大。蘆根會把抗生素加到每一餐的豬飼料裡，像炒菜加味精、雞精一樣，豬吃起來也不覺得有甚麼異樣，如果不餵抗生素，豬就生長得慢，且有可能患病夭折。

原本要一年才出欄的豬，餵食抗生素後幾個月就膘肥體厚，且肉質鬆軟，口感嫩滑。如此，許多家禽在養殖中，比如雞鴨，都要在飼料裡面加抗生素。

所以無法預料我們長期攝入含有激素的肉食對於我們身體有多大的影響？也許這種影響已經造成，但是我們無法避免。

只能說我們現在的人類已經成了變種的人類，不管你想不想變種。

直至今日人到底變種到了甚麼程度？無從得知。

也許有一天人類突然發現只有住在深山野林，或者是青藏高原的那些人，才是真正保留了人類原始基因的精英呢。

至少他們變種的速度沒有這麼離奇。

豬吃甚麼，我們人就吃甚麼，維基百科有言：「食物鏈是表示物種之間『吃』與『被吃』的關係，在生態學中能代表物質和能量在物種之間轉移流動的情況。」

豬食激素，人食豬，這是一條食物鏈。根據太極萬事萬物相生相剋之說法，人與豬、豬與病已相依相存，若豬已變種，人也是變了種。至於說變種以後人類身上出現了甚麼變異，比如癌症、比如血管的變異、比如影響身體的抵抗功能，或者是細胞功能有甚麼變化無從而知。

甚至一些精神因素，比如說抑鬱症、小兒自閉症癡呆症、好動症、乳腺癌、宮頸癌、咽喉癌、淋巴癌等等無從得知。

如此推論，以後我們只有依靠藥物，抗生素或者是類固醇之類的藥物，以毒攻毒。

也許最後拯救人類的不是教授，不是博士，不是醫生。

我問蘆根，你可否幫我養隻不吃抗生素的豬。

蘆根說不行。蘆根說，如果不給豬吃抗生素，如果在養殖的過程中不幸夭折了，收了我的錢又交不出豬，兩敗俱傷。

所以還是乖乖的吃激素豬吧。

吃了抗生素的豬長得又快又肥，最主要是減少死亡，本來一年的生長期因為豬吃了加抗生素飼料後，縮短到六七個月就可以出欄。而且這樣養殖起來省事，豬也乖多了，豬成天是吃了睡，睡醒就吃。至於說吃飽了的豬，牠在想甚麼或者牠有甚麼病痛，那是人理會不了的事兒吧！

聽說有一種沒有公豬的情況下，母豬也能繼續生兒育女之良方。有一些飼養員的工作專門關注公豬的感情世界，比如說等待公豬發情，然後用一些工具來抽取牠的精子，讓母豬人工授精懷孕。就像人類幫助那些無法正常生育的夫妻生小孩一樣。

這可能也是人類對豬繁衍下一代做出的一些貢獻。

人只知吃豬肉，就不曾想這樣的豬肉或豬的腦瓜子有沒有毛病。最近，山上的野豬又生了七隻小豬仔。

牠們會站在山路邊用一雙可憐巴巴的小眼睛望著你，你給還是不給牠食物？

牠看上去好像甚麼毛病都沒有。野豬這種生物應該稀有的，因為當大多圈養出來的動物和人類都開始有些變態的時候，而這野豬卻能逆境求存，應算是豬裡面的精英了。

昨晚做了一個夢，夢到我和蘆根走在街上，突然一輛紅色的士向蘆根衝來，我想這下完了，蘆根死定了，但見的士司機下車來揚長而去，我走近蘆根倒下的地方，見蘆根搞著肚子「哎呀哎呀」亂叫。我不知何是好，就

拿起手機想打九九九，結果怎麼都記不住電話開機密碼，打不開手機，然後見蘆根又站了起來，又能走了，走著走著就走到了蘆根養豬的那個地方，看見一群野豬和蘆根養的豬在一起，生下了七隻小豬仔。

蘆根吩咐我說趕快去幫他餵豬。

因為我找不到抗生素，也找不到蘆根的豬飼料，所以我沒辦法餵牠們。

不曾想這野豬很聰明，見到沒有食物就把一群豬全部帶出了豬欄。

我跟著這一群豬追了出去，原來這一群豬就在那水塘邊的草地吃起草來。

我心想這下好了，反正也不用給豬買抗生素，也不用花錢給豬買豬飼料了。

過了一段時間我去看蘆根。

蘆根神清氣爽，精神比先前好了許多。

蘆根說他吃了幾隻雜交豬，被車撞傷的腿也沒以前痛了。

所以你不要覺得一台的士突然衝紅燈，然後衝向人群，撞倒一群人這種事不可思議。也許和這個抗生素是沒有直接關係嗎？

如果說蝴蝶掀起一個翅膀都對這個世界有影響，那你說人類把藥物注射到身體裡面，對人的所有行為以至神經系統是沒有影響的嗎？

然而，人與豬到底不是一回事，人對食物除了會再加工，還會有感知能力。

比如糕餅製作師在製作芝士蛋糕的時候，完成一個完美新口味的芝士蛋糕時，是能力和技能的挑戰，他在他的職業中進入了一種心流。

從麵粉到成品這個過程當中，對他既是一個完美的職業生涯體驗，也帶給他快樂的源泉，而吃蛋糕的人品嘗這個蛋糕的時候就出現了各種可能。

如果是一個宅男把芝士蛋糕買回去，對打了一晚上的電腦後作為宵夜慰勞自己，芝士蛋糕的作用就是作為一個甜品，在他辛辛苦苦激烈的戰鬥之後對自己的一個獎賞。

如果一個父親在下班的時候走過蛋糕店，買回了一個芝士蛋糕，在開門的那一刻，他的小孩看見蛋糕，興高采烈地上前來叫一聲爸爸，然後抱住他開心地笑。那麼這個芝士蛋糕的作用，就是讓他滿足了他作為父親給小孩的父愛。

如果一個女孩走過蛋糕店買下一個芝士蛋糕去看望母親，當母親見到女兒和芝士蛋糕的時露出了慈愛而甜蜜的笑容，那麼這個蛋糕完成的就是孝順。所以食物不僅僅是食物，就好像中秋節的月餅不僅僅代表月餅本身，它甚至可以像鮮花一樣起到慰藉人心靈的作用，相信這個時候食物的表面價值已經脫離了它的價格，吃下它或者不吃下已經不重要，它的使命只是傳遞一種訊息，一種愛或者是愉悅，或者牽掛或者寄託或者希望，更多的是對於美麗的新世界的祝福吧。

啊，那個世界
那個美麗的新世界
我知道
它不是機器　不是玻璃幕牆
它甚至不是科技

啊，那個美麗的新世界
那是番茄土豆洋蔥
能煮出美味的羅宋湯
那是母親和祖母留下的配方
能隨時為腸胃療傷

還有
蕪荽鼠尾草迷迭香和百里香
就在
您要去的斯卡布羅集市
那是神賜予給人類的芳香
洗滌靈魂
讓心安放
別忘了
帶去給你最愛人芬芳

長浪風

陳志堅

黃昏餘暉沒了，蔚荍與平成走到街上。馬路對岸是沙灘，平成揉著腰間，瞬間瞥著蔚荍獨自走過去，她把燈籠放在海上，海水把燈籠帶到很遠的地方。

海風吹拂店前的燈籠，如影。平成端出其中幾個，掛在店前的橫鐵杆上，今天是燈火祭，按傳統遊客都來這裡點燈，就像一年只做一次生意般。蔚荍就這樣坐在沙灘上沒有回到店，她在看遊客點著店舖售賣的燈籠，這店本來就像餘燼的灰，這趟卻死灰復燃，她的確是意想不到。蔚荍回頭看了平成，感覺是前所未有的安祥，這次若不是他，她大抵無法承受身體要被分解和掠奪一樣。此際，微風下，燈籠點染著整個沙灘，沙灘上豎立著「長浪風」直牌匾，遊客都愛到這裡衝浪，也來點燈。而對上一次看見整個沙灘都是燈火，可要數到母親死前五年的日子。

*　　*　　*

那是五年前燈火祭之後的一天。

想起來，蔚荍只可以乾涸、虛脫與耗損來形容當下的狀態。陽光映入店內，佳霜還在內室裡睡，她一定沒有想過，當她起來時母親已離開她們了。蔚荍不是不知道母親與那男子相好，可以說，母親本來是屬於那個家的。蔚荍一直意識到自己的身分，她在意母親在彼岸有另一頭住家，更在意自己的家到底是否只是剩餘。她在

那麼年幼時，一個和煦的早上，母親說爸跟從別的男人出走了，然而，她明明看見爸獨個兒跑進海潮，她還以為爸真愛海，愛自由。

如今，蔚莜沒打算把佳霜弄醒，就像讓她在夢中遠離，沒有過度的干預，佳霜或者仍有一個美好的早夢。是的，蔚莜知道，都這麼個年紀，母親比她更孩子氣，像年輕人不顧一切地離家出走，就連燈籠店也不要了，留下她們和店裡一群蒼蠅，過早享受著鄰家小孩期許著的自由。而事實上，蔚莜知道母親其實只是返回自己本來的家裡。

拓野燈籠店內排上一整排啤酒樽，母親酗酒，已不是這些年的事。每逢母親與爸的關係緊繃，流徙的心靈出口就是眼前的啤酒，爸懂得母親的歉疚，但一個男人又怎麼能承受得起獨自的潰散，誰叫他相信母親的偽語。此刻蔚莜心裡竟是異常地平靜，她沒有遺恨，手不住地撥弄啤酒樽上的蒼蠅，蒼蠅四圍亂飛，然後又回到原來的啤酒樽口上。她手裡捧著燈籠，馬路上不斷流動著的車，海潮流進又退去，佳霜突然從她身旁挺過，坐在店前的橫木椅上，提起木結他彈奏，蔚莜認得是《海街Diary》單曲，清脆而純粹，她感覺自己和佳霜就像是枝裕和故事裡的主角，在現實中等著要拍的電影。

「佳霜，母親走了。」

佳霜拍了幾下木結他，慢著停了下來。

「走了就走了，她本來不就是不屬於這裡嘛！」

「說的也是。只是我們往後怎樣？」

「也沒怎樣，我開始了街頭演唱，那就不用煩著照顧那個酒鬼哦。」

蔚苃吁了口氣說：「也可以這樣說。看妳的表情好像沒甚麼大不了。」

「的確沒甚麼大不了。」

「我也沒有甚麼，只是從來沒想過要打理拓野燈籠店。」

「沒想過就不要打理，反正把它關了，沒有甚麼違逆。」

「我就是怕對不起這個地方，拓野燈籠店是很多人的記憶。」

佳霜就像很懂事般，說：「蔚苃姐，我應承每逢週末開店，不是沒餘地般結束就是。」

「那好，也不瞞人，我已有隨時可上班的工作。」

在毫無預兆下，蒼蠅飛至，佳霜不住撥弄，蔚苃也替她拍打了背。

就在翌日早上，蔚苃開始在燈籠店同一條街上的找換店工作。草老闆退休，獨居老太，她沒有把找換店結業原是為了特意來造訪的遊客，有時就是有些人手邊需要兌換零錢。蔚苃沒有想像生活應如何割捨，總之離開燈籠店更像是生命禮讚。找換店的生活簡單，卻會遇見不同的人，如讀一本書。她喜歡。有時風從玻璃窗底捲入，海水的氣味。沒有人的時候，她看書，看吉本芭娜娜《白河夜船》，也看辛波絲卡《其後》，特別在炎炎夏天，風夾著海水鹽味，沒有冷氣，汗滴在書本中間，

直流進書本的夾縫中。有時蔚苃深深呼吸，胸脯起伏，她會看一看自己的身體，然後在想像是不是有男子會喜歡在找換店工作的女子。明明母親有這麼個男人喜歡，她就只在找換店和草老闆閒在一起。她回頭瞄草老闆一眼，等待良久，動了動，才確認她沒有就這樣死去。蔚苃開始發現找換店沒有足夠的零錢給遊客兌換，於是她索性把拓野燈籠店一直擱著的錢箱帶來，也沒有記帳，反正草老闆待她好，就當是某種對熟人的禮遇。她有時會把零錢盡量排好，排得實在，就把書本斜放在上面閱讀。有時草老闆會坐起來扇涼，風吹過，蔚苃就嘗試感受前頭和後頭不同的風。

佳霜呢，大概早上從沒有在燈籠店起來，直到中午時分，她會自己創作歌曲，寫一些詞，黃昏時逕自在海灘立起帳幔，拉起電線，光影迷離，開始唱著自己的歌，有時也會嘗試唱別人的。蔚苃從來都不理解何以遊客會在佳霜的琴袋內丟零錢，她很確定有些零錢是在找換店換來的，佳霜傳給蔚苃看，蔚苃又把零錢帶回找換店去。佳霜用木結他創作出不少歌曲，草老闆說其中一首是「長浪風」的主題曲，曲調很切合，然而每次問起草老闆，她又忘了是哪一首。至於寫詞，佳霜還得靠蔚苃，晚上好些時候，蔚苃會在燈籠店裡讀詩，她喜歡特朗斯特羅默的詩，還有商禽和夏宇，佳霜記錄了很多詞語，甚至句子，把詩寫在自己的歌詞裡。而即將蒞臨的八月燈火祭，已停辦了好些年，佳霜也在電子平台上發布了演出的消息。

　　　　　　＊　　　＊　　　＊

　　平成把啤酒樽排列在門前，母親和爸日日夜夜都在喝，分明是酒徒，好些時候，兩人喝得天昏地暗，就像沒有甚麼需要依恃，平成每個月給他們的家用都買酒去了。要不是自己在學校的工作，他沒想過怎會有閒餘供養，有時他的確以為自己是囚枷於暗域中的浪人，幾生修來才得這種父母，又或者說學校工作訓練出額外的能耐，他只好每次把啤酒樽排好，把樽退掉換來些零錢，也算是生活的戲謔。平成自小知道母親有另一個家，爸已為母親沒有了尊嚴，像一頭負傷的獸。可爸知道母親愛喝，以為日日夜夜陪她喝就可以留住這個女人。

　　陽光有時自窗櫺映入，照著平成枱上的課業。平成批改了幾份，便隨即攤在床上看著蔚藍的天空，他常常想像自己像天上的星斗，懸在天上又總不會墜落，在藍天後面想必是更自由的世界；但無論如何，他卻也無法與大海聯想在一起，平成只喜愛天空，至於大海就像會令人發噱，陽光是明媚的，海洋有時岑靜得使人害怕。

　　平成就像個自生自滅的人。若不是迫於無奈，他會在學校工作至夜深，從天亮至繾綣的黃昏，直至黑夜，天空就像陪伴著他。這樣一來，那個單位反正就留給爸和母親，每回到家，兩人都像睡了還是喝醉，而他只會穿過大廳，回到自己專屬的房間裡去。

　　這是特別寧謐的晚上。只見爸和母親微醺的臉，兩人就這樣趴在枱上，旁邊幾個啤酒樽，母親手裡的那個樽仍然橫捧著，地上一攤啤酒。就由她吧，也不是新鮮

事。日子不就是這樣蒼白嗎？進入血絲眼球的，令人血脈賁張的，似乎都是一陣陣使人躁動的不安，有時就連窗外地盤打樁也在虛張聲勢。平成別過兩人，在自己的房間裡過著自己的日子。他攤坐在床上看露伊絲·葛綠珂《野鳶尾》，身旁是村上春樹《萊辛頓的幽靈》。他看了詩集再看小說，然後在手機記事本中寫下一些感想，其中有幾個字用橫線間劃著，蕩漾、掙扎、腐爛、摒絕、驅散，刻下可以來形容他自己的，或者就是這幾個詞語。然後，平成提起幾篇學生作業，徐徐的又放了下來，他戴上頭套式耳機，聽著莫札特奏鳴曲，一股突如其來的幽暗感湧入，他握緊雙拳，頭顱上下左右擺動，倒抽了一口氣，緊皺著眉，竟無故地哭了。哭泣過後，平成身體逐漸變得酥軟，終於入夢了。只是，平成沒有料到，當他一覺醒來，才曉得大廳的爸和母親根本是用啤酒仰藥，就這樣無聲無息地，死了。

　　平成替爸和母親辦了喪事，租借了會堂，兩人的照片擱在台上。所有來的人都知道他們是夫婦，而沒有人知道母親還有另一個家。來賓上前慰問，平成點頭表示道謝，他沒有哭，所有人都認為他是傷心過度，有些人在談論他空靈的眼神。其實平成是真的不想哭，也沒有過度傷心，反而，他在等待喪事完結，嘉賓離席，或者可讓他早一點得著安慰。由始至終，絕大部分來賓他都不認識，男性居多，他好懷疑這些來賓都是母親生前留落和無故招惹的，他瞥看母親的照片，沒有甚麼難堪，反而更覺得自己對母親原來有了更多的了解。

＊　　＊　　＊

陽光淡淡，透進會堂。光影隨風映著，會堂內桌上的食物、酒樽和幾隻酒杯就像融化了，外頭的風穿透，打落扇葉，像吹奏般響。蔚苃和佳霜穿著白麻衣。佳霜自小怕熱，汗如豆大，沿著頸項流至鎖骨，再流進衣內胸脯。蔚苃呼吸平穩，眼睛一直瞪著門外的風鈴，就像在等候誰人般，其實她知道沒有人要來。桌上兩枝白蠟燭燃著，一張白布鋪設，母親最終留下來的照片就這樣斜睨著佳霜，佳霜在意，故一直垂下頭沒瞥過母親一眼。

正午三時四十五分。

等候陽光照遍內室，如同兩姊妹在靜謐中等候時間擱淺，租借會堂以兩小時起計算，跑了程序仍不懂還有甚麼未了的事，盤坐在蒲蓆，蔚苃和佳霜卻一直沒有說話。聽著夏蟲鳴聲，就像隨便經年，兩姊妹沒想過就這樣死了個母親，佳霜倒沒有痛感，反正拓野燈籠店從此結業，把店變賣換錢。蔚苃呢，她真實地經歷了這次喪事，才發覺原來自己對母親是多麼的懷恨，就像不住噬咬本來已破損的傷口，只是，為了避免情緒蔓延，她懂得表現平靜。

仍舊是一片平寧，不知何時內室滿光，蔚苃在注視裡頭空洞的房間，就連屍首也沒有，有一刻蔚苃還不理解自己在為誰憑弔，從沒想過一別成了永訣，但向來與母親的關係就像不葷不腥，她也沒有太大所謂，反正是辦了件應該做的事。

就像凝定一瞬，一襲黑影正好蓋著陽光，然後傳來

的是一聲低沉的男子聲音。

「你就是蔚莜吧，抱歉，能這樣直接稱呼妳嗎？而她想必是佳霜吧。」

佳霜的眼珠左右挪動，心頭仍然是懸空著般狀態。

蔚莜卻禮貌地說：「沒關係，我是蔚莜。請問你是誰？」

「還可以是誰？若不是我和我爸，你母親本應原好地在你們的燈籠店裡。」

「那麼，你就是平成先生對吧！」

「對！」

蔚莜點了頭，眼睛瞥向母親的照片，吁出了口氣。然後起來，踱至會堂門口，平成隨她走到門的另一旁。

平成首先開口說話：「我們都有同一位母親，妳不介意我這樣說嗎？」

「怎會介意，你也經過不容易的日子吧！」

「怎麼說，我不感到太過不容易，雖然住在同一個單位，但我就像獨立個體，與他們有著明顯的分割。我反而在想，如果這樣下去，我將會變成他們的負擔，又或是他們變成我的負擔。」

「我雖然不能完全理解你的狀態，但是母親突然離家的那天，我和妹妹也有著相似的感受。」

「理解。我也忘記在甚麼時候開始，從母親和爸照顧我，轉變為我照顧爸和母親。我甚至無法回溯那是個怎樣的過程，就像做夢醒來，而無法重組夢的本質一樣。」

「那麼，我們比較簡單。事實上母親從來沒有認真地照顧我們兩姊妹，記得七歲以後，無論是身體不適，或遇上甚麼困難，我們都會到找換店找草老闆。」

「這不是你們的錯。」

「當然，我沒有說過我們有錯，只是燈籠店就這樣留了下來。」

平成望向了天空，說：「每年『長浪風』的燈火祭是我們這地方的重要活動，這幾年停辦了好可惜。」

「對，所以今年會重辦，佳霜也會在其中演出。」

平成瞪了瞪眼，說：「真的嗎？那真是好事。我還以為『長浪風』要變成只有衝浪的地方。」

蔚苃再深呼吸一下，說：「是草老闆的意思。她花了錢要再辦一次，她想念燈火祭，怕有生之年無法再看得見。」

「原來這樣。」

「但我沒想清楚以拓野燈籠店名號參加，這店要關。」

「會感到可惜嗎？」

「也沒甚麼可惜，反正借出所有燈籠就是。」蔚苃說罷，平成點頭示意。蔚苃回看會堂內，原來佳霜已不知往哪裡跑了。她才想起，此刻，原是母親的喪事。

＊　＊　＊

陽光逐漸消退，盛夏的風仍然溫熱，沙灘上置了好些吹出冷風的電風扇，好些少女在前面享受，衝浪的男子身體金光閃閃，本來就甚是涼快。遊客逐漸來到沙灘，

馬路旁老早泊滿了車，「長浪風」居民似乎已忘了一些傷痛，就在四圍佈置出甬道，遊客擠進來，趕坐在演唱台前。

自下午三時開始，拓野燈籠店重新亮起燈光，趟閘捲起，平成把燈籠逐一掛在橫鐵杆上。蔚苃一直看著平成，真是始料不及，平成終於辭退了學校工作，天天到拓野燈籠店來，說要接管這間店，他說自己原來一直夢想著辦「長浪風」燈火祭，從製作燈籠學起，平成費了三個多月。啊，是真的嗎？蔚苃沒有相信，只是她樂意把燈籠店交給平成打理。

遊客愈來愈多了，不消一會，蔚苃把新一批燈籠抬出來，她甚至跑到馬路上，另開設一個銷售點。草老闆來了，她負責收款，也接受兌換，她還是首次進到拓野燈籠店的內室。蔚苃向每位購買燈籠的遊客點頭道謝，也展示了笑容。平成亦把自己的學生叫來。

天漸黑稠，終於，已停辦多年的「長浪風」燈火祭再次盛開了。

好些剛到來的遊客仍舊擁在拓野燈籠店，平成繼續售賣燈籠。蔚苃獨自坐在沙灘上，回看燈籠店裡的平成，心頭突如其來一份緊張，深呼吸了幾下，胸脯上下搖晃，卻比起以往更加厲害。草老闆坐在演奏台邊陲，指了指後台的佳霜，佳霜握著拳頭示意。然後，音響奏起，台的兩邊綻放花火，直上天空，平成轉身瞪著眼看。佳霜在台上開始演唱，歌很具詩韻，遊客喜歡，以為她是為了甚麼人而創作，或是所愛的人，或是死了的人，然而，於佳霜而言，甚麼都不是。

壞果子

勞國安

敘利亞

Z 來到這個叫伊德利卜省的地方。

多年內戰令這地滿目瘡痍。政府軍和反抗軍不停交戰，其他國家亦參與這場戰事，戰爭看不到有告終的一天。因為家園被毀，到處都有殺戮和劫掠，某些城鎮的居民已經遷走，留下一座座空城。

剛才又來了一場猛烈空襲，支持阿塞德政權的俄羅斯軍隊又向反抗軍的所在地展開襲擊。幾隻鐵鳥呼嘯而過，投下炸彈，一陣撼地搖天的轟隆，附近的學校、市集和醫院都被炸毀。眼前一片瓦礫，汽車在燃燒，黑煙騰騰，原本已經傷痕累累的建築現在只剩下白森森的骨架。留守家園的平民成為戰爭的犧牲品，傷者嘶著嗓子求救，僥倖生還的人擁著死者在痛哭。

Z 在廢墟中盤桓，心想經歷了兩次世界大戰，人類似乎並沒有從慘痛的歷史中汲取教訓，戰爭究竟何時結束？從自相殘殺的行為來判斷，人類仍然屬於低等生物。

巴西

Z 冒充記者，隨「綠色和平」的成員登上直升機。

直升機在亞馬遜森林上空盤旋。一場大火把茂密的雨林燒得體無完膚，留下一道道疤瘢。到處都是樹木屍

骸，零星逃過大難的樹孤零零豎立在光禿禿的焦土上，伸著枯枝，期待蒼天打救。

Z以蹩腳英語問「綠色和平」的成員起火的原因。雖然政府堅稱這是一場天災，但「綠色和平」的成員認為大火是由人造成。新上任的總統廢除了保護雨林政策，鼓勵當地人開墾耕地，砍伐森林建畜牧場，生產大豆和牛肉，供給外國連鎖快餐店。農民於是爭相以火耕方式闢地，非法伐林者亦肆意砍伐，生態環境被破壞，留下的火種，加上乾旱，最終釀成了這場大火。

火災持續了一個月，火場面積達兩萬平方公里，無數樹木被燒燬，野生動物被燒死，原住民流離失所……

絢麗的雲霞正在無際的天空上飄浮，夕陽餘暉傾瀉在亞馬遜森林上，瓊漿金液般把腳下的樹海染黃。Z欣賞著眼前的美景，覺得人類真是愚昧，為了金錢和利益，每天以不同方式消耗地球資源，破壞這麼美麗的星球，難道他們不明白若果大自然受到傷害，最終的受害者其實都是自己？

非洲

幾輛吉普車在津巴布韋的草原上顛簸行駛，Z正跟隨一支狩獵團去打獵。

陽光熾烈，車上的人都汗流浹背。平日過慣舒適生活的富人雖然覺得辛苦，但大家仍然興致勃勃，有說有笑，不時左看右看，期待著猛獸的出現。

半小時後吉普車在一條河流附近停下來，眾人拿起

獵槍準備去捕獵。狩獵員和獵犬憑著動物的腳印和糞便，展開追蹤，不久便在遠處的草叢後發現一群水牛。

他們躡手躡腳前進，時機一到，獵人們紛紛舉槍展開殺戮。聽到槍聲牛群瘋狂逃跑，奔走時騰起陣陣塵土。當煙霧般的沙塵散去後，剛才活生生的水牛，已經一動不動躺在地上（Z假裝開槍，但一直沒有扣下扳機）。

人們沒有因為殘殺的暴行而感到悔疚，相反獵殺帶來無限快感和前所未有的體驗，殺死獵物後大家歡呼拍掌，迫不及待走到「戰利品」旁拍照留念，有人更立即把相片上載到互聯網，向別人炫耀自己的成就。

正當他們忙著拍照時，Z在一棵樹後發現一頭頸部中槍的羚羊。羚羊奄奄一息，翕動著鼻子奮力呼吸。Z不忍心見牠受苦，於是趁無人留意時，把手按在牠的傷口上。瞬間，羚羊脖子上的鮮血便凝固，傷口亦癒合了！

X 星球

會議開始前一刻，Z才趕到會議室。坐下後牠裝作與身旁的Y寒暄，企圖避開主席A帶有責難的目光。

會議開始，室內的燈光轉暗，半空出現一張立體宇宙地圖。地圖上的星體呈現不同亮度，發亮的星球，代表上面住了生物，這些生物有些還處於原始狀態，有些已發展出高度文明。

A以熟練的手勢展開搜尋，把懸浮空中的地圖旋轉、放大和縮小。牠好像已把萬億顆星體的位置銘記於心，不需多久牠便抓住其中一個熾亮的圓球，這時地圖消失，

祂把圓球一拋，一個擁有藍色海洋和陸地的星球降落在圓桌上。

A指著正在圓桌中央緩慢地自轉的星球說：「編號87902056的行星位於太陽系，我們已經有一段時間沒有到訪這星球。上次的報告說行星上已出現有智慧生物，現在是時候去那裡作進一步的評估，審視這些生物幾百萬年來的演化……如同其他星球上的生物，若果他們的演化並不如我們預期般理想，證明我們當初播下的是壞種子。壞種子必定無法茁壯成長，只能生出腐壞的果實，我們要當機立斷，摘除這些壞果子……」

交待完這顆行星的狀況後，A決定委派Z去執行這個任務（Z懷疑自己被A針對）。Z之前去過很多星球做評估工作，但從未去過太陽系。太陽系距離這裡很遠，想起即將要面對漫長而乏味的旅程，Z便禁不住在心裡嘟囔。

英國

酒吧裡擠滿人，鬧嚷嚷的。適逢週末，很多人來這裡消遣，與朋友聚首聊天，看足球比賽或結識異性。各人手上都拿著不同類型的酒，一杯又一杯地暢飲，有些人喝了幾杯酒後便醉醺醺，不停喃喃自語或一搖一擺地行走。

Z繼續進行祂的評估工作，今天祂來到倫敦的這間酒吧，察看人間百態（祂從未飲過酒，呷了兩口後覺得味道很苦澀）。

一個角落突然傳來爭吵聲，引起了Z的注意。兩名穿西裝的男士因為爭奪一位美女而吵嚷，二人滿臉通紅，詛罵一番後便擼起衣袖扭打起來。雙方的朋友嘗試阻止他們打鬥，但最後反而加入了戰團，你一拳我一腳在混戰。

Z見勢不妙，馬上離開酒吧。前往地球的旅途中，Z重溫了上一份有關地球的報告。祂記得有一段影片記錄了一群智人的生活片段，幾名原始人為了求偶而大打出手，一邊喊叫一邊拿著木棍互相追打。Z以為同樣的事不會在文明社會裡發生，但想不到同一幕竟然在酒吧裡重演！看來人類至今仍然無法擺脫原始獸性，進化速度比想像中慢。

印度

Z在新德里一間酒店裡休息，從電視可以見到外面的局勢仍然很混亂，印度教徒與穆斯林之間的衝突還未停止。

早前國會通過《公民身分修正法案》，給予非法移民公民權，印度教徒、錫克教徒、基督徒和佛教徒都因這政策而受惠，唯獨信奉伊斯蘭教的非法移民未能取得公民身分。這項法案明顯排擠穆斯林，反對者出來示威和抗議，各地陸續出現大大小小的警民衝突。後來，不同信仰的信徒互相攻擊，向對方投擲石塊和汽油彈，到處縱火，甚至開槍殺人。被針對的穆斯林成為攻擊目標，清真寺被搗毀，破壞者在寺裡插上印度教旗幟。

　　昨天 Z 在街上親眼目睹一名穆斯林被暴徒襲擊，他剛走出雜貨店便被人圍剿，有人拿鐵棍砸他，有人往他身上狂踩狂蹬。他無力反抗，唯有蜷縮地上捱打，若不是其他穆斯林經過此地，出手拯救他，他可能已被活活打死。

　　Z 來到印度後，發現這裡廟宇林立，滿天神佛。縱使教義不同，但不同宗教宣揚的道理應該一致，都是導人向善，攜手建立互愛團結的大同世界。但根據眼前的情況來判斷，人類的宗教造成分化，造成歧視，有人甚至以宗教之名互相仇殺。

香港

　　深夜裡，Z 的飛船降落在一塊遠離民居的土地上。走出飛船，祂才赫然發現這是一個垃圾堆填區。由垃圾形成的海洋一望無垠，一座座垃圾山猶如被暴風掀起的巨浪，隨時都會把人噬走。

　　Z 看見滿地都是盛滿垃圾的膠袋、破家具、塑膠瓶、玻璃瓶、廚餘、建築廢料、電子產品……大部分垃圾已經稀稀爛爛，風一拂過便傳來陣陣異味。

　　Z 遙望遠處的民居，雖然已經夜深，但仍然可以見到不少燈火。鱗次櫛比的密集高樓，縱橫交錯的車道，顯示這城市的人口非常稠密。從棄置垃圾的數量和種類推斷，這是一個富裕的都市，與地球其他豐饒的國家一樣，崇尚消費主義。人們希望藉著消費得到快樂，但快樂只能短暫維持，他們不但得不到真正的滿足和幸福，

還製造大量垃圾，加快地球有限資源的耗損（新產品不斷推出，舊產品必遭棄置）。

　　幾隻蒼蠅繞住Z團團轉，祂不打算在這地方停留，於是駕駛飛船離開。飛船升到半空時祂俯瞰堆填區，發現廣闊的堆填區很快便會被垃圾填平，但人類慾望的深洞恐怕永遠也無法填滿。

美國

　　Z在紐約執行任務時，順道走進一間商店選購紀念品，左挑右選後祂選了一枚上面印著「God Bless America」的徽章（像所有遊客，每次到訪不同星球祂都會收集一些紀念品）。正當祂想前去付款時，祂看見身旁一名小女孩踮起腳尖，企圖拿取架上的玩具熊。多次嘗試小女孩都未能觸到玩具熊，Z於是抱起她，助她取得架上的玩具。

　　小女孩喜孜孜的向Z道謝，怎料這時她的母親突然出現，她以為Z心懷不軌想侵犯她的女兒，立即上前推開祂。其他顧客見狀後隨即圍住Z，阻止祂離開，這時門外剛巧有巡警經過，巡警進入商店了解情況後，不聽Z的解釋便粗暴地把祂揪上警車。

　　Z在拘留所認識了一名黑人，他的際遇大致與Z相同，同樣因為一場誤會而被逮捕。他說黑人被白人歧視，黑人男性被白人視為罪犯的情況很普遍，幾乎每天都發生這樣的事，白人警察殺害黑人疑犯的事例亦不勝枚舉。

　　調查後，閉路電視片段證明Z是清白，祂終於可以離開警署，重獲自由。

返回飛船，Z脫下黑人的皮囊，露出原本藍色的肌膚。這次事件令Z深切體會到種族歧視的可怕，看著船艙裡掛著的幾副不同人種的人類皮囊，Z知道以後在地球活動時，前往白人的國度，最好還是避免裝扮成有色人種！

泰國

婦科診所裡掛滿白白胖胖的嬰兒相片，職員正向Z講解試管嬰兒的生產過程：「我們首先會替有意生育的男女顧客注射藥物，提升精子和卵子數量和質數，然後醫生會挑選最優質的精子和卵子進行人工受孕。胚胎成功培育後便會植入母體，整個過程需時兩至三周，收費四十萬泰銖……」

Z問是不是可以自行選擇嬰兒的性別，職員說透過基因檢測方法，可以百分百決定孩子的性別，這樣做在這裡並不違法。

職員繼續努力向Z推銷。理解人工受孕的流程後，Z的目的已達到，最後祂以「要先與太太商量後才能作決定」作為藉口，溜出了診所。

離開診所時Z看見一列小孩正排隊登上校巴，這些孩子是不是試管嬰兒？在這星球，人工受孕愈來愈普遍，除了能選擇性別，美國有些醫生更能替父母選定孩子眼睛的顏色和頭髮的顏色。Z預見將來透過基因編輯技術，小孩的外貌、智力和體能都能優化，生命可以按照顧客需要而訂製。人類違反自然法則，傲慢地扮演上帝去創

造和改造生命，終有一天會帶來災難性的後果。

澳洲

融入人類社群，有利 Z 的評估工作。一間超市聘請兼職收銀員，Z 去應徵，借工作機會近距離觀察人類行為。

全球爆發肺炎，澳洲的感染人數不斷飆升，政府呼籲市民不要外出，近日物資短缺的謠言在網上流傳，悉尼的居民紛紛湧到超市搶購物資。

還未營業，門外已經有人排隊等候購物。營業時間一到，顧客便衝進超市，推著購物車搶奪各類貨品。罐頭食品、蔬菜、肉食、礦泉水、清潔用品、藥物、香煙⋯⋯任何物資他們都不放過，貨架瞬間變得空蕩蕩，情形猶如末日即將來臨，群眾要為此作好準備。

兩名婦人搶購衛生紙時發生衝突，互相拉扯頭髮，扭作一團跌在地上。Z 和另一名職員費了很大的勁才把她們分開，經理最後把二人逐出超市。

類似事件近日不時發生，大難當前，為了保命，大家都不理其他人的死活，盡量囤積食物和日用品。遲來的人撲個空，只能空手而回。

中國

Z 差不多走遍整個地球，評估報告快要完成。經過長時間考察，祂得出這樣的結論：人類只是一群穿上衣服的猿猴，他們（牠們）天性殘暴、原始、具侵略性、

貪得無厭、愚昧、傲慢和自私，屬於危險的生物。

人類各方面的發展都明顯走上了歪路，為了拯救這個星球和其他物種，如 A 所說，這些壞果子必定要摘除！

前去調查中國的人權狀況時，Z 在路上遇見一隻流浪狗。因為修路，到處坑坑窪窪，流浪狗不小心跌入一個坑洞裡。這時一名男子途經這地，他想也不想便跳進坑洞裡救狗。男人抱著渾身污泥的流浪狗，一次又一次嘗試爬出坑洞。雖然擦傷了手臂，但他完全不顧自己的傷勢，捨身拯救這頭流浪動物，最後幾經辛苦他終於把狗救上來。

Z 被這情景深深感動，祂想不到有人竟然會冒險拯救一頭低等生物。這人懷有無私的愛，他的行徑就像漆黑中的一點火苗，帶來希望和轉機，照亮人類的未來。Z 相信這些人將會改變世界，或許祂應該給予人類多一點時間，讓這一點星火燃亮起來。

Z 決定重寫手上的報告。

廣西

不知道自己剛剛拯救了全人類的男人把不斷掙扎的狗放進籠裡。狗可能察覺到男人不懷好意，在狹窄的籠裡不停吠叫。男人感到很煩擾，指著狗咒罵，最後更一腳踢翻了狗籠。受了驚，狗才稍為安靜下來。

為了遏止新冠肺炎的蔓延，當局收緊了政策，宣佈珠海和深圳開始禁售狗肉，全國禁吃野生動物相信也是遲早的事。雖然病毒肆虐，但這裡的市民不怕被感染，

一年一度的狗肉節仍會如期舉行。這陣子狗肉的需求很
大，很多人捕捉流浪狗去販賣，藉以圖利。

男人抹去手臂上的血，治理好傷口後便把狗籠放進
貨車，準備把狗送去市場出售。這次捉到的狗並不瘦弱，
更比上次捉到的狗健康（那隻狗患有皮膚病），他想應
該可以賣到不錯的價錢。

自白

曾憲冠

一、

　　S，有些事情過去了也就過去了，也懶得回頭再去看一眼，你說對不對？一天到晚就發生大大小小那麼多事，倘若都要反顧一番，哪來許多閒情逸致。而有些事情卻偏偏不能揮去，更要時時籠罩過來，影響到現在的生活，那真是情何以堪呢！何況，我們正要開拓新的生活，未來就在眼前……

　　所以，我得要說出這些繁瑣無聊的破事兒，一則是為了自己的解脫，希望從此能夠自我釋放出來，與之訣別，一則是為了向你表白一切，好像不告訴你，便無法好過似的。S，我們是多麼合襯的一對，天造地設的 perfect match，人人都羨慕我們，說我們是公主王子、金童玉女。我們就生活在童話裡給他們看，讓他們妒忌死好了。我愛你……

二、

　　我告訴過你，我自小跟爸媽的關係就不怎麼親近，我不管他們，他們也不管我，只要一有機會，甩開了他們，我便感到暢快。那年暑假，剛升上中學，好像特別有這種感覺，那時大約是十一二歲吧，還不是 teen。家裡由於搬遷，整個舊居都給翻轉了，大小家當散滿一地，

準備裝上箱子搬走。經過許多折騰吵鬧，爸媽已經煩得腦袋冒煙，料到就是搬進了新居，又將是不可避免的一番擾攘，於是便想到把我暫時托到一個表親家裡，在那裡住一陣子，待都搬好了才回去。誰知道，一住就住了一個暑假。

這個表親，我後來才知道其實並不怎樣的親，因為那位表叔只是爸爸表哥的一個同鄉兄弟，比表親還要疏的，然而爸爸並不細究的就以表相稱，於是我也就跟隨大人，表叔表嬸的叫了起來。

他們經營一個小店，買賣玉器，地方淺窄，但頗為乾淨整潔。店鋪日間做生意，黃昏打烊後，表叔表嬸便回家吃飯休息。店裡的玉器晚上都用夾萬鎖得牢牢的，但聽說表叔表嬸曾經遇竊，損失不少，所以格外小心謹慎，謹慎得要找個人來守夜看管。好不容易給他們找到了，那是他們一個隻身從大陸到來謀生的遠房親戚，遠得他們也說不清關係，總而言之，多少有點親緣就是。

而這個人，正是現在我要明白告訴你的。

三、

表叔表嬸都稱呼她做月大，其實是月大嫂的省略，因為她丈夫排行最長，所以有大嫂之稱，而據她自己說，鄉下的人都是「月大，月大」的喊她，表叔表嬸也就隨眾了。但要注意的是，這「大」並不唸做大小的大，卻是唸做「歹」，歹毒的歹。「阿大，阿大」的，你說那是黑社會的味道不是？反正聽起來就覺著一股牛屎味。

Shit! 也難怪，從鄉下出來的。

她那時約莫六十多歲，丈夫是早就死了，打仗的時候沒打死，打完仗病死的，也算他倒霉。表嬸說，她有一子一女。女兒很早已經嫁了人；兒子呢，孩提時夭折了，也是因為病。有次她頹然的呆看著我，口中唸唸有詞：「唉，如果我個仔重喺度，都怕已經娶咗老婆，生咗仔囉！」

不過，可笑的是，兒子有病，她竟不去求醫。表嬸問她為甚麼，她說沒錢。問她鄉下有叔伯兄弟，怎麼不向人家想想辦法，她就說：「唔去！唔去求嗰啲人！」骨頭也真是挺硬的。我說，這就是蠢，拿自己兒子的命開玩笑。我們有句歇後語：「寡母婆死仔」，她就是一個活生生的寫照。

S，我們將來都要有漂亮可愛的好寶寶的吧，我們都疼惜他們，讓他們健健康康，幸福快樂地成長，成為新的人類。你看，我總是在憧憬著我們的未來！

四、

月大是個怎樣的人，三言兩語說不清，但總之是討厭。表嬸就不只一次提到，她日間在店鋪幫忙做些閒雜的事，有行家到來走盤，或有客人來光顧，除了談生意的正經事情外，也天南地北的聊起社會人生等等，每有說到生活不容易的，這時月大也就要插上一嘴，說店裡做生意很老實，利錢微薄，要人多多關照，似乎要為店鋪做宣傳。

　　但是，沒兩下子她便扯到自己身上，說自己窮，長嗟短嘆起來：「真係好淒涼㗎，酸甜苦辣自身當呀……」我也聽見過她一個人的時候，喃喃自語，也是「酸甜苦辣自身當」，有時還有甚麼「寄人籬下……」，好像全世界都虧欠了她似的。

　　表嬸有時感到不耐煩了，就曾經直接說過她，叫她自己對著自己說好了，不要在其他人面前亂說，別讓人家以為這裡有甚麼苦頭給她吃。她也就只好沒趣的收口。

　　然而，她惹我討厭，最初是在一次看電視的時候。表叔店鋪裡有一部小型電視機，一遇到播放粵曲的節目，她就湊到近前去，目不轉睛盯住屏幕，豎起耳朵去聽。那次是新馬仔在唱，她把聲音調校得很大，鑼鼓震耳欲聾。

　　新馬仔一開口就扯起了嗓子，咿咿呀呀……咿咿……呀呀，吵得要死。然而，她說：「新馬仔把聲真係靚！」她哪裡懂得音樂，更說不上分辨優劣，不過是人聽她也聽，人云亦云吧了。現在我們都十分愛好唐滌生，知道他編撰的粵劇戲寶文詞優雅，是不可多得的本地文化瑰寶。目前，Chinese opera 已成為受到國際重視的一種戲劇形式，有待我們好好保育發揚。這個優良傳統，決不可輕易斷送在他們那種人手裡。

　　咿咿呀呀……咿咿呀呀……

五、

　　月大很能幹，所以一直都有人僱用她，儘管幹的都

244 | 週末飲茶 02

是些粗活。後來經人介紹，便來到表叔這裡。表叔說，她從前在鄉下的時候，似乎還有些積蓄，後來拿出來做點小小的營生，好像是搓煙吧，但結果錢給人騙了。那人終於給抓去懲治，但她也血本無歸。然而她還得意的說：「蝦尻我！我去小手工業工會告佢，人哋同我出頭，拉佢。」

說到這小手工業甚麼的，還有一件事情，那就是她曾經請我幫她寫信給住在鄉下的女兒。信寫到後面，她千叮萬囑，叫女兒一定要去找小手工業工會的離休老人，帶點東西去問候他。口頭說歸口頭說，這「工會」究竟是「工」會呢，還是「公」會？她當然無法說得清，我也就一前一後寫了兩次，各寫一個。現在回想，那是一些關係到政治經濟歷史的問題，她哪會懂得。我也懶得去深究，反正亂七八糟的。

本來，一直是表叔幫她寫信的，那回表叔臨時有人叫他去打麻雀，匆匆出門，就叫我代這個勞。原來女兒不久前來信，說想她寄幾件衣褲，丈夫也想看《三國演義》，鄉間不易獲得，所以望她寄一部。

我們小學就開始學習寫作英文書信，先寫日子，放在右上方，然後開一新行寫上款：Dear daughter；如果是公函，還得寫上收件人地址。然後是正文，最後收結，Yours truly，sincerely，都有定制。中文呢，也學過，大致相同，就日子調到最後吧。

她女兒叫阿霞，我就給她起頭：「阿霞女兒」。她是個文盲，但不是盲字都唔識多個，她認得自己的名字

（笑咗！），還有數目字一、二、三、四……。但是，她看到我寫的「霞」字，竟然好像也認得，說：「呢個係『霞』？我哋一向寫第個字嘅。」她的意思大概是說「雰」，是個簡化字。我們是不學簡化字的，現在更是不會寫這些殘體字，然而她倒認得。

月大這個人，你看，真是不知所謂，一來就叫我罵她女兒，說我不用怕，儘管罵就是，都是她要說的——

「死女包，我都冇件好衫著，你就要我寄哩寄唊，重要睇乜嘢《三國演義》。以後咪再寫信嚟，寫嚟都唔寄！我冇錢，一個錢都冇，呢副老骨頭重想等你接濟，你重要問我攞，丟那媽！」

但我不懂得把她那罵得面紅耳赤的說話寫在信裡，寫出來總是些十分禮貌得體的文字。寫完以後，她要我讀一遍給她聽，感到有點不滿，要我罵得兇狠點。然而，我只能在讀的時候，語氣加重一些，文字就無能為力了。終於，只好把上款的「女兒」兩字刪掉，以顯冷酷，又不寫信末的祝頌語「順問近好」之類，表示無情。她這種人反正也是「愛無心」的了。

表叔回來，我告知他情況，說真是難辦的任務。他笑笑，說一般都是如此，而其實，「她早已預備好了包裹，連信一起寄出去了。」

六、

你也許已經很不耐煩，是吧？月大這樣的人，有甚麼好說的呢？況且，她的下落也不會有人有興趣聞問。

事實上，我對你說完以後，也就是作了一個徹底的了斷，洗刷掉一種牽纏已久的羞恥。請你給我一點空間，我是多麼難於啟齒啊！

對於月大，我是一到表叔家便迅速感到不滿的。她就像從另一個星球來到這裡的怪胎，忽然出現在你面前，而且和你拉不上半點關係，她的每句說話、每種動靜，都和你格格不入。我在表叔那裡本來不會待得久，她好死還是賴活，都與我毫不相干，可我卻就在那短短的暫住之中碰上了瘟神，或者是瘟神找上門來，令我擺脫不得？

這大概首先和我的表嬸有關。表嬸是個勤勞的婦人，和表叔兩口子一起在店裡幹活，早晚又要操持家務，那時他們的孩子才幾歲，所以也就特別勞累。對我這個突如其來的「客人」，也盡了照顧的責任，實在是無話可說的。儘管與她不算十分親近，但對她很是感激。然而，我的好表嬸，卻竟然成了月大針對的對象。

「衰X，爛X，臭X。天收地殺你隻爛臭X。林錦清，你隻衰X。天收地殺……」

我的表嬸就叫林錦清。甚麼事情呀！說這種話了？是要置她於死地麼？我在已經關上了的店鋪鐵閘外面，聽得很分明，本來要待敲門進去，放好我的足球的，一時也就給嚇得呆在當地了。我站在門外，不知如何是好，從鐵皮的罅隙中向裡面窺望，只見她正在打掃地方，一邊打掃，一邊厲聲說著那言語，聲音中彷彿真的有法術似的。

　　我站著，一動也不動，生怕發出甚麼聲響，會讓她發現。好一會兒，聲音好像停止了，我才鼓起勇氣，用力拍打鐵閘，高聲喊道：「開門呀！」

七、

　　夠可憎可厭的吧？可不是。我又何來遇上這樣的事情！我對自己說，月大這種人，留在這個世上是有點多餘的，死去多少也毋須可惜。如果有一架機槍，閉上眼睛掃射過去，真是沒有一個是無辜的。

　　我不過是把我的足球放回鋪子裡去，我當時是個愛好運動，尤其是足球的少年人，差不多每個黃昏都去踢足球，然後才回到表嬸家裡吃飯。然而，我的噩運原來還不止於此呢！我說，月大這種人，就是應該要下地獄的。下地獄！下地獄！下地獄！重要的事情要說三遍！

　　那天晚上，我又踢完了足球回去，有了上一回的經驗，來到店鋪門前，我便有一陣遲疑，不馬上走近。略為留神細聽一下，沒聽見裡面有甚麼聲音，於是稍為放心，才敢慢慢靠近前去。

　　我從鐵皮縫中往裡面窺望，在鋪面中央的地方，正站著一個赤條條的女體。她在那裡舉著雙臂，把一件看來是剛洗過了的汗衫，晾在一個衣架子上，地板上是一灘一灘帶著泡沫的水。這時，我完完全全看清楚了這個純淨潔白的身體，那雙癟著的乳房已經垂垂老去，全身上下滑溜無毛，在白色光管照明之下的室內，竟然光得發亮，像初生的嬰兒。

Motherfucker! 我究竟碰上甚麼事情了？這是我第一次看見一個女性的胴體，毫無遮掩，沒有任何保留的展現在眼前。然而，那竟是月大這老婆子的身體。What the fuck! 我久久地呆在那裡，我幼小的心給強力的撞擊，腦子裡變得空空如也。我乞求你的寬恕，你能原諒我嗎？隔天晚上，我遺精了。我感到出奇的羞恥，愈到後來，愈是這樣，直到現在。S，你能原諒我嗎？

八、

那年暑假完結之前，家裡收拾妥當，我就回家開學去了，自那以後就再也沒有聽到過那人的消息。現在，在我準備告知你這一切以前，彷彿要有首有尾似的，便忍不住向我的表嬸打聽。表嬸也不甚了然，只說她大概已經不知在甚麼時候死了。

我要對你說的，已經說明白。我渴望得到你的包容，那對於我，是巨大的陰影，不能不一吐而後快，特別是向你傾訴出來。你就當是幫助我，驅除過去的黑暗，讓我們從此一起義無反顧地奔向幸福。我尤其不會把那可恥的影子，玷污你高尚的靈魂。

我交代完我的故事，舒了一口氣，把電腦關掉，閉上眼睛，想到我們的甜蜜的家居……

S，我係好 L 鍾意嗰度㗎！

二一·十二·六

（二二·五四改）

附記：是日蔡耀昌同學短暫遠行，無以為寄，謹奉此文，藉表謝意。

二一‧十二‧十三

Air Drop

愁月 @ 陰翳茶室

青年在巴士上層玩著手遊，忽然，死了。

青年不禁「啊」的驚呼一聲。引得前面的人也看向他。他尷尬地把頭低下，整個人縮到座位裡。

細看屏幕，原來接收到 Air Drop 的傳輸要求，難怪角色突然不受控。

是誰呢？

此時訊息聲響，手機橫幅彈出了一條新聞訊息：「政府認為新一波疫情有爆發風險，呼籲市民多留家、勤洗手、免聚集⋯⋯」但青年正抬頭尋找「兇手」，根本沒有留意到這則消息。何況這種消息已經持續一年多，即便看到，麻目的港人大概也是手指上掃了事，何須緊張？

適時，後方傳來女生的驚呼。他扭頭看去，是一群女中學生。其中一個發現自己把圖片錯發給陌生人，害羞地跟朋友說不想被人發現自己用偶像照造 Whatsapp 的貼圖。

幾個女生哄笑打鬧的聲線，不大不小，剛好被青年聽見。這勾起了他的好奇心，立即按下「接受」。

手機顯示出一張走焦的照片，扭曲的紫色椅子、黑色的長褲，一點點像是身體的肉。如果不是那點點肉色，真的會以為是一條加了濾鏡的茄子。

巴士停下，播報到達「奶路臣街」。他感到人流移動，不過他正沉醉在圖片上。

　　這是哪位偶像的藝術照嗎？他饒有興趣地放大縮小照片的不同位置，但都沒有頭緒。

　　引擎再次發動，全車頓然安靜。這時，手機又響起提示聲，是第二次請求。照片清晰了一些，但角度依然古怪。是一名男子被捆在椅上，在客廳，似乎在激烈掙扎。

　　青年頓時感到無聊極了，只覺又是些煩厭的學生把網絡上嚇人的惡作劇照片到處亂傳作樂，憤而把照片立即刪除。

　　幾秒後，第三次的請求又來了。這次他斷然按下「拒絕」。

　　這群女生太過分了！青年猛地回頭。

　　結果，他甚麼都看不到，後方早已空蕩蕩，一個人都沒有。

　　巴士再次停下，他看出窗外才驚覺來到永星里，趕緊拉起口罩跑下車去，急步走回信和中心。跟朋友見面的時候，他完全沒想起要談及這件關於 Air Drop 的無聊事。

　　巴士下層後座，所有人都在刷手機，其中一人不斷輕點各張照片。有一張是黑色褲管下整齊排列著一隻隻腳趾和腳掌，地上的血跡已有些濃黑。

　　那人喃喃自語說：「誰能幸運地看到最後呢？」但在口罩的遮蓋下，無人發現其動過嘴唇。

　　「男人收到一個包裹，他一邊打開包裹一邊看新聞報導，結果嚇死了。為甚麼？」在幽暗的房間裡，一把

磁性聲線在蠟燭邊徘徊響蕩。咬字輕嘆，引動氣流。燭火搖曳，蠟淚滑落，像是為他的故事動情。

「因為他看到新聞報導說他的粉絲自殺死了。死者割去了大面積的皮膚和一隻食指。而他的包裹內是一個長身皮包，中間用來栓著開合位置的正是一隻塗了鮮紅色指甲油的手指。皮包的材料便是那個粉絲的人皮。」一個聲音沙啞的男生平靜而細緻地說出答案。

眾人面面相覷，一同把目光投到說出答案的位置，又一同回望發問者。

兩人的面目都被濃重的陰霧暗霾遮蓋，僅剩下明亮的燭光映照著的下半邊臉。

不知道是不是燭火的搖曳，發話者的嘴角看起來有絲絲的抖動。

所有人引頸以待，蠟燭也期待得流下了幾滴口水。

「喂，你懂規矩嗎？知道答案也不要說出來啊！這是禮貌，好嗎？這……這……讓我如何帶組呢？第一晚是最重要的。今年已經沒有迎新營，我好不容易才把你們偷偷混到我房間玩一下小遊戲……」話一出口，彷彿眾人都嘆了一口氣。發問者仍在不斷碎碎唸，而其他的學長學姐已忙著打圓場。

「好了啦。你們不用好說歹說啦，我沒有生氣啦。只是不知道怎麼繼續下去了。」學賢怕在黑暗中被人誤會，搶先說出自己的憂慮。

一陣沉默之後，迷霧中傳出一把嬌俏而略尖的聲音：「其實……學長，你也不用生氣啦……你這個海龜湯我

也聽過差不多的。嘻嘻。」

聽到這話之後，眾新生附和之聲此起彼落，紛紛交流起來。

僵動的氣氛一下子熱絡起來，房間的燈光也隨即亮白。眾人不禁輕呼一聲。

剛剛發言的女生留有一頭啡黃的微捲長髮，用手遮著眼睛說：「剛剛 Terry 說的解釋其實也跟我聽的有些不同。我的沒有用手指作材料那部分。」

「哈哈，我以前聽的跟 Angel 一樣。不過 Terry 你的版本超恐怖，在哪聽來的？」其中一個學長發話，讓新生的氣氛沒那麼尷尬。

「Terry 那個不算變態了。我聽的版本更誇張，還鑲上了牙齒。幾年前在童軍露營聽的了。」一位齊瀏海黑髮女生說。

「好啦好啦，原來你們這班新人都在看我笑話，不玩海龜湯了！好好好，等我還想著在疫情下給你們難忘的新生體驗，你們自己好好交流吧。」學賢假裝生氣地道。

「最近你們有沒有在網絡上看到一個都市傳說，說的是有人在巴士上用 Air Drop 亂發一些意義不明的圖片啊？」「有看過啊，最近很火呢。」眾人七嘴八舌地討論，唯獨學賢沒有插話。

「你們在說甚麼呢？」

「這陣子不少人坐巴士時，會突然收到陌生人的 Air Drop 發來些意義不明的圖片。聽說都是些角度奇怪，

構圖扭曲的圖片，或者是失焦的圖片。」Angel 向學賢說明。

「我很喜歡看這些神神怪怪的東西，這事件已有三個月了。我發現論壇有人留言說第四張圖片開始會收到一些恐怖的殘肢照片。但講的人實在不多，就算把照片發到網上，也有很多網民質疑是惡作劇。」齊瀏海女生興奮地說。

「殘肢？」

「是的。比如說一個穿黑色長褲的人，坐在紫色椅子上，腳掌和腳趾都被切下來，整齊地排列好。」話音一落，不少人都叫了出來，有些女生甚至本能地掩起眼睛。

大叫一聲之後，男人的喉嚨發出啵啵啵的聲音。

昏黑的房間只有月亮透過鏽斑跡跡的鐵柵射來一叢光，打在了地上，也打在了男人的臉上。

男人被倒吊起來，活像那張著名的第十二號塔羅牌。不同的是他的嘴和眼都被封條膠黏得緊實。

男人被切開喉嚨之後，彷彿是珍惜這喪失已久的自由般不斷從破口爭奪稀有的空氣，以致於破口發出像小朋友玩耍嘴皮子時噴吐口水所發出的聲響。鮮紅就像口水一樣，不斷地被男人玩樂似的推出自己的身體。

是的。這不是剛才學生們溫馨地培養情感、說說鬼故事的房間，而是空投殺手執行殘酷手段的地方。

這個毫無品味的稱號，是傳媒起的。得賴於他一直用 Air Drop 不斷傳送被害人的酷刑照。因為他的照片多

為扭曲不清，一開始也有稱呼他做迷照殺手、迷幻殺手。

其實，他拍下的死者遺照十分清晰，但能看到最後的人仍未出現。這也是為甚麼他大半年苦悶地在車上不斷傳送這些不吉的照片，卻仍然無法引起騷動的原因——大部分香港人根本沒有空閒仔細閱覽這些照片。

這些迷幻得近乎前衛藝術的照片，倒不是他想掩飾罪行而故弄玄虛，而是他殘忍的變態心理促成的副產品。

他總會把綁架得來的被害人折磨數天，然後在某一天假裝突然有急事般匆忙離去，且「意外地」留下被害人的電話。此時，被害人都會以為是得來不易的逃生機會，艱辛地拿取電話。

當他們好不容易得到電話的時候，會發現手機居然沒有自動關閉，且停留在自拍模式。這對於雙手被綑綁的人來說，自然是一個喜訊，畢竟「解鎖」在雙手被綁的情況下極其困難。這些被害人無一例外地都非常慶幸空投殺手的「不小心」，殊不知這正是他的惡意——希望看到他們死前最後的熱情表演。他假裝離開，在房外津津有味觀看隱蔽攝影機傳來的片段。他喜歡看這些人為了生命拼上一切的最後熱情，深深地被他們一切的行為感動。

當他滿足之後，或者被害人快將使用電話成功呼救——總有那麼一兩個手腳比較靈巧的人，就會入房阻止。在某一次享樂後，他才意外發現當初避免關機而點出的自拍模式，使他得到了無數珍貴的照片——記錄了被害人對生命最熱情的剎那。

他漸漸對這些照片產生不能自拔的情感。他要把這種喜悅傳播出去。

男人花白頭髮上頂著一頂啡色毛呢布織帽子，坐在巴士下層最後的一排座位。與其他老人家不同的是，他沒有在巴士上播放煩人喧囂的經典金曲，而是死死地盯著已經有裂痕的手機螢幕。

當然，在常人看來，他只是眾多像極得了癡呆症的老人之一，根本不會引起這繁忙的城市中任何人的駐足與關心。

自從兒子的屍體被意外發現在垃圾堆填區，他就開始隨機坐上來往旺角、紅磡與屯門的好幾號巴士線。憑著兩元優惠，他每天來來回回好幾趟，已達一年。

老人牢記在社區中心結識的朋友的孫子所教導的方法，只望找到一絲線索。雖然朋友的孫子怕他實在記不住，早已幫他調校好所有設定，並叮囑他「千萬別把手機螢幕關閉，但林伯你也要一直盯著螢幕才不會錯過喔。」但他還是怕忘記任何步驟，手裡緊握寫滿接收 Air Drop 的教學紙條。

由於有人供稱在巴士線上接收過一些疑似是失蹤者或死者的圖片，本來對網絡傳言不甚了了的警方也只能迅即立案，大舉搜查，在多條傳聞是空投殺手活躍的巴士線，隨機截查可疑人士，調查他們的手機。曾有不予查看的市民，警方與大眾都以為一下子已把變態狂魔繩之於法，但在帶返警署後，卻發現只是一些不願被查看私隱的普通市民。

　　兇手人間蒸發，消聲匿跡數月，加上幾次誤捕，事件漸漸淡出公眾視野。警方在三個月後也放棄了廣域搜查。畢竟只有零星證據，茫無頭緒。老人多次哭訴、請願不果，唯有自己在相關路線不斷來回。這次他登上的是52X。

　　忽然，掌中的機器泛起一個畫面，老花的眼睛要拉近才能看得清，顯示著要接收一張奇怪圖片。老人的手指激動地震抖，慢慢移往「接受」。

　　成功收到一張照片。

　　打開後，他發現是一張奇怪的、扭曲的圖片。老人直覺知道自己的努力終於有回報。重複了幾次這樣的操作。收到第七張的時候，圖片清晰顯示著一名倒吊的、被割喉的青壯年男子。任何人看著這張照片，都會覺得死者受盡痛苦以致面目猙獰，但在老人看來，這是他最孤苦無助的樣子。

　　老人自責無法幫助他，沒有在他最痛苦的時刻陪伴他，心中興起千言萬語想對照片說。但他強忍淚水，仔細環視四周。

　　悠閒的黃昏時段，下層的人不多。幾乎都是老人，只有一兩個清瘦的年青人玩手機。

　　老人記起朋友孫子的話：「Air Drop的傳輸距離不長。大概八至九米左右。」於是，他動身往上。雖然人不少，但大多集中前座。後座只有一對情侶與兩名男性。

　　他立即掛上面具般的微笑，走向青年。正要坐下，卻發現青年用Samsung手機玩手遊。於是，他便轉向

更深處的中年男性走去，他早已想好要怎麼請他幫忙使用手機查地址。結果在詢問的途中，手機再次傳來接收圖片的請求。老人立即把手機搶回，匆忙走下樓梯。

此時，車門大開，老人看到之前頂著棒球帽，穿長外套的頹瘦青年下車了。

他趕緊尾隨下車。

他直覺是眼前人。

老人跟隨青年，眼際景色如拉動出印花膠布，由人影樓房，拉到狗吠貓鬧，再拉成樹影泥路。不經覺，周遭景色暗了下來。

青年忽爾轉過身來。樹色幽昏，掩蓋起他剩下的半邊臉。

老人也停下來，開口道：「是不是你？」他自覺已被誘至青年的作案之地。

青年脫下口罩。老人耳邊傳來一把嬌甜的聲音，說道：「是。」

老人的腦袋如遭雷劈。難怪一直都沒有兇手的線索！因為一直猜測的空投殺手，都是壯年男性，才能如此凶殘地把不同男子虐殺。沒想到居然是一名嬌弱的女子！難怪警方多次截查無果。

「為甚麼？」說的時候，老人的眼淚已然掉下。「我只求你給我答案，我好下地獄告訴我那可憐的兒子。」老人自知將成為少女的下一個戰績。

「嘖。可憐？可憐嗎？」少女嬌笑道，踏前一步，皮膚之白襯托出月色更明亮。「我不知道誰是你兒子。

但我一個少女走在這種幽深小道，他跟著我，打的甚麼主意呢？難道還要說嗎？」

老人的腦袋轟鳴一聲，說不出話。良久，嘴唇間流出：「這⋯⋯這⋯⋯也不至於要死吧。」

「至不至於嗎⋯⋯嗯⋯⋯也真的難說，反正就殺了。這兩年的時光也夠人發瘋了。要不，你殺了我吧。好讓我解脫。」少女穩步靠近，把刀子遞了上去。同時，把自己的手機，丟到海裡。

她左手半托腮緣，鼓起嘴巴說：「你知道嗎，你是第一個接收我一幅幅傑作的人。我以為終於找到同好，沒想到你只是個找殺子兇手的無謂人。」少女扁著嘴，把刀子好好地放到老人手上，雙手幫老人緊握小刀，鼓勵他插入自己的心臟。

老人釘立，無法行動。他不能想像有這麼一個瘋狂的人。良久才懂得搖起頭來，跟少女道：「不，我要抓你去警局。」

爭執時，少女有意識地把老人手中的刀引向心口。順勢一仆。兩人都倒在地上。

老人的手立時像一杯不斷澆灌士多啤梨醬的新地雪糕。

老人頂著頭痛，掙開眼睛。看到少女緊蹙雙眉，口湧鮮血，：「哈哈哈，我現在很痛、很痛啊。我不想死，但我、我⋯⋯沒有力氣了啊。」每次吐氣，就像血是多餘的一樣噴出，伴隨一絲絲的狂笑，噴到老人臉上。

老人下意識想把刀子拔出，少女隨即尖叫：「嘩，

原來這很痛……不，啊，對，對，再輕輕的多動幾下，我可能也是這樣對過你的兒子。不，我肯定我這樣對過他！怎樣？看到這種生命最後迸發出來的美麗了嗎？我的生命像這樣使用掉就好了。你有開心起來了嗎？我求你，求你，快用手機拍下，我要看我要看！」

老人用手抹了幾抹臉上的點點血跡，把沾滿血的口罩扯下，爽快地把刀子拔出。

「你……真……浪……費」

老人把與少女死前的經歷在庭上反覆誦述，但法官、陪審團、警察乃至市民，所有人心裡都認為他是為子報仇而殘殺少女，然而老人最終無罪釋放。

疑惑

劉樹華

「師傅，我除了四肢比之前感無力、後腦繃緊及腦脹，痛感有時會在不同部位出現，但主要在頸，手心一直出虛汗，除了氣亂，亦有氣泄？除了昨天提及的聽息放鬆、局部放鬆，練流水式放鬆亦可？」

「師傅，我還是沒救了。連躺著練放鬆功後，四肢尤其手部不太協調受控，整晚失眠。無論行或坐，感覺有股力推住整個人向前。」

「師傅，我昨晚失眠到天亮。有試放鬆功但作用不大，又容易萌生壞念頭。現不太能跟您練站功，我還是暫不上堂。」

我看著許小姐幾天發來的訊息，心中大惑不解，最初不是這樣的呀！半年前她來學氣功，訴說頸椎病、頭暈、走路不穩要靠雨傘支撐、失眠、胃不舒服。經過三、四個月的氣功學習，走路已不用支撐，頭不暈，能入睡，胃也有好轉，為甚麼突然間惡化起來？甚至比以前更嚴重呢？那更應來上堂研究原因呀！

有學員發訊息來，是周小姐。

「劉師傅，我明天有事，暫停一次吧！」

這已是她第五個星期不來了！每次她都在前一天發來訊息，說明天有事、不舒服等各種原因不來。

周小姐只有二十幾歲，不知甚麼原因，走路像個跛子。每次都是媽媽陪她來。我教了她三次站樁的練習，

跛行的幅度神奇地小了，她們母子都很高興！為何不學下去？

唯一的解釋，是嫌路程遠，兩母女自官塘好遠來天水圍。我不太喜歡她媽媽略識氣功的皮毛，就自以為是。也許認為她女兒靠我教的氣功自學，可以成功嗎？

我坐在荔枝角公園遊椅上，等五十歲的陳小姐來學氣功。陳小姐在港島某氣功會學氣功，三天收費三萬元！她只學了一次就不學了。因為身體常不自然動起來，體內有氣亂走，她驚恐萬分！我只教了她三次，外動停止了，但內氣亂走仍使她很不舒服。

我坐的遊椅旁，有個坐輪椅老婦，和她的外傭。

我無意中看老婦一眼，她也看著我，卻嚇我一跳！她帶著世故的、敵意的、甚至仇視的眼神望我，像想和我吵架。公園裡面帶怒容的老人我見過，體弱多病，不受重視呀！但她，好似和我有仇，我可沒歧視她呀！可以想像，她殘廢，兒女又疏忽了她，甚至並不孝順。我避開老婦逼人的目光。

陳小姐來了。我和她走進一個亭子坐下。

她紅光滿臉，很開心。連常來這亭子做運動的中年婦人都說她臉色好了。陳小姐高興地說：「多謝你，師傅！最近我出了問題，在家常手舞足蹈，加上身體一會頭暈，一時胸痛，甚至呼吸困難，醫生卻看不出毛病。我媽以為我中了邪，帶我去拜佛，自然沒用！我去求見兩三個氣功師，一個愛莫能助；一個說我不是他徒弟拒絕了；還有一個叫我放鬆就沒事，那不是說風涼話嗎？

如果我天天這樣，如何工作？如何生活？」

陳小姐想哭的樣子，但迷人地笑看著我，彷彿我是她再生父母。或者，似有點以身相許的味道，連我也不好意思起來。

「師傅，你真是世外高人，只是三次，就使我不再亂動了！」

「據我的經驗，內氣亂走要花長一點時間，幾個月才能治好。」我說。

「沒問題，因為我不再亂動，能正常返工了！」

我教了陳小姐一會動功，再教她坐下閉目練放鬆功。她好用心在練。

我在想：不良於行的周小姐為何不來？卻每星期都發一次訊息說有事，似在愚弄我呢！我抬頭，看見剛才懷有敵意坐輪椅的老婦被工人推進涼亭，仍惡意看著我。

「劉師傅！」

微跛的周小姐和她媽走了進來。

「妳不是沒空來嗎？」我問。

「我行動不便，這是九龍，近了一半，你卻要我去新界你家附近學，為甚麼？」

「我只收妳一半學費，而且妳和陳小姐學的日子不同呀！」

「你分明故意折磨我！」

「那下次來這裡吧！」

「我不學了！」

「太可惜了！為甚麼呢？」

坐輪椅的老婦冷笑道：「這叫做尊嚴！哈哈！」

輪椅老婦和周小姐忽然不見了！

教完陳小姐氣功，她神彩飛揚，微笑鞠躬走了。

周小姐真的發來訊息，說不學了。我的心有點沉重。那輪椅老人的冷笑，大叫「尊嚴」的口號，使我很不舒服。

半個月過去了，每天許小姐都發訊息來，訴說身體的不適，甚至不能上班了。那明顯是對我的折磨，但為甚麼不肯來見我？

有一天，視我為救命恩人的陳小姐忽然發來訊息，說她的身體轉差，每晚失眠，要吃安眠藥。由於割去膽，胃也不好。她每天看中醫、西醫、針炙，花費不少，決定暫時不學氣功。而且，希望我退回這一期四分之三學費，幫補一下。

照道理，學費是不能退的。但她如真手緊……我答應了她。

我在兩天後出九龍教氣功時，親自將學費退給陳小姐。

然後，她每隔一兩天，都會在訊息中說她如何不舒服，問我要練甚麼氣功？我都回答了她。有一次，我回覆陳小姐：妳出來學吧，我可辨症施治，可以按次收費，不必交四次的錢。

「謝謝你！打擾了！」她回答，從此再沒發訊息來。

一天下午，我教完氣功去喝茶，回想學員陳小姐的情況，有點疑惑。她付不起學費嗎？她未婚，沒甚麼負擔。她是大學的高級行政人員，收入不少。而且，之前

她可以一次支付某氣功會三天收三萬元課程,經濟上不差的。她也告訴過我每天看醫生的費用,只是幾百元。現在卻說窮,要取回交來的學費?那顯然對我完全失去信心,並且好像在報復。她從前交給別處三萬元只學一天,為甚麼不向對方取回二萬元?更可疑的一點,既然對我沒信心,為甚麼每天發訊息問我如何練功?到我叫她出來學願按次收費,她就說「打擾了」,從此不再發問。她想免費學氣功?我苦笑了。

還有許小姐,和陳小姐十分類似,經過學習,慢性病已好了五、六成,卻突然不肯再學,又不停訴說身體差了。我教了二、三十年氣功,她們的病完全可以再學一段時間康復的。我懷疑她們的病是自己「想」出來的。這樣的例子不少,例如疑心自己患上絕症,終日在痛苦中。但經醫院醫生檢查,證明沒有病,而他始終不相信。

晚上許小姐又來訊息,說她的病日益嚴重,但醫院不肯接收她。我一時生氣,回答她說:「我叫妳重新每星期跟我學,可以每次評估,妳又不肯!看醫生又沒用,那就去看精神科吧!那肯定是信心問題,心理問題!」

此後一連好多天,許小姐再沒發訊息來訴苦了。陳小姐也是。但我的心對這兩位女學員,始終有疑團存在。來學氣功的人,由於疾病和性格,有三成是心理有毛病的,有的曾看精神科。有時我也要向他們作一些心理治療。

一天下午,我到一處僻靜的樹林打坐,練習「禪密灌頂法」:右手接來天根之光,穿過身軀,經左手進入

地根，人體之光又幅射四面八方，和宇宙之光交相輝映，溶為一體。

「劉師傅。」一個熟悉的聲音傳入耳中。是陳小姐。我張開了眼問：「妳不再來學，多可惜呀！」

「因為你欺騙了我，多收一次學費！」她說。

我想起了，我告訴她，每個課程八小時分四次教，每次兩小時。但她在初學的八次之內，可按次收費。八次後才一次性交四次一學期的費用。她在一月內學了八次。到第九次，她上完堂，我提醒她要交一學期的費用。她卻堅持是第八次，下次才交費。但最後還是交了四次的費用。然後，陳小姐在下一次上堂前不學了，還追討已交的三次學費。

「陳小姐，妳就為了這點小事嗎？妳上堂我有記錄的。可能妳記錯了，也許我錯了，不值得無限放大吧？」

「我回去愈想愈氣憤，幾晚失眠，胃病又復發了，天天在看醫生！我對你已失去信心！」

「既然如此，為甚麼又天天在訊息中說妳如何不舒服，問我如何練功？直到我叫妳再學，按次收費，妳才不發訊息來，卻不肯再學？」

陳小姐沒有回答。

「那是給你的報復和懲罰！」

另一個人出現，是許小姐。

「許小姐，妳來得正好。妳學了半年氣功，幾種慢性病好了六、七成了，甚麼原因不再學呢？但妳又天天發訊息來訴苦，為甚麼呢？」

我為之前說她有精神病而道歉。

「你也欺騙了我！」

「是嗎？」我有點疑惑。

「每堂兩小時對嗎？有一次，你只教了一小時，說有事，下次補回。但此後一連三次上堂，你都沒補回一小時給我！」

「是嗎？真對不起，我是忘記了！妳為甚麼不提我？」

「我認為你是故意的！」許小時有些氣憤，想哭的樣子，「一次不忠，百次不忠！像我和男朋友相愛，結婚的日子都定了，我卻在街上看見他摟抱另一個女子的腰。」

「那是不一樣的呀！」我說。

但許小姐和陳小姐都同時說：「絕對相同！」

我張開了眼，她們都消失了！剛才練功中的幻景，只是靜中生慧的覺悟。我有豐富的治病成功經驗，但對一些兼有心理毛病的學員，有時也無能為力。

即使夢想有限期，努力創作有轉機！
——評 Netflix 音樂傳記電影《夢想限期》

何故

Netflix 的《夢想限期》（*tick, tick...BOOM!*），一套令人非常感動的傳記電影！一套近乎完美地融合了舞台和電影的歌舞劇情片！

《夢想限期》由音樂劇《咸美頓》（*Hamilton: An American Musical*）和《狂舞紐約》（*In The Heights*）創作人連曼路米蘭達（Lin-Manuel Miranda）擔任導演，改編自著名音樂劇作家拉森（Jonathan Larson）的自傳式同名音樂劇，這位「改變了百老匯音樂劇面貌」的名人，大家上網可以輕易可以找到他的生平，安德魯加菲（Andrew Garfield）演活了這位英年早逝的天才音樂劇作家，瀟灑自如，神采飛揚，演得好，唱得更好，勇奪第七十九屆金球獎影帝（音樂及喜劇類），絕對是實至名歸！

大家對安德魯加菲的認識，或許只是「被腰斬了的第二代蜘蛛俠」（Amazing Spider-Man），卻忘記了他曾經是「鋼鐵英雄」，更憑著米路吉遜（Mel Gibson）執導的《鋼鋸嶺》（*Hacksaw Ridge*）同時獲提名第七十四屆金球獎和第八十九屆奧斯卡金像獎的最佳男主角，雖然他在二〇一七年後彷彿「沉默」了，卻在

二〇二一年「驚喜再現」。

《夢想限期》沿用拉森當年創作的歌曲，旋律動聽，歌詞有意思，拍攝更充滿心思，特別是〈Sunday〉一幕，突然將主角工作的餐廳變成舞台，卻沒有浮誇的感覺。除此以外，〈No More〉、〈Johnny Can't Decide〉、〈Real Life〉、〈Swimming〉和〈Come to Your Senses〉這幾幕都好精彩！遺憾缺乏了一首像《夢斷城西》（*West End Story*）的〈Tonight〉、或是《貓》（*Cats*）的〈Memory〉的代表性歌曲。

《夢想限期》以上世紀九十年代初的紐約為背景，記錄了快將三十歲的拉森如何在百老匯掙扎求存，他在開場時自嘲「是這類物種僅剩的其中一個」，他努力創作的音樂劇《傲慢》，一直找不到製作人願意投資，他只好一邊創作，一邊在曼哈頓一家餐廳打工維持生計，挫折中，令他困惑是否應該繼續在追夢，特別是一起長大的好友 Michael 放棄演員夢後，竟然得到廣告公司的高薪厚職，還搬進了豪華大屋。與此同時，他和女友 Susan 因為發展方向不同而面臨分手……

拉森咬緊牙關，終於等到《傲慢》進行工作坊的一天，在業界也得到好評，無奈卻像他的經理人 Rosa 所說，《傲慢》對百老匯來說「太文藝」（劇名刻意選用拉丁文「Superbia」，而非英文「Arrogance」），「遊客不會願意花錢去觀看宇宙飛船和機器人的音樂劇」，最致命是成本很高。拉森瞬間希望幻滅，好友 Michael 也罹患愛滋病，女友 Susan 更正式跟他分手，由人生的高峰，

跌落低谷中的低谷。

　　雖然鬱鬱不得志，但拉森仍沒有放棄，他聽從 Rosa 給他的建議，立即開始寫下一個故事，寫完了再寫另一個，因為這就是劇作家的生涯，連續不斷的寫作，不斷的投稿，直至有回應，但最重要是 Rosa 給他的忠告：嘗試寫他了解的事物，Jonathan 從此找到貼地的寫作方向，在作品中探討多元文化、用藥、同性戀、愛滋病等社會議題，先後創作出只有一琴一人和樂隊的自傳《夢想限期》，以及讓他名留青史的《吉屋出租》（RENT）。

　　《夢想限期》的台灣譯名是《倒數時刻》，因為拉森一直認為三十歲後不再年輕，他的創作生命正在「tick, tick...」的倒數中，殊不知他的生命也在倒數中，一九九六年《吉屋出租》首演前夕，他罹患主動脈瘤猝逝，終年三十五歲。《吉屋出租》連續演出了十二年，是百老匯史上第十一齣最長壽作品，拉森亦獲追頒最佳音樂劇等三個東尼獎及普立茲戲劇獎。

　　《夢想限期》是一部充滿視聽之娛的勵志電影！從事創作的朋友、尤其是仍然為了夢想而拼命奮鬥的年輕人，應該特別有共鳴！

　　透過創作，或是任何我們熟悉的事物，即使生命苦短，即使夢想有限期，即使每天都是倒數時刻，只要我們不放棄，我們也有機會衝出亞洲，改變世界！一起努力！加油！

無心弦管向人幽——格律詩創作芻說 [1]

陳煒舜

　　酈老師、朱老師、就雄老師、偉豪老師、在座各位師友，大家午安。非常榮幸有這個機會來參加璞社的座談會，酈先生剛剛的致辭令我非常汗顏，我覺得璞社非常好，可以堅持有詩聚切磋、定時安排座談會，雖然剛才酈先生說中斷了一段時間，但現在已恢復，我覺得這是共修的動力。我自己一路以來可說是獨學無友，所見非常鄙陋，因此萬一有些話講出來可能會貽笑大方，請大家多多包涵。我個人覺得這是最難準備的講座，之前準備一篇論文或簡報可能半日、一日便完成，今次講座我想了三、四天，也不知道寫甚麼好。這次講座我思考了很久，本來打算一點一點將自己的想法講出來，也準備了一些前人的詩歌，但就雄兄希望我多談些自己的作品，這就更加困難。送給就雄兄的《薇紫孌紅稿》，是我第一本詩詞結集，我之前寫詩寫完後多是隨手放一邊的，沒有特別去整理，詩作有時找到，找不到便作罷。我前年有一年研修假期在台北，因此想把這段時間累積的作品匯集起來，主要記錄一點自己的想法，與詩的一點緣分，就是如此而已。就雄兄叫我多舉自己的詩，這

1　本文為二〇一九至二〇二〇年度璞社主辦「璞社古典詩藝座談會」（第十一會，二〇二〇年十一月二十二日下午二時至四時）之演講稿，由劉沁樂先生根據錄音轉錄為初稿，再由本人訂正。

是很困難的事情。我找了很久，找了幾首見得人的作品，裡面也實在沒有甚麼大才識，讓大家見笑了。

在開講之始，請容許我分享一下自己的創作經歷。我在香港長大，家裡南腔北調，有國語、上海話、廣府話，這幾種方言一交會，我就領悟到甚麼是入聲。粵語的入聲縱然保留得非常完整，但「只緣身在此山中」，若不道破，未必會明白。上海話雖有入聲，但韻尾已經變成深喉音，不太清楚到底是收 -t、收 -p 還是收 -k。至於國語，當然是沒有入聲的。大概小學的時候，我嘗試去創作舊體詩，自己領悟到平仄的道理。中學時，剛好何文匯老師開始創辦全港學界律詩創作比賽。我不記得是一九九〇還是九一年，那年評判有何文匯教授、黃兆漢教授、常宗豪教授三位，何文匯教授第一次見到我——那時尚未設置面試環節，就問我七律平起式如何、仄起式如何，問完後確認了我不是「請槍」找人代作的，才開始與我進一步談下去。後來參加詩詞比賽又與鄺老師互動過，還有黃坤堯教授，以及很多其他師長，獲益良多。比較可惜的是，我進大學後，詩歌創作方面幾乎中斷，因為我在中大本科讀的是工商管理，一直很忙碌，精神壓力很大。那時年紀尚小，不太懂得以詩歌去紓解壓力。碩士班我考入中文系，發現——嘩，老師、師兄、師姐們個個都是高手，因此不太敢班門弄斧。所以，自己由大學一年級至博士三年級這八年間，甚少創作。我博士班畢業那年剛好碰上非典肆虐，待在家中。那年洪若震師兄、卜永堅師兄組織了詩社，邀請我加入，大家

主要透過網上電郵交流，那時開始多了創作詩歌，一直到現在。我後到台灣教書前後六年，二〇一〇年回港。回到中大後，工作壓力也很大，這時開始學會通過舊體詩創作去紓解壓力，在創作過程中亦有少少個人想法，或者可以向鄺老師及各位師友分享，講得不對之處，還請大家多多指正。

就雄兄要我定一個題目。我這份簡報中好多詩作都是從自己的臉書帳號中找出來的，合用的就放到簡報中，可以說符合我自己一種「斷章取義」式的運用——包括標題中的「無心弦管向人幽」這句。這首詩是我七年前的塗鴉，題為〈紀夢〉。有天晚上我在夢中至一所在，海水搖漾接天，於是唸誦起〈西洲曲〉：「捲簾天自高，海水搖空綠。海水夢悠悠，君愁我亦愁。南風知我意，吹夢到西洲。」早上起來，便隨興拼湊成一首七律：

> 紛紜一夢到西洲，偏誦海天搖綠謳。
> 解意芙蕖照水碧，無心絃管向人幽。
> 幾番春暮花同暮，叵耐君愁我亦愁。
> 長逝入懷風正好，願乘明月弄扁舟。

其實我在多數情況下，創作是比較隨意而無心的。我很少參加詩聚，寫完只是給自己看，頂多給大家笑一笑。這樣有一個好處，一方面來說本來是很大壓力的，寫一首詩不用花太多時間，可以紓解一下；寫出來雖然未必令人滿意，但可以將壓力消除，沒有壓力時寫出來

的作品會比較輕鬆自在，我覺得這是比較重要的。正如我們經常看到這樣的報導：有很多特異功能的人，在家中發功沒有問題，如果有鏡頭對著，就很緊張、難以發功，會有這種情況。如果要我在很正經的場合寫一首詩，有時未必寫得出來；如果是輕鬆的、寂寂無人的場合，倒沒有甚麼問題。把標題「斷章取義」地訂為「無心弦管向人幽」，就是這個原因。至於作為插圖的這本《薇紫孌紅稿》，是我去年在台北研修假塗鴉的，薄薄一冊，當成日記去寫。今天談到的拙作，大多數也收到這本集子裡面了。

我很遲才使用臉書，大約是在二〇〇九、二〇一〇年才開始，當時準備回香港了，主要為了與台灣師友保持聯絡。回港後，發現臉書的用途開始慢慢轉移，可以通過臉書與同學溝通。有些同學很怕羞，很難與他面對面聊天，所以需要有一種較為「被動」的方式，至少讓同學知道我不會吃了你（I won't eat you up），所以我會在臉書上分享一些學詩心得，令同學與老師之間有一種親近感。寫了一段時間後，覺得單是一首詩光禿禿放在這裡，大家不太會有興趣看──正如大家讀《紅樓夢》，見到有詩出現時多數會跳過去，大概要讀到第二乃至第三遍時才會細看。所以，如果臉書狀態中只放一首詩，沒有鋪墊，可能十個讀者中有九個都不會去看。後來我覺得有些話應該點出來，在詩以外需要有文的補充，所以在臉書發帖時在詩作前面都會補充講幾句，大家想看就看，沒空看也沒關係。這十年來在臉書上發的

內容幾乎都與詩有關；尤其二○一八到一九年間在台北假期中寫的詩，我將之結集成這本書，遲些再奉呈各位指教。

接下來，我先談一談自己對創作的幾點淺見。第一點我先從對聯講起。我當年就讀的中學鄰近花墟，當時常去那裡一間太子餐廳，至今還繼續去，與餐廳老闆很熟。有一年春節，我為老闆撰了一副對聯：

太平即以食為天，珍饈旨酒；
子夜猶和花作伴，菊露蘭英。

寫好了請洪若震師兄命筆。老闆是書法家，他看過對聯後，非常喜歡。但有一位朋友問我，不論作詩還是對聯，都要「唯陳言之務去」，這副對聯中「以食為天」幾字已被人用得熟爛，是否屬於「陳言」？我的回應如下。其實，我也很介意將余光中所謂的「罐頭語言」放進詩裡。我們不時調侃「老幹體」之類的陳言，那麼如何避免「罐頭語言」呢？我覺得第一就是要通人情。人的情感幾千年來都是這樣，不大會變的。你有剎那間的觸動，想把這種情感寫出來。但這種情感可能前人就有，甚至前人已經把這種情感通過很好的文學語言書寫出來了。這個時候我們還能怎樣去寫？我們就要嘗試用自己的語言去寫，嘗試用一種新的表達方式去寫，所以要「師其意不師其辭」——這是韓昌黎講的。我認為「民以食為天」是一個大家都知道的熟典，我想把這個熟典變一變，也

就是 twist 一下。雖然聯中「以食為天」四字會指向原來典故的意思，但少了一個「民」字，這句就變得有更多調整的彈性。所以我寫道「太平即以食為天」，「太平」與「以食為天」放一起就可以產生不同涵義。我朋友聽完解釋，表示贊同，還「詮解」道：「此句是否指：只要天下太平就『有得吃』呢？還是有其他言外之音，是指為了太平，所以大家要『以食為天』呢？」不管怎樣「詮解」，多重涵義無疑就產生了，而產生多重涵義便達到了我的創作理念，而不是單單把「民以食為天」這句生吞活剝地放進對聯。因此我覺得對於創作舊體詩來說，「師其意不師其辭」也好，或者反過來「師其辭不師其意」也好，都是十分重要的。

我任教大一必修的「詩選及習作」課時，發現同學在中學時代未必創作過舊體詩，但很多都寫過新詩。我記得許多年前讀本科時聽杜家祁老師的課，她說聞一多、余光中這些詩人的作品不是不好，但是「如今已覺不新鮮」了。一霎二十多年至今，新詩的創作更加求新，而且往往求的是一種尖新，相對而言舊詩又應該如何呢？我覺得舊詩不是處於新詩的反面，它不是一味求舊，卻應該是「半新不舊」。有些地方要新：意思要新、措辭要新；有些地方要「不舊」，「不舊」的意思是說不可以陳舊。其實歷朝歷代的詩歌都在求新，當然所謂求新是以前人為基礎、作參照的。漢語神奇的地方，就是任何兩個方塊字放在一起都有可能產生「化學作用」；但這種尖新可以在新詩出現，在舊詩卻未必完全行得通。

所以新詩一味求新沒有問題，但舊詩應該「半新不舊」、既新且舊，才是一首比較好的舊詩。

　　接下來我想分享一下自己平時是如何創作。手機對我來說是非常重要的作詩工具，拿在手上按，按完便了事——我看到朱少璋老師會心一笑，想必他也是如此。另外臉書帖子發了還可以修改，例如這一首七律〈題秋葉，台北一江街所拾也〉是我回港的第三年，那年十一月回台北開會時經過一江街所寫：

> 長風九萬一朝培，小巷窮深落錦灰。
> 勻注紅脂猶酩酊，獨隨清影共徘徊。
> 寂園徑曲妨輪跡，斜月樓高入酒杯。
> 客意正同秋意冷，幽窗更出幾枝梅。

　　我在台灣工作時經常會去那一帶，也很喜歡去。但寫這首詩時比較特殊：我回台灣多數在暑假，農曆年假期太短，聖誕則要改卷，也沒有時間，所以很少見到台北的秋天。這次很難得有機會在十一月回台北，台北緯度又比香港稍高一點，有一種久別重逢的感覺，物候的轉移令我身心有所變化。印象中那天晚上沒有甚麼人，台北有很多小巷，我在小巷中流連了一番，臨走時心想不如拾一枚樹葉留念。烏燈黑火看不太清楚，怎料回飯店一看，發現那片樹葉有漸變色彩，甚是漂亮，於是便寫了這首詩。這首詩中，我嘗試挪用前人的話，再加一些自己的意思。我稱那片樹葉為錦灰，因為葉上略有缺

口，好像書頁燒了一點的痕跡。另外，第三句又把宋徽宗〈燕山亭〉中「淡著胭脂勻注」的意思放進去。尾聯寫翌日清早要乘飛機回港，所以「客意正同秋意冷，幽窗更出幾枝梅」。那時台北一些人家種了簕杜鵑（又稱九重葛、三角梅）盆栽放在窗口，那一剎那的感覺非常觸動我，古人所言「應物斯感」或者日本文化所謂「物哀」的確是很有意思的。這對於我們日常生活來說很重要，當我們靜心聆聽大自然，再結合自己當下的思維，我想是會有所感觸的，物候感是我創作中經常出現的主題。

我有時很想寫一些特別的東西，我關注神話研究，曾經寫過一篇短篇論文，討論所謂「罔兩」的，關於罔兩的問題，黃耀堃老師認為是疊韻連綿詞，我則傾向於錢玄同的說法，原本為「不二」之意——亦即英文的 neither 及拉丁文的 neuter，莊子則採用為所謂「影之影」或「影外微陰」的意思。有一次剛好要報告這一篇論文，想搜尋圖片，怎料卻搜到一幅可愛的小貓照片，燈源照在小貓身上，投射出兩個貓影，這幅圖片的兩個「半影」完全符合罔兩的意思。而這首〈題照：一貓二影之圖〉就是臨時起意之作：

縱非虎視六眈眈，剎那陰陽仔細參。
黑白交融光罔兩，微明相對影成三。
自無鳥鼠同追北，不待星辰更指南。
歸去惺忪且偎竈，天機豈必問莊聃。

　　創作時，我就想如何用詩歌把罔兩黑白交融的意思表達出來，又要扣著這幅貓相去寫，不可以寫其他東西。這裡我突然想起從前報考中大中文系碩士班有一段掌故，酈老師不知道有印象嗎？這是一九九○年代的傳聞，不知真假。中大中文系哲學碩士班的入學考試，要就著命題作一首七言律詩。據說因為不限韻，所以有人預先寫定頷聯和頸聯，考試時就可以「百搭」，無論甚麼命題都可以搭配。我本科讀商學院，傻傻考進碩班後才聽到這個傳聞，不知真假。碩班入學考當然早已取消了，但我在課上仍會跟同學說，所謂「百搭」不是真的能百搭：如果寫的是詠貓，就不能用於詠狗；預先作好兩聯，除非意思十分空泛，才能百搭，但這種詩句的優劣，閱卷員是不難發現的。我覺得這一點非常重要。剛才談及的「應物斯感」那首比較偏向於抒情，而這首則有帶有一點遊戲性質。我覺得這種遊戲感可以訓練自己，將一些比較新奇的、比較少人寫的內容用舊體詩方式表達出來。這是我又一種創作方式。

　　另外一種寫法，就以不久前寫的七律〈紀夢〉為例：

百載煙霞夢裡長，峨冠博氅自曛黃。
人君之道死社稷，稚子何辜咨壽殤。
一段沈吟猶故國，幾番聖詠對先王。
而今漫說官天下，身後洪波總不妨。

　　有時我們夢醒後很想把夢境記錄下來，如果可以將

夢中那些支離破碎的片段，用一段比較完整的文字寫出來該多好啊！如果讓人們來選擇的話，也許會覺得新詩會比舊詩更適合寫這類題材，其實未必。這是不久前一個很神奇的夢，我夢到自己置身一座山中，接著進入一個大廳，遇上一群東正教教士。他們正要舉行一場聖禮，邀請我一起參加。我中學時代便參加過合唱團（choir），自己也喜歡唱世界各地的不同歌曲。但他們唱的那些俄文聖詩，我不太熟悉。不過唱到最後一首，我竟然可以和教士們一同唱，每個字都記得，唱完我便醒了。醒後我才想起那首歌是沙皇時代的國歌，回想夢中那個聖禮似乎和尼古拉二世有關。我不知道為何會做這樣的夢，但覺得十分特別。幸好醒後仍有記憶，於是嘗試用舊體詩形式把這個夢寫出來，如頷聯講到所謂「國君死社稷」，而尼古拉二世的兒子其實是無辜的。我想起淨空法師的一句話：「家天下有家天下的好處。」因為「家天下」是父子相傳，後輩繼位後往往覺得某些良法美意來自於父祖，所以會承繼下去，如果是「官天下」，新上台的人如果不點三把火，怎能證明他做過事呢？因此索性把前任的措施改一改。政治不必討論太多，我只想從人情上去講，於是便寫了這首詩。話說回來，有時夢裡會有些詩句出現，但可惜的是過去這麼多年，夢裡的詩句在醒後一句也記不清。我不知道各位老師有沒有類似經歷，像古人一樣在夢裡想到一些詩句，醒後仍記得，可能是一整首，也可能是一兩句，在醒後續寫成一首詩。我在醒後記不得夢中的詩句，但圖像、圖畫卻記得很清楚。

有些心理學家說夢境是黑白的，我這個夢顯然可以作為反證：那些東正教士們的長袍都好華麗。

好，接著下一首〈拜收朱少璋博士新輯《艤舟集》〉，談的是朱老師送給我的新書《艤舟集》。這是一個很典型的例子：

恰值梯航渡海時，相隨獲此百篇詩。
大成無缺蒼天璧，小寐猶耽紅豆辭。
騁目風窗來落日，寄身雲幛覺寒衣。
欲吟蔣黑魂先斷，回首長安事已非。

朱老師寄這本大作給我的時候，我剛好在台北研修中途回港。那一天很晚回家，第二天清早去機場前打開信箱，便看見朱老師的書，真幸運，如果沒有開信箱就不能第一時間在飛機上拜讀朱老師這本大作。周棄子是我非常感興趣的詩人，我第一眼看〈蔣黑兒〉那首歌，很受觸動，尤其以長篇歌行的形式寫到張作霖、九一八事變，令我非常感嘆。於是我把一些想法寫下來，也希望記下我在飛機上讀這本書的經歷，於是便有頸聯的「騁目風窗來落日，寄身雲幛覺寒衣」。朱老師送這本大作給我，我非常感激。但我不太希望以應酬的方式來寫詩答謝，而是想把自己的感情寫進去。這首詩是我看了書後有感而寫，也許看不出特別多謝朱老師的意思，算不上甚麼酬答詩，但寄託了自己的心情，這也是我創作的方向之一。

下一首〈看記錄片 pavarotti: 歌劇人生〉是去年十月十九號看帕華洛蒂（Luciano Pavarotti）記錄片後所寫：

澡雪精神羅馬池，問君何憶復何思。
汗城為唱星辰落，粉面難容涕淚垂。
英烈氣橫三倍 F，海潮音在最高 C。
廿年已慣笙簫寂，一片初心總不知。

我從小便喜歡帕華洛蒂。從前有人問我喜歡杜明高（Placido Domingo），還是帕華洛蒂？我說更喜歡杜明高一點。那人又問：是因為杜明高英俊嗎？我說不是，是因為我覺得杜明高比帕華洛蒂用功。鄺老師可能也會有這樣的同感：帕華洛蒂的聲線絕美，但他唱法文、英文歌……唱甚麼都有意大利口音。杜明高會主動去學不同的語言，希臘文歌曲他會去學，希伯來文歌劇他會去學，中文歌他也會唱。所以我覺得杜明高是非常勤力的一個人──雖然他的音色略遜於帕華洛蒂。那天晚上看帕華洛蒂的記錄片，雖然斯人已矣，但想起他的往事，有種「追星」的感覺。多年前我常去圖書館借他的錄音帶來聽，那種少年時代的感覺突然浮現出來。所以電影一散場，我便寫了這首詩。我嘗試中西夾雜，把一些外文的素材放進去。但縱使中西夾雜，卻不想營造一種打油的感覺，我認為是可以做到：譬如說「海潮音在最高 C」──帕華洛蒂的高音 C 是最有名的。有人也許會問：

你可否把高音Ｃ「兌換」呈中國傳統的五音十二律？我不太願意，因此乾脆寫下「海潮音在最高Ｃ」這句。當然這樣一來，對上聯就有點麻煩，因為上聯收仄聲嘛。我想來想去，用一個輔音收尾的英文字母Ｆ去對吧，所謂三倍Ｆ就是fff——義大利語fortississmo的縮寫，表示極強。如果是Ｐ字母，就不可以當去聲用，這很有趣。如此中西混合在一起，並非要營造搞笑打油之感，而是為了召喚記憶，所以我不太想採用「黃鐘」、「大呂」，而是選擇「最高Ｃ」，以免因風格變化而導致主題偏移。

另外一種是寫七絕的論詩詩或紀事詩，這是我這幾年撰寫一些小書時常用的方式。有的是與文章同時寫，有的是事後寫。比如我之前曾在報紙寫專欄，然後把專欄文章結集，先後出了好幾部書。大概四、五年前，我推出了〈歷代帝王詩漫談〉系列，前後寫了六十一篇。但報紙刊登之際並沒有同時寫論詩詩，而是停筆後回憶起自己寫過些甚麼，就把這些論述、情感濃縮、總結起來，每篇題一首七絕，是為〈論歷代帝王詩〉。我目前正在指導一位同學撰寫本科畢業論文，他對張玉穀的《古詩賞析》有興趣，他想研究書中前面那四十首論詩絕句。他為了一個問題而苦惱：張玉穀是先寫了這組詩，還是先寫了賞析文字，他找不到任何證據。我的看法是：按照創作經驗，一定是先寫賞析文字——如果寫了那四十首論詩絕句再寫書，如果內容對應不上怎麼辦？難道又要重新改寫詩作嗎？因此，我相信張玉穀很可能是先寫散文體的賞析文字、整理好思緒、將論點梳理、清晰，

完成後再補寫一輯絕句。我自己也是採取這種方法。像明清很多論詩詩、紀事詩、竹枝詞都是與文相配，有詩文兩者互補的作用——無論文的部分是文言還是白話，抑或純粹的注釋。我會用這種方式去創作，這是我的興趣之一。在寫作過程中，我發現七言絕句很好用，但七絕的問題在於以近體為主，七言古絕除了竹枝詞外，往往只出現於組詩。五絕則可以單獨採用古絕體式，可惜篇幅太短，風格太古樸。各位老師一定也有這樣的經驗。即使唐宋時人，七言古絕多數是作為組詩中的一首，那一組詩內有必然更多近體七絕，偶爾夾雜一兩首古絕，就像佐料一樣調劑一下。如果單獨寫一首七言古絕，可能是怕被人批評不合律、功夫不夠，所以我們一般還是用近體的形式去寫七絕。再者，因為絕句不必對偶，七絕又比五絕長，風格更為多樣，所以作為論詩絕句、論詞絕句乃至於論曲、論畫、論書都沒有問題，是一種很好的方式。

　　我寫完這六十多篇帝王詩漫談的文章後，有比較深的感觸，所以補寫論詩絕句時基本上是隨口而出，不用細想。例如楚霸王〈垓下歌〉和漢高祖〈大風歌〉，吉川幸次郎比較過〈項羽本紀〉和〈高祖本紀〉，劉、項兩人即興唱完楚歌後皆是意氣慷慨、流涕數行，可見失敗者和成功者最後對於命運的嗟嘆是一樣的。吉川的說法我覺得非常好，所以我寫道：

　　宇宙無涯可奈何，數行涕淚數行歌。

人生慷慨同悲喜，漢界分明是楚河。

至於論唐玄宗這首，我也有一些特別的想法：

盛唐天子字阿瞞，風骨於茲復建安。
御制林鐘內家調，長生長恨溯初瀾。

大家都知道敦煌卷子裡有一首慢詞〈御製林鐘內家
嬌〉，既然題為御製，肯定是皇帝寫的。任半塘先生認
為這應該是唐玄宗的作品，內容為詠嘆楊貴妃修道的情
景。剛好唐玄宗的小名和曹操一樣，也叫阿瞞，所以首
聯「阿瞞」、「建安」算是一語相關，把唐玄宗與曹孟
德扣在一起，比喻盛唐詩恢復漢魏風骨。至於尾聯則把
這首曲子詞和〈長恨歌〉、〈長生殿〉連繫在一起：唐
玄宗自己的這首慢詞，是否就成為了日後〈長恨歌〉和〈長
生殿〉的文學濫觴呢？當然，這只是感性的猜測，不是
寫論文，沒有進一步去考證，只是我當下的一種想法和
感嘆。這就是我近四、五年的一種創作習慣：有時寫一
篇短文，寫完後便會創作絕句，當成一種對話及補充。
　　此外，有時特別有感嘆，我會寫七古，但七古我寫
得不多。這首是我昨天晚上搜尋時發現的作品，詠嘆白
先勇的《謫仙記》。一九八○年代，大陸導演謝晉將《謫
仙記》改篇成電影，請潘虹做女主角，飾演李彤。雖然
有人覺得林青霞比潘虹更適合，但我覺得潘虹自有潘虹
的好處。我尤其記得電影最後李彤回到威尼斯一幕：當

年國府委派她父親到威尼斯當大使，所以她在威尼斯
出世。她經歷了大陸易幟後一連串的巨變，在美國又經
歷許多坎坷，終於回去威尼斯。她坐在威尼斯運河邊喝
咖啡的時候，有一個老伯演奏小提琴，拉完後，她打算
打賞，突然老伯用上海話問道：「儂是中國小姐？」她
很詫異這個外國老伯為何會說上海話，阿伯說自己是沙
俄貴族，一九一七年十月革命由聖彼得堡走難到上海，
一九四九年又從上海走難到威尼斯。接著他講了這樣一
番話：「當我小時候住在聖彼德堡，覺得那裡冬天實在
太冷；而我現在甚至懷念聖彼得堡下雪，因為對於我而
言連那裡的雪都是溫暖的。」這一段小說沒有，是電影
補上的，補得合情合理。而且我覺得選潘虹擔綱非常好，
因為潘虹的祖父就是俄國人，大多數人不會留意這一點。
所以我的七古一開始就由那位老伯的話開始寫起：

> 君不記彼得格勒冬祁寒，漫天飛雪怨衾單。
> 朱幟鐮錘不旋踵，歌舞流落黃浦灘。

第二段接著寫李彤到美國留學，父母乘坐太平輪時
葬身大海：

> 君不記龍蟠虎踞帝王州，水鄉煙幔正溫柔。
> 倉皇辭別孝陵衛，舟沉子夜海西頭。

諸如此類，後面我都是寫自己的感覺，有時感覺較

強烈時用七古寫會比較好。七古當然要盡量避開律句，但我寫歌行體時則偶爾不避，有時使用拗句也不錯——我的意思是近體的單拗、雙拗等。我覺得假如全避律句，讀起來很詰屈聱牙，但即使在一首七古中，也並非通篇都是那種不諧和的情感，所以不必把「避律句」奉為一成不變的金科玉律。當然，如果不想像〈長恨歌〉那般用太多律句而顯得柔軟甚至熟滑，我以為拗句是不錯的選擇。因為拗句介乎古體句和律體句之間，如單拗「仄仄平平仄平仄」，上四字有律體的和諧感，下三字則有律體的嶙峋感，雙拗的五連仄也不錯。因此，我不會刻意一味求音調上的古拙。這是我對古體的一點陋見。

　　另外還有一些翻譯作品，我就長話短說吧。我喜歡把一些外國詩和歌詞試譯作中文，有時更會檃括、撮寫成古近體詩或長短句，之所以檃括、撮寫，是因為外文原文和詩詞在體式上本來各有特色，很難一一對應。二〇〇三年博士畢業後閒居在家，就嘗試遊戲一番，把一些西班牙文、意大利文、俄文歌曲試譯作可唱的中文；有一些我比較喜歡的，意猶未盡便再檃括為長短句，當時譯了數十首。我小時候很喜歡看俄國文豪普希金（A. S. Pushkin）的詩，戈寶權、查良錚等前賢的譯本我都很喜歡，但長大後讀原文，發現戈寶權、查良錚雖然譯得很漂亮，一定程度上也照顧了韻腳，但譯筆太過行雲流水。就形式而言，普希金的詩其實用了很多手法。比如〈致凱恩〉一詩共五段，每一段四句，奇數句都是九個音節，押 A 韻，偶數句都是八個音節，

押 B 韻。而中文譯作呢，往往忽略了原文每句的音節數和押韻特點，甚至採用近體詩的做法，只在意偶數句押韻，而忽略了奇數句。我這裡舉的阿赫瑪托娃（A. Akhmatova）這首〈不斷襲來悶人的熱風〉，押韻也採取了 ABAB 式——奇數句押 A 韻，偶數句押 B 韻，[2] 這在這在中國舊體詩中就犯了八病中的「鶴膝」，即一、三句不可用同一韻，如果是沈約便要禁用了。但是，歷來西洋詩歌中這種「鶴膝」的例子非常多。我嘗試把它翻譯成一首〈西江月〉：

> 炙手不堪炎日，悶人最數薰風。
> 碧琉璃罩作天穹。瓣菊暖香吹送。
>
> 杉蟻來回役役，池光明滅愵愵。
> 閒依床網彩幏幏。今夜知誰入夢。

不過限於詞牌格律，就無法保留「鶴膝」的韻式了。我有時還會嘗試用騷體試譯西洋詩歌，這樣處理比較彈性：因為騷體只講求押韻，不必講求平仄，輕重節奏點就再斟酌一下吧。如果外文作品原文有「鶴膝」韻式，翻譯的騷體亦採用「鶴膝」韻式，這樣處理會有一些新

2　飛白教授漢譯：不斷襲來悶人的熱風／太陽火辣辣地烤著手臂／頭頂上方是高高的天穹／猶如罩著藍色的玻璃／／在細長、散亂的髮辮裡／蠟菊散發出乾枯的氣息／在多節瘤的雲杉樹幹上／爬著成群結隊的螞蟻／／池塘懶洋洋地泛著銀光／生活以新的方式變得輕鬆／今天在輕盈的吊床上／誰會進入我的睡夢？

意。

下一首譯作可說純粹是遊戲。這是一首我以前小學經常唱的歌，名為〈都達爾與瑪利亞〉，其實它不是哈薩克民歌，而是哈薩克斯坦的一首藝術歌曲，一九四〇年代傳入新疆，王洛賓收集後才誤以為是民歌。我了解哈薩克原文歌詞後發現，內容與王洛賓較為頑皮打趣的中譯本完全不同，而是羅密歐與朱麗葉式的悲情故事。男主角叫都達爾（Dudar），都達爾在哈薩克有曲髮之意，瑪利亞則是俄羅斯人。瑪利亞在父親帶領下移居哈薩克斯坦，後來與都達爾滋生感情。但瑪利亞父親認為基督徒不可與回教徒通婚，阻止兩人來往，所以瑪利亞獨自一人走到曠野唱了這首歌。據聞一九四〇年代時瑪利亞仍在世，當時斯大林還頒了藝術金獎給她。我了解這首歌的原文版後，知道是一個悲情故事，於是嘗試用四言體去翻譯：

> 娟彼室女，來自西只。小字末艷，甫及笄只。
> 見此邂逅，號子都只。以心以念，悵何如只。
> 子之都兮，美且鬈只。誕作好逑，其唯天只。
> 卜期後會，言秣駒只。曖而不見，野踟躕只。
> 族類固異，心則同只。夫復何疑，一點通只。
> 子之都兮，美且鬈只。誕作好逑，其唯天只。
> 海則有岸，湖有泮只。我似輕裘，貂汝冠只。
> 惠而好我，載馳驅只。過時不來，他人愉只。
> 子之都兮，美且鬈只。誕作好逑，其唯天只。

末艷之名，書竹帛只。持剪以衛，更何惜只。

矧邁不弔，矢靡慝只。生不同衾，死同穸只。

子之都兮，美且鬈只。誕作好述，其唯天只。

　　我用「只」字的富韻體來押韻，就是因為想起「母也天只，不諒人只」這兩句。原文有四段，每一段最後四句是副歌。這是日常會從事的另一種創作。

　　其次就是寫散曲，尤其是叨叨令。我很喜歡寫叨叨令，為甚麼呢？我在台灣時曾去聽曾永義老師的講座，聽他講解元曲，十分精彩。我對於戲曲純屬外行，但覺得散曲也非常重要，關鍵就在於口語書寫。散曲一開始以口語為主，到後期散曲變得與詞沒有太大分別。但那種白話，用我們廣東話來說就是非常「生鬼」——也就是生動有趣而滑稽，可以刺激思維。

　　很多人不喜歡寫舊體詩，就是覺得舊體詩寫法太沉悶太落俗套，不單寫法俗套，情緒亦俗套（routine）。然而俗套其實很重要，畫雞蛋亦是這樣畫出來，雞蛋畫得好之後，才能思考如何去變化。元曲有個好處，就是對格律的要求相對來說寬鬆一些，襯字可以多一些，因此在創作過程中，元代這些白話散曲也是值得模仿的。所以我會嘗試去作叨叨令，營構一種詼諧的感覺。如〈叨叨令·書肆購明史即興作〉：

殺不光左丞、右丞憑天子直領六部。
分不清內廷、外廷委翰林權充宰傅。
遷不完北京、南京看燕賊大寶在御。
笑不絕東廠、西廠問治國無非閹豎。
秀才遭著潑皮也麼哥,
秀才遭著潑皮也麼哥,
數不窮遺老、遺少偏替他披麻帶素。

　　文化研究者經常說現在是一個「後英雄時代」,英雄已經遭到解構的命運。英雄時代的賭王,就是拿出一張黑桃 2,在手中一搓就變成了一張黑桃 A;而後英雄時代的賭王呢,則是拿出一張黑桃 2,在手中一搓就變成了一張搓皺了的黑桃 2。這就是後現代。當然,手上這張黑桃 2 最後究竟想變成甚麼,每個人都有不同取向,但我認為可以互補,可以相輔相成。所以,我寫的小曲未必全是逗笑詼諧,也有些帶著一種清雅的情緒。今天找了兩首〈一半兒兩首‧路邊拾葉一枚〉,是在台北時寫的,當時拾到一片很漂亮的圓樹葉,於是寫了這兩首〈一半兒〉。其一云:

霎時暮色霎時晨。半路晴光半路塵。
幾樹經冬幾樹春。落繽紛。
一半兒青來一半兒粉。

其二云：

今朝未卜又何年。開落無常本自然。
經脈縱橫似舊箋。且翩躚。
一半兒圓來一半兒扁。

另外，我喜歡是用粵語去寫七律。當然，用粵語寫得未必全是打油詩。我想到所謂國語和方言之間的問題，我家裡的長輩以前講幾種不同方言，所以我讀大學時聽到某些學者說甚麼「預計三十年之內可以『消滅』所有方言」，頗不以為然：難道方言是蛇蟲鼠蟻嗎？不然為何要使用「消滅」一詞？我家中的幾種方言，我都喜歡，因此我也反對以一種方言去霸凌另一種方言。不過，我傾向贊成以北京話作為國語的基礎，這與社會語言學有關：乾嘉以後，滿人漸漸不懂講滿文，只會講北京話，並以北京話批改奏章、公文，令北京話除了日常生活外，也使用於正式場合，於是北京話很早就產生了一種「高大上」的光環，成為官話或國語的基調，這是歷史的選擇。當然，如趙元任所說，所有方言都可以成為國語，現在未必可以做到，但我認為所有方言至少都有雅的一面，未必只有俗。正如一九五〇年代以前，本地私塾同樣可以用圍頭話、客家話、潮州話來讀四書五經，我們平時也許認為圍頭話很「老土」，但其實同樣可以用來讀《論語》、《孟子》，同樣可以「高大上」。我當然未聽過以這些方言朗讀經典，但不難想像朗讀的時候肯定

能給我們耳目一新的感覺。所以我的看法是，很多人認為用口語作詩便是俗、就是想搞笑，其實未必如此。

用任何一種方言口語去作詩，都可以有很多變化，在我自己的嘗試過程中就深深體會到那種新鮮感。我這一類的創作受到聶紺弩影響，聶紺弩說自己喜歡用口語作七律，我也受他影響喜歡作白話七律，尤其對到第二、三聯時特別有成就感。我常說，文言詞彙對得工穩固然令人高興，但粵語等方言詞彙對得工穩，我會更加開心。曾經有一位中學同學對我說：「你這麼喜歡用粵語寫詩，我出個上聯給你：『巴之閉』如何對？」我說「巴之閉」可對「麻鬼煩」，「巴閉」對「麻煩」，而「之」「鬼」都是在加強語氣時使用。我想我們可以有這種嘗試，因此特意舉了這首粵語七律〈古埃及圖坦卡門王〉。大家想起圖坦卡門往往有詭異恐怖的感覺，我卻思考以粵語的活潑來消解這種恐怖感：

> 拐杖難為百幾枝，年方十八竟停屍。
> 黃金閃令身非我，白骨岩巉木乃伊。
> 親上加親釘蓋早，墓頭起墓掘墳遲。
> 心虛爭說靈擎咒，主犯逍遙花甲時。

首聯講圖坦卡門的陪葬品中有幾百枝拐杖。因為父輩近親通婚，他的脊椎有問題，走路站不穩，十八歲便逝世。頸聯的「釘蓋」現在多作咒人語用，但這裡是指圖坦卡門的棺槨釘得很密實。「親上加親」自然指他因

近親婚姻而早殤。「墓頭起墓掘墳遲」指後來別的法老把陵墓建在圖坦卡門墓上，所以圖坦卡門墓被擋，幸運地逃過了盜墓賊的視線而保存完整。這些內容很多人提過，但我想用不同的敘述呈現出來。尾聯的意思，則是相傳此墓發掘期間，不少人因法老的詛咒而驟死，但主持此事的考古學家 Howard Carter 卻在十七年後才以六十五歲之齡去世。而頷聯中，我嘗試用「身非我」來對「木乃伊」，可謂「無情對」。我覺得這牽涉另一問題：那就是我們會覺得無情對只是玩一玩，遊戲筆墨，相互之間沒有關聯。但其實正經寫詩時所用的借對，也有些無情對的意思在內。我認為對聯中的無情對和一般寫詩所用的借對，不同之處在於：無情對一般是上聯與下聯之間完全無情，而借對所在的一聯中，往往部分文字還是有關聯的，例如七言聯內，上下句仍各有三四個字在情緒風格是統一的，這就是無情對和借對兩者的分別。因此「木乃伊」對「身非我」是借對，而非無情對，全聯涵義和風格依然統一。這誠然是一種遊戲。話說回頭，我一直覺得寫一首粵語七律的成功感比寫文言七律大得多，因為有很多新鮮的詞彙寫文言七律很難用到，一旦寫粵語七律卻大派用場；而翻開韻書，有很多字平時都用不到，突然採用粵語等方言創作時卻能用到，語彙得到擴充，會很有滿足感。

再者，在鄺老師面前班門弄斧：之前在台灣的時候，教過一科通識課叫「從荷馬到但丁」，談到古希臘戲劇。當這些劇作家參加戲劇比賽時，投稿作品既要

有悲劇也要有喜劇。當然，亞里士多德說悲劇是最高尚的，其次是史詩，喜劇最低，但是喜劇與悲劇都要由同一人創作出來。我小時候看過《俄狄浦斯王》（*King Oedipus*），一悲到底，實在受不了，完全不是現代人期待的悲中有喜、笑中帶淚那種，由頭到尾一個笑點也沒有，看得很辛苦。之後才了解到，原來希臘戲劇比賽中，除了悲劇尚有喜劇，這就可以令人情緒平衡一些。所以我覺得，我們自己創作也一樣，無論雅俗都可以嘗試。

二〇一九年的「第二屆風雅傳承會議」，幾位老師都有參加。那年我投了一篇拙文，把蕭軍和聶紺弩的舊體詩放一起做比較。當我研究這兩人的詩時，頗有反思。蕭軍的格律甚至連對偶都往往不大工整，但他有一種李歐梵先生所講的東北的響馬氣即是匪氣在內，講得好聽是一種英雄氣，而聶紺弩的詩當然是另一種氣息。蕭軍的詩很沉痛，是一種壯麗之美，但內容很簡單，就是說自己奮鬥大半生，淪落到這個地步很不公平，他的詩說來說去大概都是這些內容。他的政敵一看便清楚他詩中內容，知道這個人思想有問題，但並非徹底的壞分子。聶紺弩就不同了，他用喜劇語言去寫七律打油詩，會令人疑神疑鬼，正如當你走在街上突然有陌生人對著你笑一笑，你會很擔心，是否自己頭髮亂了，衣服扣錯了，還是褲鏈沒拉？……正如夏中義所講，聶紺弩的詩具有俳諧性。他的打油詩具有喜劇性，站在亞里士多德的角度來看雖是「低一等」，但反而能創造出不止一層的涵

義在。我覺得，聶紺弩比蕭軍的舊體詩至少多出一層涵義。所以大家喜歡聶紺弩的詩是有原因的，各取所需嘛。

回過頭來說，我們應該如何創作打油詩？打油詩這個名稱其實具有多種涵義，有些美其名為打油詩，實際上連打油也算不上。有些完全不好笑，但也偏要叫做打油詩。如果要寫聶紺弩式的打油詩，首先格律要符合，其次情調要符合，詞語、思想各方面都要有所追求。我有一個同學半開玩笑說：「古體詩真是垃圾筒。」我問他何出此言，他說：「不僅近體詩寫不到位時可飾稱為古體，哪一類舊詩寫得不好，都可以叫古體詩。」依照他的說法，那麼打油詩也跟古體一樣，不但正經詩寫得不好就說是在寫打油詩，有些連詩都夠不上，仍然叫打油詩。我們如果用聶紺弩的標準去看打油詩，其實會理解得比較深遠。再看粵語，不像閩南話、上海話有連續變調的問題，所以用粵語來講口語也可，讀文言也可，讀白話文也可，用來創作舊體詩、新詩也一樣沒有問題。我覺得粵語真是一個寶庫。有一年卜永堅師兄說，他想整理廖恩燾《嬉笑集》，把我的詩附在後面，以示傳承。我說我雖愛看《嬉笑集》，此舉卻千萬不可。我的打油詩不寫髒話的，不會像廖恩燾那樣。讀者「愛屋及烏」，就麻煩大了。

今天有這樣的機會與各位老師、朋友分享拙見，拉拉雜雜講了很多，純粹為了拋磚引玉，還請鄺老師、朱老師、就雄兄和各位多多指教，多謝大家。

淺談四近樓的曹雪芹生年研究

張桂琼

一

　　四近樓（1903-1982），本名區少幹，[1] 廣東南海人，兄區季謀（1896-1988）、弟區文蓀（1905-1997）俱有文名。四近樓少時留學日本，一九二五年畢業於中國公學商科，與胡適（1891-1962）是先後同學。

　　戰後，四近樓寓居香港，加入詞社「堅社」（1950-1955），活躍於社課創作；又不定時於《星島日報》、《明報》、《明報月刊》等本地報刊撰文，著有古體詩詞聯句集《四近樓詩草》、文集《四近樓談屑》等。

　　四近樓雅好《紅樓夢》，自認癡人（癡好《紅樓夢》的人），一九六〇年於《星島日報》副刊《星座》開闢專欄「癡人說夢」，專門刊發紅學評論，還特意作七律〈自題「癡人說夢」〉一首誌記：

> 薄日不開江上雲，評紅心眼付微醺。
> 繁華事散塵同馬，閨閣超傳史亦文。
> 以夢追歡原太幻，於今視昔欲何雲。
> 聊從一管窺天際，西北東南未有分。[2]

1　區少幹筆名「四近樓」取自《荀子·大略》中「欲近四傍，莫如中央」，人稱四近樓主、四近樓主人、四近翁。區少幹以筆名聞於文壇，拙文為行文方便，一概用「四近樓」代稱，敬請留意。

2　區少幹：《四近樓詩草》（香港：自印出版，1970 年），頁 54。

　　專欄不定期見刊，首篇文章刊於一九六〇年七月二十五日，最後一篇則在一九六二年七月八日刊出，共計一百四十二刊次，連載紅學專文十八篇，內容涵蓋脂評、藝術賞析、程高續書、曹雪芹家世生平等範疇。

　　奈何「癡人說夢」專欄文章零散，不易裒輯，現存書目索引難免有欠齊全。加上，微縮副本中字跡多漫漶，知情者提及其人其事，又往往惜墨，均造成研究上的困難；目前謹見香港中文大學紅樓夢研究小組的〈〈紅樓夢作者的鐵證〉一文的商榷〉評論四近樓紅學觀點。下文著意從「癡人說夢」專欄文章首個討論的課題，即曹雪芹生年切入，整理四近樓的觀點，討論其中的時代與地域意義。

二

　　四近樓和胡適因有同校之誼，訂交甚早。四近樓曾從游胡適，稱學術思想受對方啟蒙甚深，視為思想導師，[3]也十分拜服其紅學考證的成果。「癡人說夢」便以自傳說為立論基礎，特別講究客觀考證史料，擯斥主觀，闡揚實證的史學精神。

　　「自傳說」重視查考曹雪芹的生卒年，以為判定《紅樓夢》故事時間的依據，再從小說敘述的時空佔據了曹雪芹哪個人生階段，發掘小說宏旨。一九二二年，胡適率先以曹雪芹生卒年為研究課題，不少學者先後加入討論，以俞平伯（1900-1990）的《紅樓夢辨》、周汝昌

3　區少幹：《四近樓談屑》（香港：合眾出版社，1988 年），頁 131。

（1918-2012）的《紅樓夢新證》最受四近樓關注。

　　《紅樓夢辨》於一九二三年經上海亞東圖書館出版，一九五二年修訂為《紅樓夢研究》，由上海棠棣出版社出版；香港版《紅樓夢辨》則於一九七二年由香港文心書店重版。《紅樓夢研究》假定曹雪芹生於雍正元年癸卯（1723）或前後一兩年內，再按曹雪芹生平推較，斷定《紅樓夢》敘述北京曹家的事；但文中續指此說非無可懷疑之處，不過資料有限，不如姑作懸案。[4]

　　《紅樓夢新證》於一九五三年經上海棠棣出版社出版，香港北斗書屋版單行本則於一九六四年出版。《紅樓夢新證》將曹雪芹生年定為雍正二年甲辰（1724），卒年則為乾隆二十八年癸未除夕（1764 年 2 月 1 日），即曹雪芹實際年歲為三十九年半，再由此推斷《紅樓夢》演述曹雪芹家族北歸後的經歷，進一步證說曹家中興。[5]

　　四近樓認為上述兩說放開了曹璽、曹寅、曹顒、曹頫三代四掌江寧織造的故實，也未能充分運用敦敏（1729-1796）、敦誠（1734-1791）兄弟投贈曹雪芹的詩。此即與其紅學主張相違：四近樓提出解讀《紅樓夢》的關竅，不僅在於抓住小說文本及批語提供的線索，亦宜參證曹家先世的家史，爬羅曹雪芹的詩友題詠。所以，專欄以十期篇幅檢視俞周兩說的理據，又借助一九五五

4　俞平伯：《紅樓夢研究》（上海：上海古籍出版社，2015 年），頁 106-107。

5　周汝昌：《紅樓夢新證》（上海：上海三聯書店，2008 年），頁 203、424。

年發見的《春柳堂詩稿》，否定了癸卯說和甲辰說。

第一，癸卯說和甲辰說均依據敦誠〈挽曹雪芹甲申〉的「四十年華付杳冥」，假定曹雪芹年歲四十，再按卒年逆推生年。四近樓認為以詩證史不完全可靠，特別是數字入詩，可以採取約數，以協韻合律；加上詩人縮減逝者歲數，哀悼斯人早逝，亦未嘗不可。准此，曹雪芹未及五十而逝，敦誠仍可用「四十年華」概略論之。

不過，香港中文大學紅樓夢研究小組則借用周汝昌《曹雪芹》，指出朋友四十八九歲亡故，情理上只有說大一兩歲，不可能縮減十年，稱作「四十年華」；若從詩的局限性而言，撇除「四三」平仄不調，「四一」至「五十」都協律，但敦誠偏偏用「四十」，足見其據事立言，非同泛論，藉以批評四近樓的觀點。[6]

第二，張宜泉（1720-1770）的《春柳堂詩稿》在一九五五年被發見，為曹雪芹年歲的考證增加新材料。《春柳堂詩稿》收錄了四首以曹雪芹為題的詩作，包括〈懷曹芹溪〉、〈和曹雪芹〈西郊信步憩廢寺〉原韻〉、〈贈芹溪居士〉、〈傷芹溪居士〉》等；其中〈傷芹溪居士〉的題注稱曹雪芹「素性放達，好飲，又善詩畫，年未五旬而卒」。四近樓認為，詩注本非韻文，不必遷就格律，故「年未五旬而卒」大有機會是實寫，遂推斷曹雪芹臨終時接近五十歲。

6　香港中文大學紅樓夢研究小組：〈〈紅樓夢作者的鐵證〉一文的商榷〉，《紅樓夢研究專刊》第 9 輯（1971 年），頁 78-79。

　　此說將「年未五旬」作「年近五旬」詮釋，被認為是有利曹雪芹活到四十八歲的論證。[7]紅樓夢研究小組則質疑「年未五旬而卒」的傳真性，並借助吳恩裕（1909-1979）《有關曹雪芹十種》，推論張宜泉與曹雪芹的關係比較疏遠，二人純粹略有詩文往來，而〈傷芹溪居士〉是傷懷詩，應較挽詩晚成文，所以研究小組對張宜泉的語句抱有懷疑。[8]

　　第三，癸卯、甲辰兩說推定《紅樓夢》記錄曹雪芹及其家族在北京的生活軌跡，設若這段時期曹家回復小康，甚或再度興盛，經歷的繁華場面（如御賜省親）媲美接駕大典，蓋於曹寅餘蔭遺澤，正史理應有所記錄，不然也會通過稗官野史留存下來，可是曹家復興偏沒有史料記錄。

　　另一方面，敦敏、敦誠投贈曹雪芹的詩作中，敦敏〈贈芹圃〉有「秦淮風月憶繁華（四近樓用此版本）；《熙朝雅頌集》作『秦淮殘夢憶繁華』，題為〈贈曹雪芹〉」、〈芹圃曹君霑別來已一載餘矣〉有「秦淮舊夢人猶在」；敦誠〈寄懷曹雪芹〉有「揚州舊夢久已覺」等，均將曹雪芹與南方連結起來。四近樓指出，俞平伯以江南為曹雪芹舊遊懷憶之處，[9]又謂曹雪芹幼年隨父北旋，卻未能為敦誠兄弟的詩句作解；而周汝昌謂：「曹雪芹在紅樓

7　呂佩弦：〈曹雪芹生年解蔽〉，《阜陽師院學報（社科版）》第 4 期（1988 年），頁 22。

8　香港中文大學紅樓夢研究小組：〈〈紅樓夢作者的鐵證〉一文的商榷〉，《紅樓夢研究專刊》第 9 輯（1971 年），頁 77-78。

9　俞平伯：《紅樓夢研究》，頁 106-108。

裡所寫的只是曹家被籍之後回到北京的一段小康局面，與上世在南京的盛日無關；他對於南京的景物，腦子裡一點印象都沒有。」[10] 則撇開了上述敦敏、敦誠的語句不論。職是之故，專欄展開第二個紅學課題「曹家中興之說不可靠」，筆者將另文再論，在此不贅。

　　一九八八年，徐恭時（1916-1998）的〈曹雪芹傳略〉以康熙五十四年乙未（1715）為曹雪芹生年（即乙未說），解說敦敏詩句所本，指出敦敏於乾隆二十五（1760）、至二十六（1761）年間，兩次從曹雪芹處，聽聞其由江南歸來所話的曹家舊事，資以溶入詩句。假設曹雪芹北去時年齡尚幼，則「人猶在」、「憶繁華」為空指之詞，否則即實際存在的經歷。[11] 此說間接為四近樓的說法，作了注解。

　　四近樓隨後採取遺腹子說為立論基礎，即依康熙五十四年（1715）三月初七曹頫所上「代母陳情摺」，有關曹顒遺孀馬氏懷孕已及七月的陳述，推論曹雪芹為馬氏遺腹子，出生於該年年底或翌年開正之初，而其主張癸未說，將乾隆二十八年（1763 年）除夕作為曹雪芹忌辰，減去生年，得出曹雪芹活到四十八歲。此說有著明顯的紕漏：馬氏的預產期應在康熙五十四年三月初七隨後的三個月內，如按四近樓所言，變相馬氏懷孕逾

10　轉引自四近樓：〈曹雪芹年歲與紅樓夢寫作的關係（下）〉，《星島日報》，1960 年 7 月 31 日，第 7 版。

11　徐恭時：〈曹雪芹傳略〉，載上海市紅樓夢學會、上海師範大學文學研究所編：《紅樓夢鑒賞辭典》（上海：上海古籍出版社，1988 年），頁 719。

十六個月才生產。另外，乾隆二十八年癸未除夕對應公曆應為一七六四年二月一日，如再以四十八作實齡逆推計算，即曹雪芹生於康熙五十五年丙申（1716），而非遺腹子說主張的康熙五十四年乙未。

也許四近樓意識到這個計算謬誤，一九七一年又以曹雪芹卒年有壬午除夕（一七六三年二月十二日）、癸未除夕兩個主流說法，申明曹雪芹的年歲按壬午說即四十八歲，從癸未說則是四十九歲，便是以康熙五十四年為曹雪芹生年來計算的。[12] 不過無論採取哪一說，均不影響四近樓詮釋曹雪芹與南方的關係——曹雪芹親歷曹頫治下的家族繁華十三年，少年時破家北旋，而《紅樓夢》便是曹雪芹在北京憶寫的江南故實，參見小說第一回：

　　此開卷第一回也，作者自云：**曾歷過一番夢幻之後**，故將真事隱去，而借「通靈」說此石頭記一書也。[⋯⋯] 自己又云：今風塵碌碌，一事無成，忽念及**當日所有之女子**，一一細考較去，覺其行止見識皆出我之上。我堂堂鬚眉，誠不若彼裙釵。[⋯⋯] 當此日，欲將**已往所賴天恩祖**，德錦衣紈袴之時，飫甘饜肥之日，背父兄教育之恩，負師友規訓之德，以致今日一技無成，半生潦倒之罪，編述一集，以告天下。

---

12 四近樓：〈紅樓夢作者的鐵證——參觀中文大學紅樓夢研究展後書〉，《明報月刊》6 月號（1971 年），頁 5。

「曾歷（專欄作『曾經』）」、「當日」、「已往（專欄作『以往』）」等詞皆指涉曹雪芹的江南歲月，呼應敦誠兄弟所云的「秦淮舊夢」、「揚州舊夢」；又據脂批「小紅在獄神廟慰玉」，推測曹雪芹原已著筆寫到抄家，惜事未竟而英年早逝。

一九七一年，四近樓重提《紅樓夢》第一回這段文字，指認為曹雪芹自序，闡釋《紅樓夢》主旨（即作章回小說緣起類開篇），進一步說明《紅樓夢》是曹雪芹借助小說方式，將真事隱去、假語村言的自傳。[13] 紅樓夢研究小組引述陳毓羆（1930-2010）〈紅樓夢是怎樣開頭的〉，指出「此開卷第一回也」以下數百字不是小說正文，而是提取自凡例中的部分文字，不能斷言為曹雪芹自序。[14] 這連帶「曾歷」等語指向曹雪芹在南方生活的論述，都瀕臨立論崩潰。

三

在曹雪芹生年研究上，四近樓支持乙未說，與王利器、吳恩裕均有相似的見解。不過，四近樓的論述因著專欄公眾面向的性質，討論未免較淺，而為引起讀者興趣追讀，討論的節奏也顯得拖沓。另一方面，香港終究非曹雪芹足跡所及之地，難以發掘相關的原始資料，以

---

13 四近樓：《紅樓夢作者的鐵證──參觀中文大學紅樓夢研究展後書》，頁3。

14 香港中文大學紅樓夢研究小組：〈〈紅樓夢作者的鐵證〉一文的商榷〉，《紅樓夢研究專刊》第9輯（1971年），頁73-74。

致香港的研究者在曹雪芹研究上，往往是加入討論多於
發起話題的。因此，四近樓的專欄不免沿時人的論述展
開討論，但以其旁徵博引，便不能抹煞其向香港大眾介
紹不同紅學學說之功。

　　戰後香港，紅學新興，報章雜誌提供了發表媒介。
「癡人說夢」不是香港首個專治紅學的專欄；此前，俞
平伯在香港《大公報》副刊〈新野〉連載「讀紅樓夢隨
筆」（一九五四年一月至四月），隨後有吳恩裕連載的
「曹雪芹生平」（一九五四年八月至十月）。不過，四
近樓以嶺南文人之姿參與其中，觀點與研究方法均具顯
著的時代特色。事實上，四近樓多次強調紅學考證不是
文學的目的，純粹輔助讀者更正確地理解《紅樓夢》。
《紅樓夢》之為小說，必然具有藝術虛構的成分，不必
事事攀附史實，還原到曹雪芹的現實生活中去。此論有
意識地將紅學與曹學分別開來，演示新紅學轉向余英時
（1930-2021）紅學新典範的進程。胡文彬（1939-2021）
提出，香港紅學在二十世紀五十至六十年代，觀點與研
究方法比地道的新紅學派進步，卻未曾擺脫新紅學的影
響，明顯留有實證主義的痕跡；[15] 這用於概括四近樓的研
究成果，亦甚妥貼。

---

15 胡文彬：〈三十年來香港《紅樓夢》研究之發展〉，載巴金等著：《我
　　讀《紅樓夢》》（天津：天津人民出版社，1982 年），頁 408。

香港文人筆下的「香港仔」

葉嘉詠

根據葉靈鳳〈香港村和香港的由來〉一文,「香港」初期即名為「香港仔」,其後「香港仔」才是香港島南區某處的名字。[1] 關於「香港仔」名稱的由來,可追溯至明朝萬曆年間成書的廣東地方志書郭棐《粵大記》。《粵大記》以全景法繪製,雖然圖景比較簡單,但位置頗準確,也是「迄今可見最佳舊地圖,比許多後來繪製的地圖更理想。」[2]《粵大記》的〈廣東沿海圖〉中,共有七處地名與今天香港島上的名稱很相似,其中一處名為「香港」。[3] 根據其地理位置,即是現時的「香港仔」,由此可以推測圖中的「香港」是「香港仔」最初的名字。

既然「香港仔」初名為「香港」,所以從「香港仔」這個地方開始進行香港文學地景作品研究,似乎是合理和恰當的。故此,本文選取了幾位香港文人——從舒巷城、力匡到海辛——由五十年代到八十年代書寫的「香港仔」作品為研究對象,探討他們如何書寫這個地理位置,反映「香港仔」的歷史變遷與獨特意義。

1　葉靈鳳:〈香港村和香港的由來〉,《香島滄桑錄》(香港:中華書局(香港)有限公司,2011 年),頁 4。

2　哈爾‧恩普森(Hal Empson):《香港地圖繪製史 Mapping Hong Kong : A Historical Atlas》(香港:政府新聞處,1992 年),頁 128-129。

3　郭棐撰、黃國聲,鄧貴忠點校:《粵大記》(廣州:廣東人民出版社,2014 年),頁 917。

一、典型漁民形象：舒巷城〈香港仔的月亮〉

〈香港仔的月亮〉圍繞木哥及其周邊漁民的海面生活為描寫重點，呈現五十年代香港仔漁民的艱難生活，為後來描寫「香港仔」的作品定下基本的描繪對象——漁民。下文將分析的力匡〈香港仔的那一夜〉、海辛〈拒絕被曬乾的魚〉等，都以漁民為主角或配角，由此可見「香港仔」和「漁民」已劃上等號，缺一不可。

〈香港仔的月亮〉所描繪的幾類漁民典型，[4] 既沒錢，也沒有完整的家庭，下一代甚至難以逃出這個困局。小說的結局是很憂傷的：

> 「——這沒有媽媽，「八月十五」出世的月好！顫動著嘴唇，望著站在黯淡的月光中埗頭下石級上的阿月好，阿木嫂哭了。」[5]

舒巷城特別指明月好的出生時間，更突顯漁民的悲情生活。舒巷城以寫實而同情的筆觸刻劃「香港仔」低下階層漁民的日常生活，與其背景有關。陳智德在〈懷鄉與否定的依歸：徐訏和力匡〉說：「舒巷城文學價值

4　舒巷城：〈香港仔的月亮〉，《山上山下》（香港：花千樹出版有限公司，2000 年），例如木哥一類是擁有一點資本的（擁有漁船）；月好父親一類是受到岸上物質引誘而犯錯的漁民；木嫂和群娣一類是不斷重複相同的漁船工作；月好一類是代表延續上一代漁民的悲哀。

5　舒巷城：〈香港仔的月亮〉，《山上山下》（香港：花千樹出版有限公司，2000 年），頁 86。

最高的作品不作概念和地方的二分對立，但明白批判的所在，仍具立場和態度，視香港的『巷』與『城』為一體之兩面，他希望肯定、歌頌本土文化，也對城市的異化貫徹批判和省思。」[6] 這個說法切中舒巷城的寫作特點。舒巷城一方面以感性的語調寫出水上人的悲劇，反映出漁民樸實、刻苦、安份的性格，另一方面他亦毫不避忌地寫出水上人的負面行為，如月好父親偷月餅被捕。漁民到岸上工作不一定是理想的出路，更可能受誘惑改變了原本善良的個性，而留在漁船上的水上人只有無奈地接受現實。舒巷城在阿木嫂身上表現了水上人的矛盾和迷惘，他們既無法離開漁船適應岸上的工作，也了解到留在船上的生活不會一直順利。同為香港人，舒巷城對於「香港仔」漁民是理解的，對這種生活或工作都寄予同情。

〈香港仔的月亮〉的另一重要之處是為香港仔漁民研究提供重要的歷史參考資料。小說所描繪的漁民的捕漁情況、生活難題、人際交往等，其實都有跡可尋，並不只是虛構而成。如果要更清楚〈香港仔的月亮〉如何寫實，或許可以借助《記憶景觀：香港仔漁民口述歷史》這本書來作為比照。這本書訪問了十八位香港仔漁民，透過他們的口述歷史，見證「香港仔」漁業的歷史與變

6　陳智德：〈懷鄉與否定的依歸：徐訏和力匡〉，《解體我城：香港文學 1950-2005》（香港：花千樹出版有限公司，2009 年），頁 82。

化。[7]〈香港仔的月亮〉的漁民生活與書中的香港仔漁民生活情況十分相似，例如其中一位參與口述歷史的陳國樺，其父到越南捉魚時被殺，情況跟〈香港仔的月亮〉失去丈夫的群娣相似：「我十五歲死老豆，我哋係隻船度，出海去到越南嗰邊，我哋捉蝦架，嗰年畀越南武裝漁船開槍打死。」[8]舒巷城曾說過，他的創作取材自別人的故事：「我是認為創作的泉源是來自生活，一部小說或一首詩，是一件反映人生的藝術品，所以最重要的是生活的積累。」[9]〈香港仔的月亮〉不僅是小說，也是一群生活在五十年代香港仔漁民的寫照。

二、宗教情懷：力匡〈香港仔的那一夜〉

〈香港仔的那一夜〉寫於八十年代，力匡以現在（八十年代）的眼光回憶過去（五十年代）的南來歲月，坦然面對剛來香港的生活。力匡沒有美化過去，他照樣記錄當時生活的貧困、漁民社會地位不高等內容。〈香港仔的月亮〉與〈香港仔的那一夜〉都集中描寫「香港仔」的基層，但前者以同情的眼光看待漁民，後者則表現了漁民與「我」的差距：「我和小黃有一點和他們相同，都是窮人。也許我們更窮，他們最少還有一艘屬於自己

7　王惠玲、羅家輝：《記憶景觀：香港仔漁民口述歷史》（三聯書店（香港）有限公司，2015 年）。

8　〈陳國樺〉，王惠玲、羅家輝：《記憶景觀：香港仔漁民口述歷史》（三聯書店（香港）有限公司，2015 年），頁 190。

9　杜漸：〈夏夜對談──訪舒巷城〉，馬輝洪編著：《回憶舒巷城》（香港：花千樹出版有限公司，2012 年），頁 15。

的船，可以住在船上，由春天到冬天。」[10] 力匡筆下的「香港仔」漁民形象，混雜了身份、階層等元素，這或與力匡的南來身份有關。

　　力匡在五十年代初來港，〈香港仔的那一夜〉寫的是一九五二年的「香港仔」，力匡對此地沒多少感情是很容易理解的。〈香港仔的那一夜〉題目雖然是「香港仔」，但描寫相關的事物其實不多，小說集中描繪人物「我」與其相關的人事：「我」在餐廳的情況、「我」上船看漁民聽道，「我」與小黃、張牧師等人的交集才是小說的重點，「香港仔」好像只是小說的背景、和不同人物交談和思考的舞台。

　　此外，〈香港仔的那一夜〉觸及「香港仔」的一個特點──教會向漁民宣教，這是本文所選另外兩位文人所未及描寫的。力匡利用居住在香港仔的優勢，發掘此地比較特別的一群人物，不得不讚賞他敏銳的觀察能力，由此可見力匡對此地甚至是「香港」，是真實地存有感情的。〈香港仔的那一夜〉書寫的宣教情景是這樣的：

　　　「如果沒有耶穌，沒有天國，你們信了耶穌也不會吃虧，耶穌的道理只是教人做好事嘛！但是，如果真的有耶穌，有天國，那麼你們豈不是撈起（大佔便宜）？」

　　極樸素的語言，極簡單的邏輯，沒有說到《啟

10　力匡：〈香港仔的那一夜〉，《香港文學》第 27 期（1987 年 3 月 5 日），頁 46-47。

示錄》，沒有提起路加或者保羅，沒有說到奇蹟，但奇蹟出現了。

當他的演講結束，很多聽眾，這就是說很多漁民，都湧上前去，把紅毛牧師圍住了。那艘大大的平底船也微微晃動了一下。[11]

力匡同樣以漁民為書寫對象，不過沒有如舒巷城般表達其悲情。力匡沒有書寫歷史悠久的關帝廟，反而寫基督教對「香港仔人」的影響。力匡在小說中藉著宗教來抒發情感；既然「香港」前途不是個人能夠自主的，借助宗教以達至救贖的可能，或許是一個可行的出路。

力匡為「香港仔」留下了另一面：「鴨脷洲海面傳道會」。雖然他沒有強調宗教的神聖，但這種「奇蹟」的力量依然吸引著漁民，成為他們生活和精神的依歸。其實，力匡表面上是描寫漁民接受基督教，實際上是藉此表達自己因為宗教信仰而改變對生活、對人的態度，所以可以說，宗教不但救助漁民，還為生活不如意、迷惘的作者帶來救贖的力量，宗教為人為己的精神，不可謂不重要。

〈香港仔的那一夜〉的宗教情懷一直延伸至結局，「我」因為「香港仔」人和宗教，放開心懷，轉而對此地產生不捨之情：

---

11 力匡：〈香港仔的那一夜〉，《香港文學》第 27 期（1987 年 3 月 5 日），頁 47。

為我那麼快就按了那時間機器的按鈕呢？要不然，我將可以留在香港仔，一個星期，半個月，一個月……

我在教堂的詩班席上，張小瑩和張小珊在我背後，小黃在鋼琴前。

這是我嗎？這是我，我在領唱：「……我回到古老的耶路撒冷，站在大廟的旁邊。……」

在一九五二年，在香港仔，我唱出了我一生最值得紀念的一首歌。[12]

力匡是否相信教會的道理，並不是小說的重點，他也沒有刻意宣傳宗教的意圖。〈香港仔的那一夜〉極力表現的是力匡欣賞香港仔的「窮人」，他們善良、有義氣、有禮貌，如教會辦事員，甚至是開餐廳的學生家長，而不是代表「香港仔」典型的漁民，這與舒巷城的「香港仔」已有很明顯的差別，反映力匡對於「香港仔」的觀察與理解的獨特之處。再者，小說特意寫「我將可以留在香港仔」，「站在大廟的旁邊」，「在香港仔，我唱出了我一生最值得紀念的一首歌」，都是明確顯示「我」對此地的感情，而且時間一直延伸，還以「為我那麼快」隱含不捨之情。

---

12 力匡：〈香港仔的那一夜〉，《香港文學》第 27 期（1987 年 3 月 5 日），頁 46。

三、「現代性」的見證：海辛〈香港仔的魚蛋與街渡〉 與〈拒絕被曬乾的魚〉

海辛筆下的「香港仔」已是八十年代了。隨著社會發展，六十年代中期開始，漁民開始陸續搬至岸上居住。根據《記憶景觀：香港仔漁民口述歷史》的訪問，十多位漁民似乎也說不清漁民從「住艇」、「住街」到「上街」的變遷過程。[13] 如果按書中的表三「南區公共房屋歷史」來看，便會發現漁民是從一九六二年開始「上街」的，那年漁光邨落成，接著是「田灣邨」（一九六五年）、「石排灣邨」（一九六七年）到「華貴邨」（一九九〇年）。除了政府新建屋邨協助漁民「上街」，還有一九八六年十二月二十七日的鴨脷洲避風塘住家艇大火，一九七一年實施免費小學教育，一九七八年實施九年免費強迫教育，「上街」的漁民愈來愈多。「香港仔」的漁民逐漸搬到岸上，漁業亦逐漸式微，取而代之的是商業發展的大趨勢。

因此，海辛描寫八十年代初的「香港仔」，選材與舒巷城及力匡都不同。海辛筆下的「香港仔」已不見描寫「水上人」捕魚或招待遊客等情節，反而集中描繪捕漁業式微後，「香港仔」環境及其居民生活的變化。

首先，捕漁業已改為以魚類或相關產品為生產工具

---

13 「住街」是指漁民在岸上擁有居所，但仍出海捕漁，「上街」是指漁民賣船轉做其他行業，住在及生活在岸上。王惠玲、羅家輝：《記憶景觀：香港仔漁民口述歷史》（三聯書店（香港）有限公司，2015年），頁272。

的生意。海辛〈香港仔的魚蛋與街渡〉提及的魚蛋，明顯是「香港仔」變成消費地和商業化的象徵。海辛所指的應是開業於四十年代的「謝記魚蛋」（已於二〇一二年結業）。雖然這間店鋪與「香港仔」蓬勃的漁業有關，但海辛集中描寫的已不是水上人，而是「港島和九龍，不少富人駕私家車去當地排隊，等吃魚蛋粉麵，更購買大包小包回家做菜餚。」[14] 他們是到此一遊的旅客，不是「香港仔」的在地居民，這些人對「香港仔」談不上情感，只是過客。海辛在小說中對這些過客沒有太大的反感，反而用一種相對淡然的語調，反映時代變遷的實況。

其次，「香港仔」城市化一面的，還包括老一輩漁民生活的變化，尤其是上一代與下一代對漁業態度的不同。海辛的另一篇作品〈拒絕被曬乾的魚〉正是敘述一位被逼退休的老漁民不適應岸上的生活，瞞著家人到曬魚場曬鹹魚、曬吊片賺錢的故事。

海辛借一位名為「大火點」的老一輩漁民的視角，來表達自己對昔日人事變遷既不捨又無法不接受的矛盾心理。「大火點」這個名字已暗示這位老漁民與魚的關係，這位具有漁民身份認同的「大火點」，認為上岸後自己仍是「水上人」，難忘的都是在海上生活的時光，上岸後仍視漁船是「家」。「大火點」對「香港仔」的認同感是非常強烈的，這又回到舒巷城筆下「香港仔」的典型漁民形象。不同的是，海辛沒有表現這類漁民的悲情，

---

14 海辛：〈香港仔的魚蛋與街渡〉，《文學世紀》第二卷第二期總第 11 期（2002 年 2 月），頁 55。

反而突顯他們受到城市化的洗禮後，那種象徵性的反抗行為，例如「大火點」曬吊片，即是做跟漁業有關的事。海辛沒有浪漫化或英雄化這類漁民的形象，強行將自己的理想或願望加在故事之中，反而很貼近現實地呈現汰弱留強的大自然定律：

〔但是〕講到那海邊曬魚場，快讓那些混賬大廈佔領，他又粗口連連，說：

「以後，我只好在海邊釣魚了。」[15]

這個收結與題目相比，激情減少但無奈之情加劇。〈拒絕被曬乾的魚〉中的「拒絕」顯示主角的抗爭態度，而小說結局不只是「大火點」拒絕被曬乾，更是象徵「大火點」的「被退休」，前者的「曬乾」是有時限的，後者的「被退休」是一直延續的。在這位視「香港仔」為「家」的老一輩水上人來看，「香港仔」不像「香港仔」，「香港仔」漁民只是稱呼而已，他們的生活已與一般居民相似。海辛對此不無感慨，有點抵抗的焦慮，但又沒有極端的行為，「在海邊釣魚」不就是在無可奈何的情況下，明示自己是「魚」的漁民身份嗎？

---

15 海辛：〈拒絕被曬乾的魚〉，楊羽儀主編；廣東省作家協會、香港作家聯會合編：《粵港澳百年散文大觀》（廣州：廣東教育出版社，1998年），頁1153。

　　如果以「現代性」[16]的角度來分析，就會發現海辛這兩篇作品展現的是，沒有人能完全抵抗「現代性」，只能順著而行。〈香港仔的魚蛋與街渡〉和〈拒絕被曬乾的魚〉都展現了「現代性」的兩面特質。一、表現西方文明的進步概念，如上面的引文，「混賬大廈」代表商業化的經濟發展，又如「大火點」的一段批評：

　　　　那修車的兒子，娶到岸上一個姿整姑娘，他們聯同不忠於海的老媽子一起，竟以他「大火點」之名做家主，申請到廉租屋，又學人講舒服情調，裝修房子，黏牆紙，鋪膠地板，好好一個露台，姿整媳婦又用厚厚的窗幔遮住，不讓他看海。[17]

　　由此可見，中國傳統的重男輕女思想和男性主導社會，在海辛筆下已成為歷史，取而代之的是西方性別平

---

16 李歐梵在〈晚清文化、文學與現代性〉一文中指出，「『現代性』（modernity）一詞是後來的學者和批評家對於一些歷史、文化現象在理論的層次上所做的一種概括性的描述。」他提到「現代性」已有多人研究，其中加拿大理論家 Charles Taylor 在〈兩種現代性〉提出兩種模式，一種是從韋伯的思路發展出來的，從西方啟蒙運動發展出來的一套科學技術的現代化理論，另一種是 Taylor 所做的模式，他認為現代性表面上是從歐洲發展而來，事實上它蘊含非常複雜的文化內涵。李歐梵認為「現代性」不能一概而論，每個國家都有其獨特的「現代性」特色。詳見李歐梵：〈晚清文化、文學與現代性〉，《中國現代文學與現代性十講》（上海：復旦大學出版社，2003 年），頁 2-17。

17 海辛：〈拒絕被曬乾的魚〉，楊羽儀主編；廣東省作家協會、香港作家聯會合編：《粵港澳百年散文大觀》（廣州：廣東教育出版社，1998 年），頁 1153。

等觀念的體現。〈拒絕被曬乾的魚〉由未經歷漁民生活的下一代和女性改變傳統家庭的模式，年輕有活力的一代和與時代並進的女性，一起告別刻板的過去，走向光明的未來。

　　二、反映物質化和商品化對漁民帶來的負面影響。經濟的繁華令人們生活富裕起來，但資本主義社會導致漁業沒落，有人適應良好，如專程到香港仔吃魚蛋的人士，又如「大火點」的太太和兒子，但也有人與新社會格格不入，如「大火點」。「大火點」的例子正好反映從前以勞力換來的工資和滿足感，都只能被埋沒了，商業社會講求的是經濟效益和降低成本，也熱切追求生活的享受和質素。不過，海辛沒有以極端的憤怒和失望來描寫被孤立的「大火點」，他的嘮叨是不會少的，但並不足以構成絕對的焦慮感，他還是嘗試包容家人的行為，雖然他絕不表示認同。

　　由海辛的兩篇作品可見，「現代性」並不是非此即彼的對立，形成各走極端的局面，特別值得注意的是，海辛不避俗地運用了粵語如「姿整」、「搏」，[18] 以本土方言作為呈現與「傳統」的接軌。相對於商業化和物質文明等西方概念，海辛無疑以蘊含香港文化的粵語，突顯了「香港」的身份認同。

18　海辛：〈拒絕被曬乾的魚〉，楊羽儀主編；廣東省作家協會、香港作家聯會合編：《粵港澳百年散文大觀》（廣州：廣東教育出版社，1998 年），頁 1152。

四、總結

　　舒巷城、力匡和海辛在取材焦點、觀察角度、書寫方式等各有差異，從五十年代到八十年代，構成一幅重要的「香港仔」甚至是「香港」的歷史圖象。舒巷城首先為「香港仔」的人物典型設定為漁民，日後談到有關「香港仔」的漁民時，舒巷城〈香港仔的月亮〉當可作為代表作之一。力匡則在舒巷城描繪的漁民以外，加添較具神秘色彩的宗教元素，也保留了現在已消失的宣教船，為「香港仔」帶來歷史見證。海辛記錄了「香港仔」由漁港變為都市的發展過程，並回應了舒巷城筆下漁民生活的變化：商業大廈取替大海，由水上風光變為岸上勝景；推而廣之的是「香港」的外在變化和香港人的生活態度，但無可否認的是，各人也只能接受商業化和城市化的「香港仔」。

　　雖然這三位文人口筆下的「香港仔」都只能代表某一面向，但據「香港仔」原稱「香港」這一點來看，「香港仔」也可說是在描寫和形構「香港」。「香港仔」有其典型的形象，最明顯的人物就是漁民，另外還有岸上人、商戶、遊客等，也有罪惡、消費、傳教等內容；「香港仔」包含悲情、歡樂、哀傷、留戀等情感，積極和消極也都包含在其中。於是，「香港仔」經由一些經典事物或特殊意義組合而成，並持續不斷地變換。無可否認的是，「香港」是一個自由開放的地方，容納來自不同地方的人士，不論他們的身份如何，都能在「香港」找到屬於自己的位置。

參考書目

一、書籍

王惠玲、羅家輝：《記憶景觀：香港仔漁民口述歷史》，
　　香港：三聯書店（香港）有限公司，2015 年。

李歐梵：《中國現代文學與現代性十講》，上海：復旦
　　大學出版社，2003 年。

哈爾·恩普森（Hal Empson）：《香港地圖繪製史
　　Mapping Hong Kong : A Historical Atlas》，香港：
　　政府新聞處，1992 年。

馬輝洪編著：《回憶舒巷城》，香港：花千樹出版有限
　　公司，2012 年。

郭棐撰、黃國聲，鄧貴忠點校：《粵大記》，廣州：廣
　　東人民出版社，2014 年。

陳智德：《解體我城：香港文學 1950-2005》，香港：花
　　千樹出版有限公司，2009 年 。

舒巷城：《山上山下》，香港：花千樹出版有限公司，
　　2000 年。

葉靈鳳：《香島滄桑錄》，香港：中華書局（香港）有
　　限公司，2011 年。

二、文集文章

海辛：〈拒絕被曬乾的魚〉，楊羽儀主編；廣東省作家
　　協會、香港作家聯會合編：《粵港澳百年散文大觀》，
　　廣州：廣東教育出版社，1998 年，頁 1152-1153。

三、報刊文章

力匡:〈香港仔的那一夜〉,《香港文學》第 27 期(1987
年 3 月 5 日),頁 47。

海辛:〈香港仔的魚蛋與街渡〉,《文學世紀》第二卷
第二期總第 11 期(2002 年 2 月),頁 55。

作者簡介 07/2022

1. **小書**：文創活動策劃組織 Market Fairish 創辦人，曾於《全民媒體》、《輔仁媒體》及《閱刊》發表作品及評論文章。著有《小情書》。

2. **文津**：曾獲第二十二屆香港青年文學獎小小說高級組亞軍。有短篇小說收錄於《駝跡》（陳家春主編）等小說集內。

3. **木其**：曾任文學報紙編輯、公共圖書館小說創作坊講者、主持。新詩、散文詩、短篇小說、微型小說散見中港澳台及海外版之文學報、文學雜誌、報刊、散文詩集、新詩集、小說集等等。

4. **王芷茵**：畢業於北京清華大學、香港中文大學，主修中國語言文學，現任大學兼職講師。合編有《香港文學書目續編 1996-2016》。

5. **王晉恆**：馬來西亞九十後青年寫作者，曾獲香港青年文學獎和全球青年散文獎等文學獎，作品散見於報章及文藝雜誌。

6. **江思岸**：生於上世紀四十年代，在香港成長。長期從事翻譯工作，文學乃業餘興趣。晚年沉迷於甲骨文。近著有《壹元大照相館》、《詩人的黃昏——唐代詩人的素描》。

7. **何故**：現職跨媒體創作人，集作家、編劇、影評人、大學講師、文化研究員、遊戲設計師、演員、電視台及電台節目主持於一身。

8. **何紫**（1938 － 1991）：原名何松柏，廣東順德人，香港著名兒童文學家，「山邊社」創辦人，「香港兒童文藝協會」創會會長。何紫著作甚豐，包括兒童文學、散文及自傳等。主要作品有《40兒童小說集》、《兒童小說又集》、《兒童小說新集》等。

9. **吳見英**：曾獲中文文學創作獎、大學文學獎、青年文學獎及全球華文青年文學獎等，近著有《紙黏土》。

10. **吳邦謀**：香港收藏家協會高級副會長，專門收藏有關張愛玲的著作、文獻、舊照、報刊、雜誌及戲橋等。著作有《回到啓德》、《香港航空125年》、《說航空・論飛機》等。

11. **吳燕青**：做過醫生，現從事教育工作，《香港詩人》編輯部主任，香港《女也文學》副主編，香港《流派》詩刊副主編。

12. **岑文勁**：廣州中山大學漢語言文學專科畢業（自學）。香港文學雜誌《工人文藝》主編。著作有詩集《以硯的容量》、散文集《指望》。

13. **李浩榮**：香港大學中文碩士，曾任《明報月刊》、《香港文學》特約記者、《香港作家》特約編輯，現職中學教師。曾獲青年文學獎、中文文學創作獎、城市文學創作獎、大學文學獎。著有隨筆集《消遣繁華》。

14. **沈舒**：現職香港中文大學圖書館主任，並參與香港文學資料庫、香港文學地景資源庫、中國現代文學研究網站等多項電子化計劃；編著有《遺忘與記憶——丁平及其時代訪談集》、《舒巷城書信集》、《回憶舒巷城》、《香港兒童文學作家書目》等，合編著有《疊印——漫步香港文學地景》、《少年文學私地圖》、《萍之歌——丁平詩集》、《我們的聲音——當代中港臺文學作品選析》等，共二十餘種；發表

中、英論文六十餘篇；曾獲中國文藝獎章、香港出版雙年獎等。

15. **周淑屏**：嶺南學院中文系畢業，曾任教師、編輯。作品包括散文、小說、訪問文集等，出版逾百種，《大牌檔・當舖・涼茶舖》獲得第九屆香港中文文學雙年獎——兒童少年文學組雙年獎、《那年老師教曉我的事》獲第十三屆香港中文文學雙年獎——兒童少年文學組推薦獎。

16. **岳清**：香港懷舊文化研究者，著有：《花月總留痕 香港粵劇回眸 1930s - 1970s》、《今夕是何年 任劍輝的光影留情、《萬能旦后鄧碧雲》與《Will You Remember Me - 張國榮為你鍾情》（2022）等。

17. **律銘**：喜歡自己的工作，是和別人同行生命的一段路。著有詩集《如今常存的》，《所望之事》，《沿道尋回》。

18. **唐希文**：現為小說及專欄作者、大學講師及政策研究員。強項是發夢、發癲、發脾氣，自小鍾情文字創作，曾創作無數娛樂自己、虐待朋友的無聊作品。

19. **區肇龍**：北京師範大學文學院文學博士，二〇一九年獲邀出任國立臺灣大學中國文學系訪問學者。著有《金庸：香港小說的誕生》。

20. **張彧**：梅縣客家人，台北出生，香港長大，京都留學，多倫多大學東亞系博士，主修日本近世史。曾任大學講師、教科書及新媒體編輯，經營中國歷史及國際新聞網站。現任職香港地方志中心，負責《香港志》英文版翻譯及編輯工作。自小沉迷文學和電影，曾發表小說、新詩及學術文章，近年透過收藏舊書紙品，從新認識嶺南文化及香港流行文化。

21. **張桂琼**：北京語言大學古代文學專業博士研究生，主修明清文學。

22. **張海澎**：香港大學哲學博士，著有《分析邏輯》、《思考方法》、《語言無言——張海澎詩集》、《張海澎短詩選》等。

23. **張楨**：現任香港珠海學院校董。熱愛音樂與詩歌，擔任北大校友詩歌朗誦協會理事秘書長，北京大學校友愛樂俱樂部理事。

24. **梁穎琳**：文學編輯，曾任《聲韻詩刊》、石磬文化、初文出版社等。現為《週末飲茶》編輯。

25. **荷悅**：在香港接受大學教育，主修翻譯，獲文學學士。其後曾往美國工作及深造多年。喜愛寫作、書法、繪畫及到各地遊歷。

26. **郭長耀**：元朗人，出生於南生圍，成長於下白泥。從鄉村到城市，本地到外地，脫不開鄉情鄉味。與茶結緣，下半生周旋。歲月的茶，靜享風華。

27. **陳丙**：流浮山人。世以養蠔為業，與海為伴。曾就讀於流浮山公立小學。讀書不求甚解，賦詩言志，篆刻雕蟲，不知老之將至。

28. **陳立諾**：資深媒體人，曾出版詩集《魚的來歷》。

29. **陳志堅**：中大和城大客席講師，亦為中學副校長，各文學獎評審。寫小說和散文，著作《離群者》、《時間擱淺》等。

30. **陳煒舜**：現任教於香港中文大學。學術興趣主要在於中國古典文學、文獻學、神話學等。編著有《屈騷纂緒》、《從荷馬到但丁》、《神話傳說筆記》、《先民有作——古逸詩析註》等。

31. **陳德錦**：曾任教於嶺南大學、浸會大學國際學院。學術及評論著作包括《李廣田散文論》、《中國現代鄉土散文史論》等。新詩、散文、小說曾獲「香港中文文學雙年獎」；亦數獲內地及澳門文學獎項。

32. **陳曉芳**：自幼愛好文學，現居香港。擅長以散文隨筆記錄心情，部分作品發表於紙媒和網路平台。雖然網絡和視覺藝術蒸蒸日上，仍然篤信文字的力量。

33. **勞國安**：現職圖書館館員。作品曾刊於《城市文藝》、《字花》、《香港中學生文藝月刊》、《新少年雙月刊》、《香江藝林》及《小說與詩》。

34. **曾憲冠**：文字工作者，工作一直不離文字。想過當教授，但失敗了，還是靠文字謀生，一邊繼續寫作。文章曾結集成書，已送漿廠回收，惟無涉國安。重拾掉下多年的小說，然而近年發現自己原來是詩人。

35. **游欣妮**：現職中學教師。曾獲香港中文文學創作獎新詩組優異獎及大學文學獎新詩組優異獎等。榮獲第二十九、三十屆中學生好書龍虎榜「中學生最喜愛作家」。

36. **黃冠麟**：中國語文及文學、當代中國研究、公共行政。東亞觀察者，旅食欄目《怪客搜奇》。賽馬會鯉魚門創意館館長。

37. **愁月@陰翳茶室**：現職大專講師。為推廣文學，於社交平台 Instagram 設立文學帳號（@ineichashitsu），文稿散見文學雜誌。

38. **葉嘉詠**：香港中文大學中國語言及文學系哲學博士，現於原校擔任講師。研究興趣包括台灣文學、香港文學、台灣電影等。

39. **葉曉文**：香港作家及藝術家。愛好自然郊野，近年投身自然書寫，著作包括《尋花——香港原生植物手扎》、《尋花2》、《尋牠——香港野外動物手札》及《尋牠2》，另有短篇小說集《隱山之人》。

40. **劉樹華**：一九八三年獲香港電台城市故事小說創作比賽優異獎，一九八四年獲得第三屆工人文學獎亞軍。著作有《的士司機的故事》和《狂風暴雨殺人夜》等多種。

41. **蔡玄暉**：現為香港中文大學中國語言及文學系講師，文章和訪談文字，散見於《中國故事》、《南風窗》等刊物。

42. **蔡思行**：香港地方志中心執行總編輯，閒來搜羅一九五〇年至七〇年代的香港舊書刊，並喜歡從這些「陳年佳釀」中，訴說古今對照的香江情趣。

43. **黎漢傑**：喜歡讀書、偶爾寫字，近著有：《新詩餘話》、《故事》、《香港文學書目續編 1996-2016》（編）。

44. **蕭欣浩**：「蕭博士文化工作室」創辦人，著有：《解構滋味：香港飲食文學與文化研究論集》、《流動香港飲食誌》。

45. **嚴瀚欽**：@@

46. **蘇曼靈**：支持我寫作的動力是對人類的愛與失望。忘了自己寫過些什麼，持續以文字與世界交惡或交流，期待柔軟的眸光與善良的微笑。

週末飲茶
第二冊

編　　輯：林可淇　徐詠欣　梁穎琳　黎漢傑　盧嘉傑　羅學芝
責任編輯：何桂樺　梁芷琪
內文校對：司徒仲賢　符鈺婉　黃晚鳳　黃穎晞
封面設計：Kaceyellow
內文排版：多　馬
法律顧問：陳煦堂　律師

出　　版：初文出版社有限公司
　　　　　電郵：manuscriptpublish@gmail.com

印　　刷：陽光印刷製本廠

發　　行：香港聯合書刊物流有限公司
　　　　　香港新界荃灣德士古道 220-248 號
　　　　　荃灣工業中心 16 樓
　　　　　電話 (852) 2150-2100　傳真 (852) 2407-3062

臺灣總經銷：貿騰發賣股份有限公司
　　　　　　電話：886-2-82275988　傳真：886-2-82275989
　　　　　　網址：www.namode.com

新加坡總經銷：新文潮出版社私人有限公司
　　　　　　　地址：71 Geylang Lorong 23, WPS618 (Level 6),
　　　　　　　　　　Singapore 388386
　　　　　　　電話：(+65) 8896 1946　電郵：contact@trendlitstore.com

版　　次：2022 年 7 月初版
國際書號：978-988-76253-9-1
定　　價：港幣 108 元　新臺幣 330 元

Published and printed in Hong Kⱴ

U0130445